# L'affaire Abishin

**Franck Jendro**

# L'affaire Abishin

**Éditions Nouvelles Plumes**

Ce livre est une œuvre de fiction. Toute ressemblance avec des personnes, des situations ou des événements existant ou ayant existé ne serait que pure coïncidence.

Éditions Nouvelles Plumes,
16, Rue d'Orchampt - 75018 Paris

www.nouvellesplumes.com



ISBN : 979-10-245-0168-0

*À Véronique,*
*encore une fois indispensable*
*à mon travail d'écriture*

*À Robin et Tristan*

# MERCREDI 10 AVRIL 2002

# 1

La chambre est telle qu'il l'a découverte il y a cinq ans. À gauche de la porte où il se trouve, le lit en fer blanc et le matelas nu. Les couvertures et les draps prêtés par l'administration sont pliés en rectangles précis. La table de chevet métallique et sa bible version jeunesse. Le mur en face est juste assez large pour l'unique fenêtre. À droite, le bureau et l'étagère gris pâle. Pour finir l'inventaire des neuf mètres carrés, le lavabo et le petit miroir ébréché. Sur la tablette, le verre de porcelaine pour sa brosse à dents. On le lui a remis le jour de son arrivée en lui recommandant d'en prendre grand soin. Il ne l'a pas cassé. Il n'a rien abîmé, rien marqué de son empreinte. Il faudrait un observateur avisé pour percevoir les quelques signes de son passage. Dans la vieille tapisserie bleue, les trous des punaises qui fixaient les posters au mur. Des joueurs de football, des groupes à la mode. Des images empruntées aux autres pensionnaires. Il n'a jamais compris l'intérêt de ce sport ni de cette pseudo-musique pour adolescents. Une perte de temps pour quelqu'un comme lui. Ces décorations n'ont eu qu'un seul but, sa chambre devait ressembler à n'importe quelle autre chambre du pensionnat. À la chambre de n'importe quel petit Français. Tout a fini à la poubelle. À peine les autres lycéens repartis dans leur famille pour les vacances de Pâques, il a commencé son nettoyage. Un seul sac poubelle de cinquante litres a suffi. Il ne possède presque rien. Juste une photo. Celle de

Mathilde. Prise un jour d'hiver au Monoprix de la place Francheville, ils n'avaient pas compris pourquoi le cliché était sorti en noir et blanc. Mais il n'avait aucun mal à y poser les couleurs d'origine. Le châtain soyeux de ses longs cheveux. La couleur noisette de ses grands yeux rieurs. Et le rose tendre de ses lèvres charnues. Cette photo est l'une des deux seules choses qu'il emporte dans le sac Eastpak accroché à son dos.

Il se retourne et franchit la porte de sa chambre pour la dernière fois de sa vie.

Pour sortir du bâtiment, il doit passer devant la loge du surveillant d'internat. Monsieur Maurice. Un ivrogne qui doit déjà être en train de cuver malgré l'heure. Il n'est que 17 heures. Il traverse la cour des internes, longe le bâtiment principal du lycée complètement désert. Contourne le petit terrain en gravillons rouges où on l'obligeait des heures durant à lancer le plus loin possible un boulet de fonte de trois kilos. En descendant deux escaliers, il se retrouve sous la salle de sport. Un couloir en contrebas des terrains. Tout en haut du mur de parpaings blancs à sa droite, par de petites fenêtres grillagées, il aperçoit le sol du terrain de volley. Les filles de l'équipe cadette ont repoussé leur départ en vacances pour un dernier entraînement. Elles se sont qualifiées pour les finales académiques qui auront lieu le mercredi de la rentrée, dans quinze jours, et veulent être absolument prêtes. Il s'arrête, Mathilde est au service. Elle n'a pas la morphologie type des volleyeuses. Comme son visage, son corps est tout en courbes, une taille fine mais des hanches marquées et plus de poitrine que la majorité des filles de son âge. Il ne comprend pas comment les Français peuvent être attirés par ces mannequins anorexiques. C'est le corps de Mathilde qui lui avait donné pour la première fois des raisons d'espérer.

Le service est complètement loupé. Elles sont mortes de rire.

Il doit continuer. Il arrive devant les locaux techniques de la salle. La chaufferie et une petite pièce où les profs d'éducation physique entreposent du vieux matériel. Des plots, des barres et surtout d'anciens tapis de gym qui font le bonheur des amoureux du lycée. Il sort la clé qu'il a dérobée et entre dans la pièce sombre. Les fenêtres qui donnent en bas du mur de la salle de sport ont été remplacées par des planches de contreplaqué. Personne ne peut le voir. Il sort avec difficulté le bidon de son sac. Il ne voulait pas pleurer. Même quand son avocat lui avait appris que son dernier recours avait été refusé, il n'avait rien montré de sa détresse. Son expulsion du territoire aurait lieu cet été. Après les dix années passées en France, le mouvement de sympathie et les pétitions n'y changeront rien. Son bac en poche, on l'expulsera en Afghanistan. Un inspecteur militaire avait fini par retrouver une branche éloignée de sa famille dans la région montagneuse du pays. Des gens qu'il n'a jamais vus. Son père et son petit frère sont morts lors de la tentative de traversée de la Manche. Manque d'oxygène dans le double fond du camion. Ils avaient été découverts par les chiens policiers en gare de Fréthun, près de Calais. Après les années en familles d'accueil, on l'avait envoyé à l'autre bout de la France dans un pensionnat catholique adossé à un lycée public. Mais l'administration n'avait pas fermé son dossier ; à sa majorité, il sera expulsé. Mais ils ne savent pas de quoi il est capable. Son petit frère a arrêté de respirer entre ses bras. Ils ne savent pas de quoi il est capable.

La sonnerie retentit, l'entraînement est terminé. Il patiente cinq minutes le temps qu'elles regagnent les vestiaires et compose le numéro de portable de Mathilde.

Elle ne le laisse pas parler.

— On vient de finir l'entraînement, je fonce sous la douche et j'arrive.

Il entend tout le vestiaire crier qu'elle est amoureuse. Il s'était juré de ne pas pleurer.

— Écoute Mathilde… Mon dernier recours a été rejeté. Je vais être expulsé cet été.

Elle ne peut pas répondre. Les autres filles se taisent en voyant les premières larmes.

— Maman est d'accord pour que tu viennes te cacher à la maison. Elle l'a dit et Papa aussi. On va te cacher.

— Mathilde. Je ne vais pas vivre caché. Et je ne repartirai pas là-bas. Je vais te faire beaucoup de peine mais je ne peux pas faire autrement. Je ne suis pas celui que tu crois. J'ai fait des choses…

Elle parle difficilement entre deux sanglots.

— Qu'est-ce que tu dis ? Quelles choses ? Pourquoi tu vas me faire de la peine ? Attends. Je m'habille et j'arrive. Attends-moi.

— Je ne suis pas dans ma chambre. Faut que je te dise adieu, Mathilde. Il faut que tu m'oublies. Tu es tout ce que j'ai eu de bien dans ce pays. Adieu. Adieu.

Il raccroche. Glisse son portable dans la poche arrière du jean. Dévisse le bouchon. Aux premiers effluves, le doute l'envahit. Il hésite. Reste immobile trente secondes bras tendus, le bidon au-dessus de la tête. Prononce un juron dans sa langue natale qu'il pensait avoir oubliée depuis longtemps. Et verse, verse toute l'essence. Sur les cheveux, le visage. Instantanément les yeux lui brûlent. Ses poumons se bloquent, il ne peut pratiquement plus respirer, il faut absolument qu'il reste conscient, il n'a pas pensé à préparer le briquet, il arrive à le sortir de sa poche. Un Zippo qu'elle lui avait donné. Il ne peut plus faire marche arrière. Son pouce tourne la pierre cylindrique. L'étincelle et l'explosion quasi immédiate.

# 2

Béa lui pose la main sur l'épaule.

— Ça va Mathilde ?

Elle ne peut rien répondre de cohérent.

— Il a fait quelque chose... faire de la peine...

Toutes les filles ont arrêté de se changer. Elles se rassemblent autour de leur copine.

— Je crois qu'il va faire...

Elle ne finit pas sa phrase. La détonation, suivie immédiatement de l'alarme incendie. Une sonnerie stridente qui hurle. Elles comprennent toutes que ce n'est pas un exercice de sécurité.

Béa crie le plus fort :

— Faut qu'on sorte. Vite !

Elles courent dans le couloir plus ou moins habillées. Mais même dans ce moment de panique, la moitié des filles pense à emporter son portable. Leurs cris redoublent en arrivant dans la grande salle quand elles voient la fumée sortir par les petites fenêtres du local matériel. Les deux planches qui les obstruaient se consument au milieu du terrain où il y a dix minutes à peine elles jouaient au volley-ball. Leur professeur de sport entre dans la salle pour venir les chercher.

— Vite les filles. Il y a le feu ! Sortez par ici !

Il leur tient la porte.

Quand la dernière passe, il referme, soulagé.

— Mettez-vous au milieu de la pelouse. Les pompiers vont arriver. J'entends déjà la sirène.

Il réfléchit un moment.

— Vous êtes toutes là ?

Béa complètement affolée, en short, juste entourée de son drap de bain :

— Mathilde ! Elle est restée dans le vestiaire !

— Restez là, j'y vais.

Il fonce au travers de la salle où la fumée est de plus en plus épaisse. Des flammes s'échappent maintenant par les fenêtres du local. Deux langues jaunes surexcitées. Le couloir des vestiaires est encore épargné par la fumée. Premier vestiaire : personne. Deuxième vestiaire : personne. Il regarde derrière lui, la fumée semble l'avoir suivi dans le passage étroit. Le vacarme de l'alarme incendie, la sortie qui semble condamnée… la panique le gagne. Il se précipite vers les deux vestiaires du fond. Troisième vestiaire : toujours rien.

— Merde !

Dernière chance.

Elle est là. Assise sur un banc. Toujours en short, les baskets encore aux pieds. Son maillot Adidas rose autour du cou. Prostrée.

— Mathilde, qu'est-ce que tu fais ? Il y a le feu ! Viens !

Pour toute réponse elle murmure :

— C'est Ali, c'est Ali.

— Quoi Ali ?

— C'est Ali.

Il s'approche et lui prend le bras.

— Viens Mathilde. Ali sera dehors, j'en suis sûr. Viens.

Il avait le petit copain de Mathilde en cours le mercredi matin et il était au courant, comme tout le lycée, de leur histoire d'amour qui durait depuis bientôt un an.

— Viens ma grande, on va voir s'il est dehors.

La fumée commence à pénétrer dans le vestiaire. Impossible de repartir vers la salle. Il pense à se barricader et à mettre des linges humides sur la porte.

Il ne connaît pas assez le bâtiment. Il est nouveau dans le poste où il n'effectue que la moitié de son service. Il se partage entre trois établissements dont un assez éloigné dans la campagne.

— C'est Ali.

— Mathilde, il y a le feu ! Bouge-toi !

Il lui crie dessus, la secoue. Il va céder à la panique. Quand enfin elle réagit.

— Il y a une fenêtre dans le vestiaire en face.

— Tu es sûre ? Allez, viens, on fonce.

Ils traversent le couloir, poussent la porte.

— Mais elle est où, ta fenêtre ?

Elle entre dans les sanitaires, dernière cabine, une fenêtre au-dessus de la chasse d'eau. Un film noir collé pour l'obscurcir.

Il arrive à lui sourire.

— Tu es trop forte, ma grande.

Il la fait passer en premier. Quand il se réceptionne sur la pelouse derrière la salle, elle est déjà en train de contourner le bâtiment. Il court à son tour pour s'éloigner du danger. À peine l'angle du mur atteint, il entend le cri des sirènes de pompiers. Il arrive au moment où les camions se garent devant l'entrée de la salle. Il est rassuré, toutes ses filles sont là. Malgré la température estivale, elles sont emmitouflées dans des couvertures de survie brillantes. Toutes sauf Mathilde en short et en soutien-gorge qui hurle devant un pompier qui essaie de la calmer. Il se dirige vers eux.

Il les entend :

— C'est Ali. Il est dans le local, j'en suis sûre.

— Écoute. Tu me dis qu'il y a encore une personne dans la salle. C'est ça ?

— Oui monsieur, c'est Ali.

— Tu es sûre ?

— Il me l'a dit.

Le prof arrive, essoufflé.

— Bonjour, je suis l'enseignant responsable. À moi aussi elle a dit que son petit copain était à l'intérieur. Mais je n'ai vu personne. Le feu a l'air de venir du sous-sol. Un local matériel désaffecté. Il y a deux petites fenêtres qui donnent dans la grande salle. Mais l'entrée se fait par l'escalier sur le côté, là-bas.

— Les gars, il me faut une deuxième équipe qui entre par le côté. Vous pouvez nous montrer l'entrée ?

— Suivez-moi !

— Eh toubib, tu peux t'occuper de la demoiselle, s'il te plaît ? Elle pense que son copain est encore à l'intérieur.

Le médecin lui pose une couverture sur les épaules. Malgré la chaleur, elle tremble.

— Tu t'appelles comment ?

Elle parle dans un souffle.

— C'est Ali, c'est Ali.

Deux hommes arrivent en courant. Le plus grand dans un costume gris très élégant malgré les circonstances et le deuxième, plus petit, un pantalon de survêtement bleu marine distendu au niveau des genoux et des fesses, et un maillot de corps sans manche avec, aux pieds, une paire d'espadrilles usées.

Le premier s'adresse au pompier.

— C'est vous le responsable des secours ?

— Non, le commandant est là-bas près du camion.

— Merci.

Il se précipite vers le chef des pompiers.

— Commandant ! Je suis M. Dewaere, proviseur du lycée. Y a-t-il des blessés ?

— Je ne crois pas. Nous avons douze filles et un professeur de sport, tous sains et saufs. Mes hommes n'ont repéré personne d'autre à l'intérieur. Nous ne déplorons pour l'instant aucun blessé. Mais il va falloir évacuer, il y a des risques d'explosion.

— Nous possédons une salle de repos à l'internat, je pense qu'elle pourrait vous être utile.

— Parfait, amenez tous les élèves là-bas. Appelez les parents.

— Monsieur Maurice, amenez ces jeunes filles au foyer de l'internat. Faites appeler les parents. Mme Labrousse vous donnera les numéros. Je peux encore vous être utile, commandant ?

— Une des élèves semble penser que son petit copain est encore à l'intérieur. Un certain Ali ?

— Ali Abishin ?

— Je ne sais pas. Elle a juste dit Ali.

— Il n'y a pas beaucoup d'Ali dans notre lycée. C'est un élève qui vit à l'année à l'internat.

Il se retourne et crie en direction du groupe qui se dirige vers le foyer.

— Maurice, allez dans la chambre d'Ali Abishin voir s'il s'y trouve. Appelez-moi sur le portable pour me dire.

Se retournant vers le pompier :

— La petite amie est où ?

— Dans le camion avec le médecin, elle est en état de choc.

Le médecin lui interdit d'entrer dans le véhicule.

— Elle se repose, je lui ai donné une forte dose de calmants. Nous attendons des nouvelles de ses parents pour l'emmener à l'hôpital.

— Pourtant le commandant m'a assuré qu'il n'y avait aucun blessé.

— C'est un choc nerveux. Elle est persuadée que son petit copain est dans la salle de sport.

— Pourquoi ?

— Elle n'est pas très cohérente mais il semblerait qu'il lui ait passé un coup de fil juste avant l'incendie.

— Et alors ?

— Je ne sais pas.

Un jeune pompier se dirige vers eux en courant, accompagné d'une femme de forte corpulence qui a du mal à le suivre dans sa robe cintrée.

— Eh toubib, il y a une Mme Delmas qui cherche sa fille ! Ce n'est pas la gamine qui est avec toi ?

— Si. Bonjour, madame. Rassurez-vous, votre fille va bien. Juste le choc émotionnel.

— Je peux la voir ?

— Bien sûr, mais j'ai dû lui administrer un calmant assez fort. Elle risque d'être un peu somnolente.

— Madame Delmas, je suis le proviseur du lycée. Le petit ami de votre fille est bien Ali Abishin, le garçon de terminale qui vit chez nous à l'année ?

— Oui, pourquoi ?

— Elle est persuadée que ce jeune homme est encore dans la salle.

La mère se retourne vers la salle d'où s'échappe une épaisse fumée noire. Elle connaît bien le jeune homme, il vient manger chez eux tous les dimanches.

— Oh mon Dieu !

— Pouvez-vous lui…

Il interrompt sa phrase, décroche son téléphone portable.

— Oui Maurice, il est dans sa chambre ?... Comment ça ? Vide, plus aucune trace de lui comme s'il partait pour longtemps. Merci Maurice, je viens voir les parents tout de suite.

— Docteur, il faut prévenir le commandant, il y a peut-être un garçon dans le bâtiment.

Juste à ce moment, le chef des pompiers sort sur la pelouse et enlève son masque à gaz.

Le proviseur court à sa rencontre.

— Commandant, commandant, il y a problème. On ne trouve pas Ali Abishin dans sa chambre.

Le chef des pompiers d'un ton grave :

— Monsieur le proviseur, nous avons une victime.

Le proviseur n'a pas le temps de répondre. La déflagration est terrible. La cuve à fuel a explosé.

# 3

14 heures.

Il tente désespérément de fermer le bouton de son pantalon. Il y renonce. Serre la ceinture et ferme le plus haut possible la braguette. La veste fermée cachera les cinq kilos qu'il a pris ces dernières semaines. Quatre mois en repos forcé. Quatre mois depuis le jour où il a tué son supérieur hiérarchique d'une balle dans le dos. Il s'est installé dans la partie de la maison familiale que sa sœur avait transformée en gîte. « C'est ta part de l'héritage. » Elle a fait aménager une entrée indépendante sur le côté de cette grande ferme en pierre isolée en bordure de forêt. Un escalier de fer court sur le pignon. L'épaisseur des murs assure une fraîcheur à l'intérieur. Quand il ouvre la porte, il prend les trente degrés de plein fouet. À peine la dernière marche franchie, il est trempé de sueur. Sa vieille 305 est garée en plein soleil. Il voulait la revendre cet hiver parce que le chauffage ne fonctionnait plus, maintenant c'est l'absence de climatisation qui va le pousser à s'en séparer.

Il s'assoit. Son pantalon lui colle aux cuisses. Il déteste cette sensation. Il se contorsionne pour ôter la veste. Le volant est brûlant.

*Qu'est-ce que je fous là ?*

Il a presque envie de faire demi-tour. Annuler sa mutation. Retrouver Paris. Le 36 Quai des Orfèvres.

Son appartement n'est toujours pas vendu. Le nouveau patron de la brigade criminelle est un gars correct. Il pourrait reprendre les visites du dimanche à sa femme. Elle a quasiment cessé de s'alimenter depuis la fin de l'affaire. Il ne pouvait pas lui cacher la vérité.

Le procureur le laissera peut-être revenir. Peut-être.

Quand il se retourne sur ce qu'il a fait depuis février, la réponse s'impose à lui avec dégoût : rien. À part prendre du poids. Et ce n'est pas sa prise de fonction au commissariat de Périgueux dans trois jours qui devrait y changer quelque chose. Le nombre d'affaires traitées par sa future brigade ne correspond même pas à une semaine de boulot à Paris. Il va se faire chier. Il le sent.

Il est déjà en retard pour le pot de départ en retraite du capitaine Sorge. Il le remplacera officiellement à partir de samedi.

Ce vieux flic bedonnant doit lui faire faire le tour du propriétaire après la réception.

Avant de rejoindre la route, il a huit cents mètres de chemin en craie à se taper les fenêtres fermées, sinon la voiture sera envahie de poussière blanche.

À peine six kilomètres pour le centre-ville et le commissariat. Six kilomètres et douze ralentisseurs. Sa voiture grince de partout. Il se gare sur le parking réservé et s'oblige à remettre la veste. Personne à l'accueil. Il monte les deux étages jusqu'à son futur bureau sans croiser le moindre fonctionnaire. Le bâtiment semble désert.

Des bruits de conversation animée derrière la porte de son futur bureau. Il entre sans frapper.

— Ah, capitaine Fuillard ! Messieurs, je vous présente le nouveau propriétaire des lieux !

Ils n'en sont pas à la première tournée.

— Entre, collègue. Je te sers quelque chose ?

Le capitaine Sorge est, comme l'ensemble des personnes présentes, en chemisette et pantalon léger.

Un peu plus tard, l'ambiance est légèrement retombée. Il retient quelques noms. Il n'y a que deux femmes dans toute l'assemblée, une petite brune en tenue de brigadière, l'autre en jean et chemisier blanc. Il a un regain d'intérêt.

— Ne rêve pas. Celle-ci est trop bien pour travailler chez nous. C'est ma fille, Louisa.

— Dis-moi juste qui va faire partie de la même brigade que moi.

— Comme tu veux. Tu as Camille pour tout ce qui est communication et informatique. Elle est aussi la technicienne en investigation pour les scènes de crime du commissariat.

La brunette étriquée dans son uniforme réglementaire lui sourit.

— Et un jeune stagiaire tout frais sorti de l'École de police.

Une voix jeune mais puissante parvient du fond du couloir.

— Ça fait quinze jours que je ne suis plus stagiaire !

— Alors viens boire un verre, brigadier Thorez !

— Je ne bois jamais d'alcool. Et j'ai un rapport à finir.

Le vieux policier lève les yeux au ciel en souriant.

— Tu le finiras demain et il y a du Coca.

Les pas nerveux arrivent vers le bureau. Un homme de petite taille, maigre, des cheveux presque rasés surmontant un visage émacié. Les joues creuses, les yeux enfoncés sous des arcades prédominantes. Une tête de boxeur poids coq. Sa chemise blanche paraît trop grande pour lui, son pantalon noir est plutôt ajusté.

— Il y a trop de sucre dans cette cochonnerie. J'ai apporté de l'*Isostar*.

— C'est quoi ce rapport super urgent ?

— Un abruti qui conduisait avec 0,5 gramme.

Il regarde la table et les bouteilles.

— J'espère que tu l'as mis en taule.

— J'aurais dû. Le test est redescendu juste à la limite.

— Tu vas vraiment boire ce truc pour fêter mon départ en retraite ?

— T'as raison, je devrais sortir le champagne.

— Tu connais déjà le nouveau chef du service ?

— Oui, de réputation.

Le jeune flic semble découvrir Fuillard et le salue.

— Capitaine.

Il ne se fera jamais aux nouveaux grades.

— Salut. Appelle-moi Fuillard, ce sera suffisant. Toi, c'est Jonathan, c'est ça ?

— Jo.

— OK.

Le pot de départ a duré plus longtemps que prévu. Il est 16 heures largement passées quand il sort du commissariat central de Périgueux. Il croise sur le perron son nouveau collègue Jonathan Thorez. Il marmonne un vague salut.

— À samedi, Fuillard. Fais attention sur la route.

L'allusion à l'alcool fait mouche.

— T'inquiète, je sais ce que je fais.

— C'est ce qu'ils disent tous. À samedi.

Il n'a pas mangé ce midi. La tête lui tourne. *De quoi il se mêle, ce petit merdeux !* Il s'assoit dans la fournaise de sa voiture. Il n'est pas en forme. Ressort et ouvre toutes les portières pour laisser entrer une hypothétique fraîcheur.

— Tu veux que je te dépose ? Ma voiture est à l'ombre et j'ai la clim'.

S'il lui adresse encore une fois la parole, il risque de devenir extrêmement grossier. Il préfère ne pas lui répondre.

— Comme tu veux. Salut !

Au bout de dix minutes, la chaleur est toujours insupportable. Il se résout à remonter. Tourne la clé. Rien, le moteur reste muet.

— Merde.

Une Audi A2 neuve se gare en double file, juste à sa hauteur. Thorez.

— Re-merde.

— C'est sur ma route.

— OK.

Il monte avec son collègue.

— Tu t'es payé ça pour fêter ton entrée dans la police ?

— Quoi ? Ma voiture ? Non, elle a deux ans, et je l'ai eu d'occase.

— J'habite Champcevinel, derrière la scierie.

— Oui, je sais. Tu peux me laisser tes clés, je les déposerai demain matin aux gars du garage.

Jo prend les ralentisseurs tellement lentement que Fuillard pense qu'il va s'arrêter dessus.

— Dépose-moi à l'entrée du chemin ou sinon ta voiture va finir blanche de craie.

— Ce n'est pas grave, je dois la laver demain.

— Non, c'est bon, ça me fera du bien de marcher.

— Comme tu veux. À samedi !

Il attaque les huit cents mètres de côte. Deux grandes courbes en plein soleil. Il est presque arrivé quand il entend la sirène de la caserne des pompiers hurler deux fois.

Il se tourne vers Périgueux et aperçoit la colonne de fumée qui monte droit vers le ciel au niveau des Mazades.

Sa sœur l'attend sur le pas de sa porte. Elle découvre la fumée.

— Regarde, ça vient de l'hôpital, non ?

Il se retourne, essaie de situer l'incendie.

— Plutôt le lycée ou entre les deux.

— Quelle heure est-il ?

Il n'a pas le temps de répondre, l'explosion retentit.

Elle n'attend pas, fonce à l'intérieur et se précipite sur le téléphone. Elle est déjà en train de parler quand il entre dans la pièce.

— Réponds, réponds ! Allez, réponds ma chérie !

— Tu appelles qui ?

— Lucie, elle s'entraîne au volley au lycée. Ça ne répond pas. On y va !

— Ma voiture est restée au commissariat, en panne.

— Je sors la mienne et je fonce. Essaie de rappeler son portable.

— Son numéro ?

Elle court vers le garage. Elle lui crie :

— Appuie sur « bis » !

Sauf qu'il n'y a pas de touche « bis » sur ce téléphone. Il sort avec le sans fil sur le perron. Sa sœur passe en trombe dans sa petite Peugeot 106.

— Merde !

Le téléphone sonne dans ses mains.

— Oui ? Non, elle vient de partir. Oui, elle arrive. Lucie n'a rien ? Parfait, sa mère doit bientôt arriver au lycée.

Il raccroche. Rejoint son appartement en passant par la maison de sa sœur. Il n'a qu'une envie : ôter ce pantalon qui lui colle aux jambes.

Juste devant sa porte, un paquet. Trois pantalons bizarres. Genre aventurier, assez larges avec des grandes poches sur le côté au niveau des genoux. Deux beiges et un kaki. Un petit mot : « J'ai déjà fait les ourlets. P.S : Non, ils ne sont pas ridicules, c'est la mode. »

Il les pose sur la table basse. Retire celui qu'il porte et se dirige vers le frigo. Une bière. Il s'écroule dans le canapé clic-clac au tissu improbable. La pièce est plongée dans la pénombre. Les volets sont clos pour garder la fraîcheur à l'intérieur. Sur le mur en face, une reproduction du tableau de Caillebotte, celui avec les raboteurs. À droite, entre la porte d'entrée et l'angle du mur, un Van Gogh. Une grande affiche. Sa femme avait tort. Quel que soit le tableau, quand la lumière s'éteint, on ne voit plus rien.

S'il reste là, pitoyable, en caleçon élimé, la chemise ouverte sur son ventre bedonnant, il va finir par vider le bar. Impossible de foncer en voiture pour se calmer.

Il se lève, attrape le premier des trois pantalons. Trop court de quinze bons centimètres. L'ourlet lui arrive au-dessus du mollet.

— Qu'est-ce qu'elle a foutu ?

Il essaie le deuxième, parfait. Jette sa chemise en boule au sol et attrape un vieux maillot blanc dans son armoire. Enfile ses mocassins noirs. Il faut qu'il sorte ou il va devenir cinglé.

En descendant l'escalier de fer, il aperçoit la 106 de sa sœur qui remonte le chemin. Elle roule plus calmement. Mais à peine le frein à main serré, sa nièce sort de la voiture comme une furie. Elle le montre du doigt, accusatrice. Elle est en larmes, furieuse.

— Vous l'avez tué. Vous êtes des salauds !

Il regarde sa sœur, elle met un doigt devant sa bouche.

— Je t'expliquerai.

Sa nièce se retourne juste avant de rentrer.

— Et puis, t'as l'air débile, habillé comme ça.

Il observe les deux femmes entrer puis fermer la porte. Le message est clair : tu n'es pas le bienvenu pour l'instant. Il ne sait pas ce qui arrive à sa nièce. D'habitude, elle est plutôt sympa, contrairement à son frère Théo qui du haut de ses dix-sept ans, lui a bien fait comprendre qu'avoir un flic à sa table tous les soirs le faisait franchement chier. Lucie, elle, l'a plutôt bien accepté.

Il ne change rien à ses plans. Une promenade dans les bois sur les hauteurs du village. Les chemins de son enfance. Il retrouve même une petite sente qu'il empruntait comme raccourci pour rejoindre les courts de tennis. Elle suit un minuscule cours d'eau pratiquement à sec. Un petit raidillon et il devrait apercevoir au loin le village voisin. Il est en sueur et complètement crevé. Juste au sommet, un truc bizarre. Un large fauteuil en bois peint en gris. Un coussin molletonné rouge. Le dossier est même découpé en forme de couronne et coloré en jaune. Une sorte de trône.

*C'est nouveau, cette connerie !*

Il pose les mains sur le dossier et comprend. La vue est incroyable. Au premier plan, des pâtures où cinq chevaux profitent de la première herbe de printemps. Deux coteaux boisés partent de chaque côté en pente douce. Au centre, en arrière-plan, le château médiéval de Carsac. Le propriétaire doit être du genre mégalo. Il l'imagine bien le soir, une coupe de champagne à la main, admirant sa propriété.

— Quel con !

Il s'assoit cinq minutes pour enlever ses chaussures qui le font souffrir. Le coussin est plutôt moelleux. Il se cale dans le fond du fauteuil. Pose sa tête dans sa main et s'endort, moitié de fatigue, moitié d'alcool.

# 4

Sa décision est prise. Il n'aime pas ce type. Avec son look de clochard. Sa vieille bagnole dégueulasse. Sa façon de prendre tout le monde de haut. Il ne l'a même pas remercié pour l'avoir déposé chez lui. Ce qu'il voulait, lui, c'était un nouveau chef de brigade dynamique, un passionné qui lui aurait appris tout sur le métier. Pas un semi-retraité dépressif dont on veut se débarrasser. Il savait qu'il était mêlé d'une façon ou d'une autre à la mort d'un de ses collègues à Paris. Un gradé du 36 Quai des Orfèvres.

Son téléphone sonne. Il se gare, met ses feux de détresse et décroche.

— Jo Thorez.

— C'est Sorge. Rejoins-moi au lycée, on a un suicidé au sous-sol de la salle de sport.

— Je vois de la fumée d'ici. C'est ça ?

— Exact. Il s'est immolé dans la cave.

— Je suis là dans cinq minutes.

Il reprend la route, coupe la clim' pour éviter le choc thermique. Arrivé sur les lieux de l'incendie, il ne sait pas où se garer. Le vent pousse les fumées vers le parking. Mais Sorge lui fait signe. Malgré les débris calcinés qui volent de partout, il se gare à côté des camions de pompiers.

— Il est où ?

— Toujours dans le sous-sol. Le pompier a juste eu le temps de l'apercevoir avant que la cuve à fuel ne s'embrase. Ils ont préféré faire demi-tour par sécurité.

— On sait qui c'est ?
— Ali Abishin.
— Comment on le sait ?
— Il a pris le temps de prévenir sa petite amie avant de passer à l'acte. Elle est partie à l'hôpital, on ira la voir plus tard.
— Ce n'est pas le jeune…
— Si ! C'est lui.
— Ta fille est au courant ?
— Pas encore, ou elle serait déjà là.
— On fait quoi en attendant d'avoir accès au corps ?
— La proviseure-adjointe peut nous recevoir.
— C'est toujours Mme Labrousse ?
— Oui. Tu la connais ?
— J'ai fait toute ma scolarité ici. Tu vas voir, très chic comme femme.

Thorez entend son chef qui halète en montant les deux étages qui mènent à l'administration du lycée. Ça le dégoûte. La musculation spécifique des quadriceps et des mollets qu'il s'est tapée tout l'hiver en salle paie. Il ne note aucune accélération de son rythme cardiaque. Il est bientôt prêt pour sa course.
— C'est juste là. Ça va aller ?
— Tu verras quand tu auras mon âge…
— Le plus vieux des engagés pour le trail a deux ans de plus que toi.
— Eh bien tant mieux pour lui. Il est où, son bureau ?
— Au fond du couloir.
Il frappe sur la partie en verre brouillé de la porte.
— Oui, entrez.
La voix est autoritaire. Elle se radoucit en les voyant. Elle est aussi grande que le jeune brigadier et porte un tailleur gris anthracite qui lui donne beaucoup de prestance. Les deux policiers sont en tenue estivale.
— Bonjour messieurs.

— Capitaine Sorge et le brigadier Thorez. Nous voudrions des renseignements sur Ali Abishin.

— Bonjour, brigadier. Je vous ai eu comme élève, non ?

— Oui. Il y a cinq ans.

— Il nous faudrait son dossier scolaire.

— Je l'ai préparé.

Elle leur tend une chemise rose pâle. Le premier document est la photo de classe. Thorez ne se souvient que vaguement du jeune lycéen qu'il n'a vu que dans des articles de la presse locale. Il demande confirmation à la proviseure-adjointe.

— Il est où, sur cette photo ?

— Premier rang en bas. Le grand brun.

— Lequel ? Ils sont deux. Celui en chemise blanche ou celui avec le sweat bariolé rouge et bleu ?

Elle lui reprend la photo deux secondes.

— Le premier à gauche. Juste à côté, c'était son grand copain. Ils étaient inséparables. Très mauvaise fréquentation. Un voyou. C'est vrai qu'ils se ressemblaient. Je n'avais jamais remarqué. Ça faisait vraiment une drôle d'association.

Sorge veut comprendre.

— Pourquoi ?

— Ali Abishin était un bon élève, plutôt sérieux.

— On m'a dit brillant.

— Oui, si l'on veut. Mais l'autre était notre pire élément, voleur, menteur, un cancre irrespectueux.

— Excusez-moi, pourquoi « était ». Il n'est plus ici ?

— Heureusement, non. Nous l'avons passé en conseil de discipline l'année dernière pour un trafic de cannabis et il a été exclu définitivement.

Sorge monte légèrement le ton.

— Mais comment se fait-il qu'il soit sur la photo de classe ?

— C'est la photo de l'année dernière. Je vous l'ai préparée parce qu'on le voit beaucoup mieux. Sur celle de cette année, il est au dernier rang. Il y a juste son visage. Je pensais bien faire.

Elle se lève, ouvre une armoire et saisit la photo de l'année en cours. Elle la leur tend.

— Vous voyez, il est au fond à droite. À côté de son professeur de français, Mme Hibon.

Thorez lui prend le document. Sorge tourne quelques pages dans le dossier avant de lui poser une question.

— Il était en terminale scientifique, c'est bien ça ?

— Oui.

— Vous avez beaucoup d'élèves au-dessus de dix-sept de moyenne générale au deuxième trimestre de terminale, madame Labrousse ?

Toute courtoisie a disparu de sa voix, alors que de son côté, elle perd de son assurance.

— Malheureusement, pas beaucoup.

— On peut donc dire qu'Ali Abishin était un élève brillant.

— Oui.

— Merci, madame Labrousse. L'internat est bien le bâtiment un peu vétuste juste à côté ?

— Oui. Sa chambre est la numéro 24. Monsieur Maurice doit y être.

Ils se lèvent. Avant de sortir, Sorge s'arrête devant une photo accrochée au mur, bien en évidence. Mme Labrousse recevant une décoration des mains mêmes du président de la République.

— Belle photo !

Elle reprend un peu d'assurance.

— Oui. J'en suis très fière.

— Je vous comprends, madame Labrousse. Je vous comprends parfaitement. À bientôt.

Dès qu'ils sont seuls dans le couloir, le jeune brigadier interroge son chef.

— J'ai rien compris à ce qui vient de se passer. Son meilleur élève vient de se faire cramer et j'ai eu l'impression qu'elle le dénigrait franchement.

— Tu vois que je peux t'apprendre quelques trucs avant ma retraite.

Il ne dit plus un mot avant d'être devant la loge du concierge de l'internat. Ils frappent sur le cadre en bois de la porte. Les rectangles en verre dépoli ne tiennent plus que par quelques petits clous rouillés.

— Ouais !

— Capitaine Sorge et brigadier Thorez. Nous venons voir la chambre d'Ali Abishin.

— Numéro 24, au fond juste après les douches.

— On aimerait vous parler après.

— Si vous voulez.

Thorez ralentit, se colle au mur de droite pour passer le plus loin possible des sanitaires.

La 24 est la dernière chambre avant l'escalier de service. La porte est entrouverte. Ils entrent tous les deux.

— Putain, ils ont déjà fait le ménage !

Sorge est plus circonspect.

— Ça m'étonnerait. Il a peut-être rangé avant de se suicider.

— Tu crois ?

Le brigadier regarde par la fenêtre.

— On voit la salle de sport. Il n'y a plus de flammes.

— On passe vite fait voir le concierge et on y retourne.

Quand ils frappent de nouveau chez le concierge, la porte s'entrouvre légèrement.

— Ouais, j'arrive.

Il a les yeux vitreux et injectés de sang.

— Vous avez fait vite. Il a tout bien nettoyé, hein ?

Thorez peut à peine entrer dans le petit local. Il se met en apnée et se dirige vers l'unique fenêtre et tente de l'ouvrir.

— Qu'est-ce qu'il se permet, celui-là ! T'es pas chez toi, merde !

— Thorez, laisse cette fenêtre. Monsieur Maurice, c'est ça ?

— Oui. Et toi, laisse cette fenêtre fermée ! Y a la chaleur qui rentre sinon. J'ai pas la clim'.

— La VMC non plus ! Ça pue, c'est infernal !

— T'as qu'à attendre dehors si ça te dérange !

— Oui, Jonathan, attends-moi dehors. J'arrive.

— Non, ça va aller.

— Vous le connaissiez bien ?

— Comme les autres.

— Il ne vivait pas ici à l'année ?

— Si.

— Alors, vous deviez le connaître un peu plus que les autres, non ?

— Sorge, c'est votre nom, c'est ça ?

Il a un sourire mauvais.

— Oui.

Le capitaine le voit venir.

— Famille avec Louisa Sorge ?

— Oui.

— Ça va pas être simple ce soir à la maison…

Le capitaine répond à son sourire.

— Elle ne vit plus chez moi et je vois que vous connaissiez Ali Abishin un peu mieux que les autres pensionnaires, monsieur Maurice.

— Peut-être, et alors ?

Thorez porte son téléphone à l'oreille.

— On peut accéder au corps ?

Les sourires ont disparu. Ils partent sans un mot. C'est le concierge qui doit fermer la porte. Il le fait lentement.

## 5

Des rats. Il déteste ça. Mais les sales bêtes se goinfrent. Ils creusent le sol en terre battue et mordent tout ce qui dépasse. Le sang gicle sur leurs museaux. Deux des plus gros se battent pour en avoir plus. Ils s'écartent du festin. Il peut voir l'objet de leur lutte. Une main. Une main minuscule qui dépasse du sol. Il veut crier, se précipiter pour aider son fils mais son corps ne lui obéit pas. Il tangue. Incapable de descendre la dernière marche. Tous ses muscles contractés pour rien. Les deux rats ont fini de se battre, ils repartent à leur orgie, le plus foncé mord l'intérieur de la petite main. Il ressent la morsure dans sa propre paume. Il ouvre les yeux. Haletant. Il est toujours sur le fauteuil gris en haut du chemin et un chien lui lèche la main droite qui pend sur le côté de l'accoudoir.

Six mois que son cauchemar l'avait laissé tranquille.

— Merde.

Sûrement le mélange d'alcool et de chaleur. Il a un putain de mal de crâne. Le vin blanc du pot de départ de Sorge et les deux vodkas du matin. Le soleil est plus bas. Combien de temps a-t-il dormi ?

Il se redresse. La vue est encore plus belle au soleil couchant. Il pense à Jeanne, sa femme, à la salle du musée d'Orsay, les Van Gogh.

Le chien ne faisait pas partie du cauchemar. Non, il est là à le regarder, langue pendante. Il connaît cette race, un Jack Russell.

— Qu'est-ce que tu fous là ?

Le chien bondit et s'éloigne dans le petit sentier vers Carsac. Il le suit du regard. À cent mètres dans la côte, il rejoint deux autres Jack qui courent dans tous les sens autour d'une femme qui vient dans sa direction.

— Qu'est-ce que c'est que cette conne ?

Il a bien passé quelques barrières pour arriver ici mais il n'a pas vu de panneau « propriété privée ».

Il remet ses cheveux en arrière, enfile ses chaussures discrètement et la regarde arriver. Elle marche très droite avec facilité, pourtant la côte est assez raide. Elle est vêtue d'un pantalon foncé très moulant, d'un polo bleu clair et bizarrement de grandes chaussettes qui lui remontent jusqu'aux genoux. Des chaussettes à carreaux roses. Plus elle s'approche, plus il observe les détails. Des cheveux châtain clair regroupés en une queue de cheval qu'il aperçoit quand elle se retourne pour appeler ses chiens. Le polo possède un grand numéro à gauche sur la poitrine. Poitrine qui est plutôt discrète. À cinquante mètres de lui, elle lui sourit déjà. Elle a les yeux clairs, elle est plus âgée que sa silhouette fine et sportive ne le laissait supposer. Cinquante ans peut-être. Il est toujours assis.

— Bonjour.

— Bonjour, je suis désolé mais je n'ai pas vu de panneau « propriété privée ».

— *Lo que admirar solo tu sabes, tuyo es.*

— Pardon ?

— C'est de l'espagnol. Ça veut dire que vous n'avez pas à vous excuser. Au contraire. Je peux vous inviter à prendre un verre ?

Il allait refuser, mais à l'idée de retrouver son gîte, sa nièce qui lui fait la gueule, il accepte. En plus, elle a un léger accent très chaleureux.

Elle se retourne et le précède sur le sentier sans ajouter un mot. Il la suit, réalisant trop tard que le château est au moins à vingt minutes de marche. Dès les premiers pas, ses pieds le font de nouveau souffrir.

Il ne pense pas avoir déjà vu ce genre de pantalon. Il est gris foncé mais au niveau des fesses, une découpe noire souligne les formes – c'est plutôt sexy.

Sans se retourner, elle le renseigne :

— C'est un pantalon pour l'équitation.

Pris la main dans le sac.

— Comment ?

— Mon pantalon a l'air de vous intriguer, c'est pour monter à cheval.

Fuillard imagine une riche baronne passant le temps dans ses écuries, mais cinq minutes à peine après leur départ, elle s'arrête devant une grange.

— Voilà, c'est chez moi.

La moitié du bâtiment a été transformé en habitation. Sur la table de jardin en bois, tout est prêt pour l'apéritif.

— Mais vous attendez quelqu'un ?

— Oui, vous.

Elle sourit.

Il la dévisage.

— On se connaît ?

— Non, pas du tout. Même si je sais que vous êtes le frère de Mme Clervot, la maman de Théo.

— Pourquoi vous m'attendiez ?

— Asseyez-vous, je vous explique. Vous voulez un jus de fruits, un alcool ?

— Une bière, si vous avez.

Elle le sert et s'assoit en face de lui.

— Alors ?

— C'est un jeu.

— Un jeu ?

— Quand mes deux garçons vivaient encore avec moi, on invitait systématiquement toutes les personnes qui restaient plus d'une demi-heure à contempler le vallon sur le fauteuil de reine. C'est mon cadeau de fête des mères, il y a pas mal d'années de ça. J'adore ce paysage.

Il est surpris.

— Je suis resté assis plus d'une demi-heure ?

Il évite de lui avouer qu'il s'est endormi au bout de cinq minutes.

— Presque une heure.

— Quoi ? Mais quelle heure est-il ?

— 8 heures passées.

— C'est pas possible ! Ma sœur veut qu'on soit à table à 8 h 30.

Elle sourit.

— Vous vivez chez votre sœur ?

— Non, pas vraiment. J'habite une partie de la maison de famille mais je mange chez eux tous les soirs depuis mon retour. Je vais être en retard. Je suis désolé, je dois y aller.

— Pas de problème. Vous faites quoi vendredi soir ? Venez manger !

Il était déjà debout pour partir. Il se retourne lentement, une expression de gêne sur le visage.

— Écoutez... Je suis marié.

Il regrette aussitôt ses paroles. Elle attend, devinant une suite.

— Ma femme est en maison de repos depuis presque dix ans... Depuis la mort de notre fils.

Il se passe les mains dans les cheveux, se retourne et parcourt quelques mètres.

— Attendez !

— Excusez-moi, je ne sais pas pourquoi je vous ai dit tout ça.

— Vous chaussez du combien ?

— Quoi ?

— En chaussures, vous faites quelle pointure ?

— Quarante-deux, pourquoi ?

— Asseyez-vous, j'arrive.

Elle court vers l'intérieur de la maison et lui, se surprend à s'assoir et à l'attendre. Elle ressort cinq minutes plus tard avec une paire de chaussures, un genre de chaussures de randonnée marron clair. Les lacets sont effilochés aux extrémités, le rond plastifié au niveau des malléoles est à moitié décousu.

— Ce sont les vieilles Pataugas de mon fils. Essayez-les. Elles lui vont incroyablement bien.
— Ça ne va pas le déranger ?
— Il vit à Paris. Il ne vient plus très souvent.
Il repart, ses mocassins à la main.
— Au revoir. Merci pour la bière.
Il est déjà à dix mètres quand elle lui répond.
— Au revoir… À vendredi ?
Il fait semblant de ne pas l'avoir entendue.

Le trajet de retour est plus aisé. Il ouvre la porte de chez sa sœur sans frapper. Elle est déjà à table, seule avec son mari.
— Désolé, je suis en retard… Les enfants ne sont pas là ?
— Ils ont déjà mangé.
Fuillard voit bien à la tête de Roger qu'il se passe quelque chose.
— Il y a un problème ?
— Entre. Assieds-toi. L'incendie de tout à l'heure, c'est un jeune qui s'est suicidé dans le sous-sol de la salle de sport du lycée. Ali Abishin, un sans-papiers afghan que Lucie connaît très bien.
Il perçoit le petit sourire triste de sa sœur.
— Et pourquoi elle serait en colère contre moi ?
— Il s'est suicidé parce que la police allait le renvoyer de force dans son pays. Et…
— Et je suis policier.
— Eh oui.
Il regarde les places vides des enfants.
— C'est pour ça qu'ils ne sont pas à table ?
— Oui.
Sa sœur s'énerve.
— Ils viendront quand ils auront faim !
— Non, laisse, je vais aller manger chez moi. C'est normal.
— Je peux te faire un plateau si tu veux ?

— Non, ça va aller, je n'ai pas très faim de toute façon. Et je suis crevé.

Son beau-frère le met en garde.

— Repose-toi bien, ça risque d'être un peu la folie demain.

— Pourquoi ?

— Les élections.

— Quoi, les élections ? C'est dans deux ou trois semaines, non ?

Roger, qui est responsable de la section syndicale au dépôt SNCF de Périgueux et passionné de politique, lui répond :

— Non, pas deux ou trois semaines, dix jours. Et je peux te dire que ce qui vient de se passer au lycée va faire un boucan de tous les diables.

— Pourquoi ?

Il hausse le ton.

— Mais intéresse-toi un peu à la politique, bon sang ! Chirac vient de donner un coup de barre à droite toute. Il part à la chasse aux voix du Front National. Le bruit et l'odeur. Le bon Français qui se lève tôt. Les charters pour renvoyer les sans-papiers dans des pays en guerre. Alors, je peux te dire qu'un gamin comme Ali qui se fait cramer à cause d'un arrêté d'expulsion, ça va foutre toute sa campagne en l'air. Les derniers sondages ne le donnent même pas au deuxième tour. Jospin et Le Pen vont sauter sur l'occasion. Demain, ça va être l'enfer ici.

— C'est Sorge qui va gérer tout ça. Moi je prends mon poste après.

— Je parierais pas là-dessus. Sa fille est présidente du comité de soutien du gamin. Il va se faire jeter. Prépare-toi à reprendre du service.

— Louisa ?

— Oui, la jolie Louisa.

— OK. Merci pour les infos. Et à partir de ce soir, je mangerai chez moi. C'est mieux comme ça.

Sa sœur allait protester mais il lui tourne déjà le dos, ouvre et referme la porte d'accès au gîte.

## 6

Elle est là.

Des pompiers courent dans tous les sens. Des curieux s'amassent derrière la grille. Le proviseur et du personnel du lycée tentent de se rendre utiles, mais il ne voit qu'elle.

À peine l'angle de l'internat franchi, Sorge voit sa fille immobile au milieu de toute cette agitation. Elle est le seul point fixe, le centre de la scène. Elle a la même tenue que pour la réception tout à l'heure. Un jean et une chemise blanche. De profil, les bras croisés sur la poitrine, indifférente aux débris de carbone qui volent autour d'elle. À chaque impact, une traînée noire tache le tissu blanc. Elle ne l'entend pas arriver. Il est obligé de se mettre juste devant elle pour qu'elle sorte de sa torpeur.

— Ça va, ma chérie ?

— C'est lui ?

— Oui.

— On en est sûr ?

— Il a appelé Mathilde juste avant et laissé une lettre d'adieu dans sa chambre.

— Comment va-t-elle ?

— Elle est en état de choc. Elle est partie à l'hôpital. Sa mère était déjà là quand je suis arrivé. Et toi, qui t'a prévenue ?

— Lucie Clervot.

— Elle est déjà au courant !

— Elle jouait au volley dans la salle.

— Ça va aller, ma chérie ?
— Papa...
C'était la première fois qu'elle l'appelait « papa » depuis très longtemps. Depuis l'enfer qu'ils avaient traversé.
— Papa... Ils vont essayer de dire du mal de lui.
— Il y a de fortes chances.
— Tu ne les laisseras pas faire ?
— Non. Je te le promets.
Deux véhicules se garent exactement en même temps de l'autre côté des grilles. Des camionnettes bariolées, les journalistes.
— Tu crois que je devrais leur parler ?
— Tu as trente-deux ans, c'est à toi de décider.
— D'accord. J'y vais.
Elle se retourne déjà.
— Attends !
Elle s'arrête. Il sort un paquet de mouchoirs blancs de sa poche, en retire un de l'étui et le tend à sa fille.
— Ton maquillage a coulé.
Elle humecte le mouchoir et efface les deux traces noires sous ses yeux.
— Merci.

Il la regarde s'éloigner en pensant qu'il avait failli tout perdre en la perdant. C'est la voix de Jonathan qui le ramène au moment présent.
— À mon avis, son chemisier est foutu !
— Quoi ?
— Les traces noires, elle aura du mal à les faire partir.
Il ne sait pas quoi répondre.
— Allez, on va voir le corps.
— On y va.
Ils se dirigent vers le côté de la salle. Juste devant l'escalier qui descend au sous-sol, le proviseur, le chef des pompiers et leur collègue Camille qui a enfilé sa combinaison pour les prélèvements scientifiques. C'est elle, la technicienne en investigation criminelle du commissariat.

Ce qui lui vaut son nouveau surnom : la Tique. Ils les attendent, tous les trois adossés à la rambarde blanche.

L'incendie a l'air complétement maîtrisé. Le capitaine des pompiers les interpelle d'assez loin.

On vous attendait pour enlever le corps.

— Vous avez bien fait. On arrive. Il n'y en a qu'un ?

— Oui. Il est dans une petite pièce à droite au fond du couloir.

Sorge passe premier mais s'arrête immédiatement.

— Attendez-moi cinq minutes, je vais changer de chaussures.

Jonathan regarde à son tour au pied de l'escalier. La dernière marche n'est plus visible, il y a bien vingt centimètres d'eau noire crasseuse qui stagne au fond.

— Eh merde, je n'ai rien prévu comme chaussures de rechange.

Il regarde les pompiers pour espérer un peu d'aide. Le capitaine envoie un jeune bénévole lui chercher deux sacs poubelle et de la bande adhésive. Le jeune volontaire revient en courant en même temps que Sorge qui a enfilé ses bottes pour le ramassage des champignons. Jonathan enfile les sacs plastiques et le jeune les scotche au niveau de ses mollets.

Sorge le regarde en souriant.

— Première leçon. Avoir toujours une paire de bottes et un vêtement de pluie dans son coffre.

— Ah, ah, très amusant. Parfait. Maintenant, dès que je devrais marcher dans de la merde, je penserai à toi. On y va ?

L'odeur est infecte. Ils marchent l'un derrière l'autre, traînant les pieds de peur de s'éclabousser. Plus ils avancent, moins la lumière pénètre. Les pompiers allument leurs lampes-torches. Toutes les vitres en haut du mur de droite ont explosé. De l'eau dégouline le long des parpaings noirs de suie. La porte du local est complètement déformée, comme si un bélier surpuissant l'avait défoncée de l'intérieur. Le local où se trouve le corps est trop exigu pour que tout le monde entre. Ils ne sont plus que trois avec une seule lampe. Un peu de lumière filtre au travers des deux minuscules fenêtres qui donnent sur la salle.

Ni Sorge ni Thorez ne voient le corps.

— Il est où ?

— Là.

Le chef des pompiers braque sa torche en bas du mur de droite.

Il faut du temps aux deux hommes pour comprendre que cet objet métallique en forme de pyramide couchée sur le côté, à moitié immergée, est le corps d'un jeune homme de dix-sept ans. Les tissus et la peau ne forment plus qu'une croûte noire. Les vaguelettes qu'ils provoquent en s'approchant laissent apparaître par moment le bas du visage. La mâchoire est à nu. On perçoit les dents au travers du trou dans la joue.

— Giacometti.

— Qu'est-ce que tu dis Jonathan ?

— Giacometti ! Ça me fait penser à ses sculptures.

— Moi, ça me ferait plutôt penser aux camps de concentration. Vos collègues ont déplacé le corps ?

— Non. Mais on a attaqué le feu par la grande salle. À la fin, on a dirigé deux lances à incendie directement par les fenêtres du haut, donc la pression a tout collé au mur du fond.

— L'eau va mettre longtemps à s'évacuer ?

— On est au sous-sol, il va falloir qu'on la pompe. D'ici une heure, ce sera fait. On voulait juste enlever le corps avant. Notre médecin doit constater le décès.

— Pas de problème, allez-y. Quand vos hommes sont arrivés, la porte était fermée ?

— Le premier collègue a tenté de l'ouvrir, elle était condamnée. Le commandant a vu le corps par les fenêtres de la salle de sport, il n'y avait plus rien à faire pour la victime. Il nous a ordonné de nous replier à cause de la cuve à fuel. Il a bien fait, c'est le souffle qui a éjecté la porte hors de ses gonds.

— Vous pouvez éclairer le châssis au niveau de la poignée, s'il vous plaît ?

Sorge passe son doigt sur le côté de la porte. Les trois points de sécurité du système de fermeture sont sortis. Elle était fermée à clé. Camille prend une photo.

— Merci. Vous pouvez emmener le corps. Conduisez-le au service du docteur Hubert à l'hôpital principal. Il est responsable des autopsies pour le département. Je le préviens.

Ils sortent de la cave, surpris du soleil et de la chaleur.

— Thorez, tu restes là jusqu'à ce qu'ils aient fini de retirer toute l'eau. Tu ne laisses entrer personne. Surtout pas les journalistes. Tu m'appelles quand c'est fait. Après, on appelle le proc' et on voit. On reviendra demain avec l'équipe technique si nécessaire.

Le jeune flic regarde sa montre, inquiet.

— Dans une heure, vous aurez terminé ?

— Peut-être moins.

— Bon, ça devrait aller.

— Pourquoi, t'as rendez-vous ? N'oublie pas d'enlever les sacs à tes pieds.

— Dis donc, tu vas faire marrer les papys à la maison de retraite dans une semaine. Non, j'ai entraînement, mon coach va me doubler les séances si je loupe celle-ci.

— T'as qu'à l'appeler, il peut quand même comprendre, non ?

— Il ne comprend rien, c'est une machine.

— Une machine ?

— Oui, un ordinateur qui me sort un programme de préparation individualisé.

— Tu peux laisser les sachets, alors !

— Ah, ah…

— Il est bientôt dix heures, tu vas courir la nuit ?

— Le jour de ma course, je vais enchaîner deux nuits de suite.

— Drôle d'idée… Enfin, tu fais ce que tu veux de tes nuits… Je vais voir le proviseur. Appelle-moi quand ils auront fini de pomper. On jettera un coup d'œil et on posera les scellés.

— OK, j'attends.

Le proviseur n'est pas dans son bureau, il le trouve dans la salle de repos de l'internat, parlant aux derniers parents présents.

— Monsieur le proviseur, je peux vous voir quelques instants ?

— Bien sûr, allons dans mon bureau.

Sorge se retape les deux étages en soufflant. Jonathan a peut-être raison, il devrait faire une activité physique.

— Voilà, vous pouvez vous asseoir.

Le proviseur lui tend la lettre d'adieu qu'Ali Abishin avait laissée dans sa chambre. Il l'a mise dans une pochette plastifiée. Deux phrases uniquement : « *Je ne repartirai pas là-bas. Je préfère mourir* » .

— Le concierge l'a trouvée sur son lit.

— Merci. Rien d'autre ?

— Non.

— Monsieur Dewaere, est-ce qu'au niveau du lycée, des enseignants vous ont fait part de signes de dépression ou d'un changement d'attitude d'Ali Abishin ces derniers temps ?

— Non, aucun. Pourtant, nous étions au courant de ses problèmes. Mais je vous assure que rien ne laissait présager son geste.

— Vous avez une infirmière ou une assistante sociale ?

— L'assistante sociale gère son dossier depuis trois ans. Je l'ai prévenue. Elle est effondrée, elle n'a rien vu venir. Elle le trouvait même combatif. Je vous ai préparé un dossier avec tous les gens qui le connaissaient le mieux au lycée.

Il lui tend une feuille avec une vingtaine de noms dessus.

— Merci. Je les contacterai demain. Tout le monde doit être sous le choc.

— Oui, il faisait l'unanimité. Il était brillant à l'école, sportif, le fils idéal ou le petit copain dont toutes les mamans rêvent pour leur fille. Une vraie perte.

Cinq heures après le drame, dans ce premier moment de pause, le chagrin l'atteint à son tour. Il reprend d'une voix moins administrative :

— Nous avons tous rempli un dossier pour essayer d'annuler la décision d'expulsion. En vain. La France n'a pas vocation à accueillir toute la misère du monde, vous connaissez la chanson. Il ne faudrait pas que le Français qui se lève tôt soit dérangé par le bruit et l'odeur. On fait n'importe quoi, monsieur Sorge, n'importe quoi...

— Mme Labrousse a l'air moins touchée que vous par ce drame.

— Mme Labrousse n'est touchée que par une seule personne... Le grand con à l'Élysée. Elle ferait tout pour lui. Et je peux vous dire que cette affaire, si elle s'ébruite en dehors de l'académie, à dix jours des élections, peut tout changer. Elle a réagi en militante. Mais moi, j'en ai marre de la politique. Ils me fatiguent tous. Je suis à la retraite à la fin de l'année. Pétanque à l'ombre des platanes des allées Tourny et randonnée.

— Oui, mais pour l'instant, il va falloir faire face.

— Vous avez raison. Vous allez faire une enquête ?

— À mon avis, on va me demander de faire court. Moins on en parlera, mieux ce sera.

— J'imagine. Mais ne sous-estimez pas nos lycéens. Ils communiquent bien plus vite que nous. C'est fini le téléphone dans le hall d'entrée des parents. Ils sont de plus en plus nombreux à avoir leur propre téléphone portable. Je vous parie que demain matin, ils seront tous devant le lycée, habillés en blanc avec une rose à la main.

— Vous croyez ?

— Venez voir.

Le proviseur tourne légèrement l'écran de son ordinateur pour que Sorge puisse le voir, pianote trente secondes sur son clavier. Le visage d'Abishin apparaît. Écrit en rouge en dessous : « comité de soutien d'Ali ».

— C'est quoi ?

— Un blog.

— Un quoi ?

— Un blog, un site Internet dédié à Ali Abishin.

— Ça sert à quoi ?

— Tous ceux qui ont un ordinateur peuvent y trouver des d'informations sur lui, ses bulletins scolaires, les décisions de justice à son encontre, un formulaire pour imprimer des feuilles de pétition. C'est très bien fait. Regardez, sa mort est déjà annoncée.

— Beaucoup de gens consultent ce blog ?

— Pas énormément, il faut un ordinateur mais il suffit d'une personne par établissement scolaire pour servir de relais et l'information passe.

— Et ça sort de la région ?

— Bien sûr.

# 7

Des gamins signent leur arrêt de mort. Leur carrière va s'arrêter. Tout ça à cause d'un petit immigré qui se suicide pour échapper à l'expulsion.

— On ne pouvait pas prévoir ce problème.

— Bien sûr qu'on ne pouvait pas le prévoir, mais notre boulot, c'était de prévoir le bordel que ça ferait, et on n'a rien vu. Déjà une vingtaine de lycées appellent à la grève dès demain matin, alors qu'il n'y a même pas eu cours depuis le décès. Vendredi, ils seront bien plus nombreux et ça dépassera largement l'académie de Bordeaux.

— Il y a des académies déjà en vacances.

— Oui, mais pas Paris. Et je peux te dire que si ça bouge devant le ministère de l'Éducation, toute notre stratégie tombe à l'eau.

— Et nous aussi, on tombe.

Ils sont tous les trois consternés par la propagation de l'information. La radio, toutes les émissions de libre antenne ne parlent que de ça depuis trois heures. La télé et même sur Internet. Le comité de soutien d'Ali Abishin est très actif.

Un incendie en pleine canicule électorale.

Une heure qu'ils attendent devant le bureau de Rufenacht. Ils n'ont rien à proposer. Ils représentent à eux trois l'élite. À peine sortis de Sciences Po, de socio et de Polytechnique. Le directeur de campagne les avait choisis pour ça et pour leur jeunesse. Leurs trente ans donnaient un coup de jeune à l'équipe de campagne. C'est sur leur conseil que Chirac avait choisi de partir à la pêche aux voix du FN. Il y a à peine une semaine, les sondages étaient tellement mauvais que l'on craignait de voir Chirac éliminé au premier tour. Ils lui ont assuré que les Français étaient prêts. Les médias avaient fait un travail de fond en installant l'insécurité au centre de la campagne. Il ne restait plus qu'à l'assimiler à l'immigration. C'était le seul moyen de se distinguer de Jospin en baissant le score de Le Pen. Maintenant, ils ne sont plus sûrs de rien et surtout pas de leur avenir politique. On les fait attendre comme des étudiants qu'ils sont soudain redevenus.

— Entrez !

À leur grand étonnement, ce n'est pas Rufenacht qui est assis derrière son bureau mais Marc Auzil, le jeune et ambitieux député-maire..

Et se tenant debout, derrière lui près de la fenêtre, un homme très élégant, un costume certainement sur mesure. Un teint hâlé, des cheveux bruns coiffés avec soin, une barbe taillée avec précision, des yeux clairs, un visage parfait.

Le secrétaire referme la porte en sortant.

Ils s'avancent tous les trois.

Auzil fait semblant de relire la note de service qu'il connaît déjà par cœur.

Ils ne disent rien. Au moindre mot, il les attaquerait à la gorge. Il était prêt pour le carnage. Se payer ces trois petits merdeux. Trois tronches de premier de la classe.

— Vous n'avez rien à dire ?

Toujours le silence.

— Bon, je n'ai pas de temps à perdre avec vous. J'ai cette affaire à régler. Vous, vous n'existez plus. Je ne peux pas vous remplacer en pleine campagne mais vous ne faites plus rien. Vous vous pointez à 7 heures au siège de campagne. Il y a une pièce au fond avec trois chaises. Vous sortez à

13 heures pour déjeuner avec les membres de l'équipe sur place. Tout sourire, l'air débordé. Retour dans la salle à 14 heures et vous y restez jusqu'à 22 heures. Pareil tous les jours jusqu'au deuxième tour. Compris ?

En réalité, il n'attend aucune réponse. C'est l'homme près de la fenêtre qui vient leur ouvrir la porte sans un mot.

Auzil compose de mémoire les huit chiffres du numéro de téléphone personnel du procureur au parquet de Bordeaux, Théodore de Briche.

— Oui, de Briche ? C'est Marc Auzil. Je vous appelle pour le petit problème que nous rencontrons à Périgueux.

Il écoute la réponse quelques instants avant de couper la parole à son interlocuteur.

— Oui, oui, je connais parfaitement tous les éléments du dossier. Ce n'est pas pour ça que je vous appelle. Je vous contacte pour vous dire exactement comment je pense qu'il faudrait agir dans cette affaire.

Il savoure le silence qui suit sa proposition. Savoir qu'un homme de soixante-douze ans, ancien colonel de l'armée, ancien d'Algérie, procureur dans le Sud-Ouest depuis presque trente ans va lui prêter allégeance, le remplit d'une excitation jouissive.

— D'accord, je vous écoute.

— Parfait. Un de mes plus proches collaborateurs va arriver chez vous dans trois heures. Il vous expliquera notre stratégie d'attaque.

— D'attaque ?

— Ce n'est pas à un vieux soldat comme vous que je vais apprendre que la meilleure défense est l'attaque. Qui a été nommé juge d'instruction ?

— Leprince. Une personne qui partage beaucoup de nos convictions. Il a déjà clos l'enquête. Je vous envoie un double de la procédure.

Auzil réagit un peu trop nerveusement.

— Impossible. Il nous faut une enquête.

— Sur quoi ? Le suicide est évident.

— Oui, je sais. On vous expliquera. Prévenez Leprince, on ré-ouvre l'enquête. Ne faites plus rien sans notre consentement. C'est clair ?

— Oui.

— Je sais que la France peut compter sur des hommes comme vous.

— Les de Briche ont toujours été présents pour la République… Et la relève ne demande qu'à être assurée…

— Allez-y…

— Mon jeune neveu Vincent de Briche ne demande qu'à servir son pays à un poste de responsabilité élevée.

— Tout dépendra des résultats des élections. Sachez que ma mémoire est sans faille.

Il raccroche.

C'est pour des moments comme celui-ci qu'il fait de la politique.

# 8

Quand Sorge redescend vers la salle de sport, les camions de pompiers sont déjà repartis. Il ne reste que deux véhicules légers pour sécuriser la zone.

Il retrouve Thorez et le commandant responsable des secours à côté de l'escalier qui descend sous la salle.

— C'est bon, ils ont fini de pomper. Je suis allé voir. Pas grand-chose à dire. La porte était effectivement fermée à clé. Je n'ai pas trouvé le bidon d'essence, mais il y a de fortes chances qu'il ait fondu complètement. Je propose qu'on pose les scellés et qu'on revienne demain. Ça te va ?

— Non. On ne pose pas de scellés et on ne revient pas demain. L'enquête est terminée. Le juge Leprince a signé : suicide.

— Alors n'importe qui va pouvoir descendre ? Mais il y a encore tous les journalistes derrière la grille et les curieux.

Le chef des pompiers le rassure.

— Nous, de toute façon, on ferme la zone pour des raisons de sécurité. Donc personne ne descend jusqu'à demain matin. À part mes hommes pour vérifier qu'il n'y a pas de reprises.

— C'est déjà ça.

— Tu peux enlever tes sacs plastiques aux pieds, on rentre.

— Tu veux pas aller jeter un œil en bas ?

— Les ordres sont les ordres. Affaire classée. On circule, y a rien à voir. Moins on parlera de cette histoire, mieux ce sera.

— Ça ne te dérange pas ?

— Pas plus que ça. J'ai connu pire. Là, de toute façon, c'est vraiment un suicide.

— Pourquoi ? On t'a déjà demandé de mentir ?

— Non. Pas à moi en tout cas. Allez, tu vas être en retard pour ton entraînement.

— Depuis quand tu t'intéresses à ma préparation, toi ?

— Ah ça, c'est les petits vieux, ça se mêle de tout.

Il salue le pompier en partant.

— Mon commandant, bon courage. Tenez-nous tout de même au courant s'il se passe quelque chose cette nuit.

Il lui tend sa carte avec son numéro de portable.

— Comptez sur moi, capitaine.

Ils se dirigent vers les grilles.

— On leur dit quoi ?

— Le strict minimum. Suicide et le nom du gamin, c'est tout.

À deux mètres des grilles les séparant d'une vingtaine de journalistes, le portable de Sorge sonne.

— Oui. Oui... Bien, monsieur le juge. Oui, pas de problème, nous sommes encore sur place.

Thorez l'interroge du regard.

— Demi-tour, on pose les scellés.

— C'est une blague ?

— Non. Ne m'en demande pas plus. Je ne comprends pas. J'en saurais plus dans deux heures. Je suis convoqué au commissariat.

— En pleine nuit !

— On dirait bien.

Le commandant les regarde arriver, surpris.

— Vous avez oublié quelque chose ?

— Non, il y a un changement de programme. Vos hommes peuvent faire une dernière inspection, après on pose les scellés.

— Pas de problème.

Ils condamnent le couloir inférieur et le petit local. Les pompiers peuvent toujours rentrer dans la grande salle et dans les vestiaires. Ils obstruent les deux fines fenêtres horizontales au niveau du sol des terrains de volley avec une bâche et y fixent également des scellés.

— Voilà, tu peux aller courir. Rendez-vous demain 8 heures dans mon bureau.

— Bien capitaine. À demain.

Il laisse son supérieur faire une courte déclaration aux journalistes.

Il est presque minuit. Son créneau horaire d'entraînement lui laisse encore vingt minutes de libre. Il regarde dans la boîte à gants. Parfait, trois jetons.

Il s'arrête à la station de lavage. En cinq minutes, le programme complet est fait. Lustrage compris. Il dormira mieux en sachant sa voiture débarrassée des cendres. Il redescend vers le centre-ville et se gare à la place qui lui est réservée devant le commissariat. Il loge sous les toits. Le seul appartement de fonction de tout le bâtiment. Un vieil escalier de service étroit, peint d'une couleur difficilement identifiable le mène directement au dernier étage. La porte métallique contraste avec la vétusté de l'escalier. Il l'ouvre mais avant de la franchir, il se déchausse et enfile des tongs de style vaguement asiatique. Dans le petit hall, il se déshabille entièrement, met ses vêtements du jour directement dans un bac prévu à cet effet, enfile un bas de survêtement et entre enfin chez lui. Un appartement de jeune célibataire. À gauche, entre les deux fenêtres de toit, un espace musculation. Un banc avec une barre chargée de poids en fonte et un autre appareil multifonction avec de nombreuses poulies et une colonne de poids central. Un tapis de gym rouge au sol et un grand miroir vertical juste entre les deux fenêtres. À droite, d'une taille disproportionnée par rapport à la surface de l'appartement, un container. Une énorme poubelle rectangulaire d'un mètre sur presque un mètre vingt de long avec un couvercle jaune. Un bac pour le tri des déchets.

Sur la droite, une cuisine américaine. Petite mais très bien équipée. Chrome et gris béton. Le frigo américain prend la moitié de la surface.

Le troisième côté de la pièce est l'espace salle de bains. À peine séparé de la cuisine par un mur en briques de verre qui s'arrête à un mètre du plafond. Une douche à l'italienne en béton ciré.

Il attrape son mélange protéiné et passe dans sa chambre.

Un matelas de coton posé sur un sommier à lattes au ras du sol et occupant tout le mur de droite, un long plan de travail où reposent trois postes de télévision de petite dimension. Il allume les écrans et, en attendant qu'ils chauffent, se met en tenue de course.

Deux minutes plus tard, l'image devient nette. Les rues de Périgueux apparaissent dans un gris-vert sordide. Les images de vidéosurveillance de la ville. Il a dérivé les câbles de trois caméras sur les vingt-deux que la mairie a fait installer. Le local de visionnage et d'enregistrement de ces trois caméras est juste sous sa chambre. Ça a été un jeu d'enfant quand ils ont refait l'électricité dans tout l'étage de dériver le câble vidéo et de l'amener à l'étage supérieur. Il peut couvrir les principales rues du centre-ville. Il regardera plus longuement après son entraînement mais il ne peut s'empêcher de jeter un œil sur la caméra 18b. Il la sélectionne sur son ordinateur ainsi que l'heure de l'enregistrement : 16 h 30. Le numéro 26 de la rue du Terme en fin d'après-midi.

En appuyant sur une touche de son clavier d'ordinateur, il passe l'image en accéléré. Il relève son doigt rapidement quand une voiture se gare face au garage. L'image défile de nouveau à vitesse normale.

Il parle tout seul.

— Juste à l'heure, les amoureux.

Un homme descend de la voiture et fait basculer la porte du garage.

— Ah ? Tout seul aujourd'hui ?

L'homme se remet au volant. Mais juste avant qu'il ne referme sa portière, Thorez stoppe l'image et zoome au maximum. Il sourit. Pliée en deux, presque sous le tableau de bord, à moitié recouverte d'une couverture, une femme.

— On devient un peu plus prudent, les amoureux !

Il griffonne quelques mots sur un Post-it.

— Bon, on verra ça plus tard. Passons aux choses sérieuses.

Il pianote de nouveau sur son clavier. Les rues de Périgueux disparaissent de l'écran devant lui. À la place, son programme d'entraînement. Son sourire disparaît. C'est une grosse séance. Puissance VMA. Des séries de deux cents et de quatre cents mètres à enchaîner quasiment au sprint. Il va souffrir. Une fois sur deux, il finit en vomissant. À trois semaines de sa course, il sait que c'est l'une des dernières en lactique. Il a trois kilomètres pour s'échauffer jusqu'au stade. Mais en descendant l'escalier du commissariat, il décide de faire un petit détour par la rue du Terme.

# JEUDI 11 AVRIL 2002

# 9

Il ouvre les yeux au troisième bip.

Il déteste la sonnerie de son téléphone, mais il est bien incapable de la changer. Toujours assis dans le canapé. Son salon est plongé dans la pénombre. Il doit faire encore nuit. Sans bouger la tête, ses yeux balaient la pièce de gauche à droite à la recherche de son portable. Rien sur l'appui de fenêtre du mur extérieur. En face de lui, la porte de sa chambre qu'il n'a pas eu le courage de franchir la veille. Juste devant celle-ci, la table basse avec la bouteille et le verre et ses pieds en gros plan, toujours rien. À droite, par terre sur la moquette, son pantalon de la veille posé en deux tubes mous entourés de sa ceinture de cuir. La sonnerie vient de là. Au sixième bip, il décide de se lever pour répondre. Mais le silence se fait.

— Merde.

Il referme les yeux. La sonnerie retentit de nouveau.

— Oui ?

— Capitaine Fuillard ?

— Oui, à peu près…

— Pierre Leprince, juge d'instruction au parquet de Bordeaux. Je…

— Attendez, attendez. Excusez-moi, je viens de me réveiller. Vous êtes juge à Bordeaux. C'est ça ?

— Oui. Et je viens d'être chargé de l'enquête sur la mort du jeune… Attendez… Sur la mort du jeune Ali Abishin à Périgueux. Je serai sur place à 7 heures. Je vous donne rendez-vous à 7 h 30 dans le bureau du commissaire Lesieur.

— C'est une erreur. Ce doit être le capitaine Sorge qui a été nommé. Moi, je suis encore en repos.

— Non, c'est vous. À tout à l'heure.

Il raccroche.

Il lâche le portable d'un peu trop haut sur la table basse. Celui-ci rebondit sur le plateau en verre et retombe sur la moquette.

— Qu'est-ce que c'est que ces conneries ?

Il est 6 heures du matin.

Il ouvre grand la fenêtre. Ce sera le seul moment pour faire entrer un peu de fraîcheur. Pas un gramme de vent. La campagne attend le lever du soleil dans un calme absolu.

Son beau-frère avait raison, ils ont débarqué Sorge.

À cette heure-ci, son pantalon en matière synthétique est encore supportable. Cinq minutes pour nettoyer ses mocassins. Il cherche ses clés.

— Et merde !

La voiture est toujours au commissariat en panne.

6 h 40. Aucun taxi ne viendra le prendre au bout du chemin de craie. Il ne lui reste plus qu'à emprunter la 106 de sa sœur.

Il referme les épais volets de bois avant de descendre et aperçoit les phares d'une voiture qui remonte avec précaution le chemin. Une Audi A2 gris métallisé neuve.

— C'est pas vrai !

Il monte dans la voiture.

— Bonjour, capitaine.

— Je t'ai déjà dit que Fuillard, ça suffirait.

— On dirait que l'on va faire équipe plus tôt que prévu.

— C'est pas gagné, je suis encore en repos.

— C'est le dernier de leurs soucis. Ils ont débarqué Sorge cette nuit. Il m'a appelé à 2 heures du matin pour m'avertir qu'ils allaient essayer de pourrir l'enquête et qu'il refusait de participer à ça. Alors ils ont parlé de conflit d'intérêt, d'impartialité. Enfin, ils l'ont viré, quoi !

— Qui « ils » ?

— Le procureur était là, le juge d'instruction Leprince, notre commissaire Lesieur et un quatrième homme, un genre de journaliste ou d'homme politique. Sorge l'a comparé à un acteur.

— Un acteur ?

— Oui, un costume impeccable, une coupe de cheveux impeccable et une barbe impeccable. Pendant toute la discussion, il est resté en retrait. Mais Sorge m'a dit qu'il avait l'impression que c'était lui qui dirigeait l'entrevue.

— Qu'est-ce qu'ils voulaient exactement ?

— En résumé ? Que le jeune qui s'est suicidé paraisse un peu moins sympathique.

— Ils l'ont dit clairement ?

— Non, tout en sous-entendus et regards appuyés.

— Mais tu étais là ?

— Non. Je te dis, Sorge m'a appelé vers 2 heures cette nuit. Je rentrais juste de mon entraînement. Il m'a raconté tout ça. Il était furieux. Ils l'ont mis en retraite. Je crois qu'il voulait me mettre en garde.

— Et pourquoi personne ne m'a appelé, moi ! Merde !

Pour la première fois, Thorez quitte la route des yeux pour le fixer et lui répondre en secouant légèrement la tête de gauche à droite.

— Mais, on t'a tous appelé…

— …

— Même moi. Tu dois avoir au moins trente appels en absence. Sorge n'était pas encore sorti du bureau que le juge composait déjà ton numéro. Vérifie ton portable.

Fuillard fouille ses poches en vain.

— Je l'ai laissé au gîte.

— Tu dois avoir le sommeil profond. J'espère que tu es bien réveillé, on arrive et je ne connais pas les propriétaires de ces deux superbes Mercedes sur notre parking. Tu es attendu.

Ils montent ensemble et entrent dans leur bureau.
— T'es convoqué à quelle heure ?
— 7 h 30.
— T'as le temps de prendre un café ?
— Oui. Vous avez déjà quelque chose sur l'affaire ? C'est un suicide, c'est ça ?
— Oui. Pas l'ombre d'un doute. Le gamin a appelé sa copine pour la prévenir de son geste, pour lui dire adieu. Il s'est enfermé dans le sous-sol de la salle de sport, s'est aspergé d'essence et a craqué une allumette. Au bout de dix minutes, la cuve à fuel a explosé juste à côté. Il ne reste pas grand-chose du corps. Il est à la morgue de l'hôpital. Et nous, on a fini par poser les scellés. Voilà.
Il lui tend les photos. Fuillard les regarde trois minutes en silence et sans lever les yeux des clichés, interroge son collègue.
— Pourquoi « fini » par poser les scellés ?
— Dans un premier temps, le juge a clos l'enquête dans un temps record. Mais vers 23 heures, il a changé d'avis. Une enquête mais une enquête orientée, apparemment.
— Parle-moi un peu du gamin.
— Il est arrivé en France à huit ans dans le double fond d'un camion. Mais l'aération avait été mal calculée. Son père et son petit frère sont morts à côté de lui, asphyxiés. Après quatre ans en familles d'accueil dans le Nord, il a été envoyé ici. Internat à Saint-Joseph mais les cours à Laure Gatet. Le lycée en dessous de l'hôpital.
— Oui, je sais où il se trouve, j'y ai même fait mes études. Je suis de Périgueux.
— Ah oui, c'est vrai. Donc, Laure Gatet et il se révèle être un excellent élève. Premier dans presque toutes les matières. Sportif, aimé de tout le monde, le gamin parfait, quoi. Mais toujours pas de papiers français et comme cadeau pour ses dix-huit ans, son avis d'expulsion du territoire acté pour cet été. Il ne le supporte pas et craque une allumette. Fin de l'histoire.

— Et c'est la fille de Sorge qui dirige un comité de soutien, c'est ça ?

— Exact. Tu ne l'as pas entendue sur France Info hier soir. La grande classe ! Elle a déjà fourni les bulletins scolaires à la presse. Son visage en larmes devrait faire la une de *Sud-Ouest* ce matin. Enfin, c'est ce que moi je ferais...

— Tu crois que le débarquement de cette nuit et ma convocation de ce matin ont un rapport avec les élections présidentielles ?

— Je ne suis pas trop la politique. Je n'ai que vingt-quatre ans. Ce n'est pas plutôt ta génération qui s'intéresse à ça ?

Il allait lui répondre grossièrement quand la porte du bureau s'ouvre. Le commissaire Lesieur responsable du commissariat de Périgueux :

— Capitaine Fuillard ?

— Commissaire.

— On vous attend. Nous sommes en réunion.

Il le devance dans l'étroit couloir et tourne à peine les épaules pour lui parler.

— Désolé, je n'ai pas pu être présent mercredi pour vous faire la visite. Je gère trois commissariats en même temps. C'est une grosse affaire pour commencer.

— Ça me paraît plutôt évident, non ?

Le commissaire arrive devant la porte de son bureau. Il saisit la poignée mais avant d'ouvrir, il lui répond en le regardant droit dans les yeux pour la première fois.

— Non, ça n'a rien de simple. Rien du tout.

## 10

Un homme maigre assis derrière un bureau bien trop large pour sa corpulence. Une quarantaine d'années, des cheveux noirs de jais coupés un peu trop long pour son âge et sa fonction.

— Monsieur le juge Leprince.

Se tenant debout dans une attitude dont la rigidité trahit des années au service de l'armée. La tête presque rasée.

— Monsieur le procureur de Briche.

Fuillard pense qu'il aurait dû se raser ce matin. Il se retrouve au milieu de ces trois hommes. Ça le remotiverait presque.

C'est le juge qui rompt le silence en se contorsionnant pour s'adresser au procureur.

— Monsieur le procureur, vous voulez commencer ?

— Non, Leprince, c'est votre enquête.

— Donc, capitaine, vous avez été nommé sur cette enquête car nous pensons...

Il se retourne légèrement vers le procureur.

— Nous pensons que votre longue expérience au 36 Quai des Orfèvres va nous être d'une grande utilité. Cette affaire est délicate. Elle va avoir un retentissement national. C'est certain. La presse va mettre la pression sur vous, sur moi et sur l'ensemble des acteurs qui interviendront lors des investigations.

*En parlant d'acteur, il est passé où le barbu qu'a vu Sorge ?*

— Il nous faut absolument éviter les erreurs de communication. En cette période électorale, nous avons le devoir de ne pas participer à une quelconque manipulation d'opinion. Ils seront nombreux à vouloir enflammer la situation.

Il fait une pause, espérant que Fuillard intervienne, puis reprend.

— J'ai tenu à ce que l'on se rencontre tous pour que nous agissions de concert. J'ai à contrecœur retiré la direction de cette enquête au capitaine Sorge. Malgré l'estime certaine que je lui porte, l'implication de sa fille dans l'association qui a pour but de soustraire la victime à la décision de justice qui avait été prise à son encontre – une expulsion du territoire –, le plaçait dans une situation très délicate. Il nous fallait éviter tout conflit d'intérêt. Notre collègue est peut-être déjà en train de préparer ses cannes à pêche.

Il sourit au commandant Lesieur, fait encore une petite pause. Fuillard se tait. Personne n'a prévu d'eau. Il reprend.

— Votre dernière enquête sur Paris était autrement plus complexe à résoudre que ce que nous vous demandons ici.

Il oriente légèrement son épaule droite vers l'arrière, vers le procureur. Mais de Briche ne bouge pas d'un millimètre. Le juge reprend son souffle, Fuillard en profite pour l'interrompre.

— Et vous me demandez quoi exactement ?

Le juge, soulagé :

— De l'impartialité. Ne pas vous laisser influencer par… les éloges, oui, c'est ça, les éloges, plus ou moins justifiés que vous ne manquerez pas d'entendre au sujet de ce jeune homme. Nous avons besoin d'une enquête précise, irréprochable.

— Le suicide a l'air plutôt évident.

— Oui, bien sûr. Nous ne doutons pas du geste dramatique que cette personne a commis. Là n'est pas notre propos. Non. En revanche… En revanche, les motivations qui l'ont poussé à cette terrible extrémité sont peut-être plus complexes que celles qui vont certainement être affichées à la une de nombreux journaux ce matin et qui nous semblent un tant soit peu trop « romantiques ».

Nouveau petit sourire en se retournant vers le procureur. Celui-ci reste silencieux et immobile.

Il perd de plus en plus de sa prestance entre ces deux personnages. Le commissaire Lesieur reste en retrait. Il allait reprendre quand Fuillard le coupe dans son élan.

— Est-ce que par hasard vous auriez déjà écrit mon rapport d'enquête ? On gagnerait certainement beaucoup de temps. J'ai même une idée. Il jouait, non, il mettait au point un système explosif en vue de perpétrer un attentat. C'est pas mal ? Excusez-moi, j'ai encore trois jours de convalescence.

Il se retourne et se dirige vers la porte.

Le juge se redresse. Sa voix reprend un peu d'assurance.

— Capitaine ! Vous nous avez été fortement recommandé par vos supérieurs.

Il ouvre le tiroir du bureau et pose un dossier devant lui.

Il reconnaît instantanément l'écriture. Celle de Beaulieu. Le rapport sur la mort de Bertrand Bolaire, le pédophile qu'il a cru pendant des années responsable de la mort de son fils.

— Je pensais... Nous pensions pouvoir compter sur votre entière coopération.

Fuillard revient lentement vers le bureau. Pose les deux mains ouvertes à plat de chaque côté du dossier. Approche son visage trop près de celui du juge.

— Est-ce que vous savez, monsieur le juge, que j'ai tué d'une balle la dernière personne qui a essayé de me faire chanter avec ce dossier ?

La langue du juge reste collée à son palais. Toute son énergie suffit à peine à éviter que ses mains ne tremblent. C'est la voix rocailleuse et précise du procureur qui le sauve de l'humiliation.

— Oui, capitaine, nous le savons. Mais avant que vous ne lui tiriez une balle dans le dos…

Il fait une pause, reprend en mettant tout le dédain qu'il peut dans sa voix :

— … dans le dos en tirant à travers une glace sans tain derrière laquelle vous étiez caché, il a eu le temps de parler. Capitaine, vous n'êtes plus soupçonné d'avoir fait vengeance seul en suicidant le meurtrier de votre fils mais d'avoir dans votre aveuglement assassiné un innocent.

*Qu'est-ce qui lui prend ? Il y a quatre mois, il les aurait tous envoyés chier. Le juge, le proc', tous. Qu'est-ce qui lui prend ? Il devrait lui envoyer sa carte de police dans la gueule. Retourner le bureau sur les jambes du juge et sortir en écrasant les pieds du commissaire. Mais bordel, qu'est-ce qu'il fout ?*

— Monsieur le procureur, je vais diriger cette enquête d'une façon totalement impartiale. Je veux carte blanche. Je vous fais un rapport tous les soirs. Je ne parle pas à la presse. Et si jamais ça ne vous convient pas, vous pourrez sortir mon dossier dans tous les journaux de France, en expliquant bien pourquoi vous avez attendu quatre mois pour m'inculper en pleine période électorale.

— Parfait, capitaine.

## 11

Pas de petit-déjeuner. Endormi tard et réveillé à l'aube par le juge de Bordeaux. Sa gueule de bois a du mal à passer.

Le petit merdeux est parti garer sa voiture plus loin. Trop de monde devant les grilles du lycée. Déjà une cinquantaine de gamins habillés en blanc déposent des fleurs devant la porte d'entrée. Il n'est que 9 heures ce jeudi matin.

Il arrive seul devant l'escalier qui descend sous la salle de sport. Il écarte la bande de plastique rouge qui va du mur jusqu'à la rambarde. Il a déjà les jambes lourdes. Son escapade dans les bois hier. Quelques courbatures. Il arrache les scellés sur la porte métallique. À peine celle-ci ouverte, l'odeur est infecte. Un mélange de plastique cramé et de viande carbonisée. Le couloir est noir de suie. La lumière du matin est absorbée par les murs de parpaings. Deux centimètres de boue recouvrent le sol. Il se dirige vers la porte explosée dans le fond. Première fois depuis des semaines qu'il ressent la sensation de froid sur sa peau. Il se plante devant l'encadrement vide et regarde à l'intérieur du local à matériel. La lumière du jour passe au travers des deux bâches que ses collègues ont posées sur les fines fenêtres horizontales qui donnent sur la salle de sport. L'humidité, la pénombre, la taille minuscule de la pièce. Il ne veut pas entrer. Il a peur de tourner la tête à droite et d'apercevoir le corps de la petite Chloé, la petite d'Arras qu'ils ont retrouvée au fond de la hutte de chasse de Beaulieu. Les fenêtres comme les fentes de tir, le corps décapité presque phosphorescent, tordu sur ce lit de camp. Il reste dans le couloir. S'adosse au mur. La tête lui tourne. Il se laisse glisser, s'assoit sur les talons. Joint les deux mains pour les empêcher de trembler. Souffle dessus comme pour se persuader que c'est à cause du froid.

— Ça ne va pas, capitaine ?

La voix de Jonathan le ramène au moment présent. Il le regarde sans le voir.

— Capitaine ?

Il revient à lui.

— Qu'est-ce que ça peut te foutre ?

Il se relève et plaque ses cheveux en arrière.

— Il était où le corps ?

— À droite juste en entrant. Mais les pompiers l'ont certainement déplacé avec leur lance à eau. Ils ont attaqué le feu par la grande salle.

Ils entrent. Il y a peu de lumière mais suffisamment pour voir que tout ce qui se trouvait au sol a été projeté vers le mur de droite. Fuillard se retourne.

— La clé était sur la porte ?

— Quoi ?

— La clé, vous l'avez retrouvée ?

— On ne l'a pas vraiment cherchée. Dans un premier temps, le juge a très vite arrêté l'enquête devant l'évidence du suicide : le coup de fil à sa copine, la lettre d'adieu et sa chambre rangée impeccable, l'arrêté d'expulsion. Donc le médecin a délivré le certificat de décès sans obstacle.

— Avec un corps calciné ?

— Oui, ça a surpris Sorge aussi.

— Mais le corps est où ? Vous ne l'avez quand même pas rendu à la famille ?

— Non, il est à l'institut. De toute façon, il n'a pas de famille. Et l'enquête de flagrance a fini par être ouverte, le juge a changé d'avis.

— Les relevés ont été faits par le TIC ?

— Oui, c'est Camille qui est accréditée. Elle a pris les photos, fait les relevés ADN.

— Il y a une unité scientifique sur Périgueux ?

— Non, elle doit venir de Bordeaux.

— Elle arrive quand ?

— Quand on lui demandera.

— Bon, on ne touche plus à rien avant qu'ils arrivent. Vous avez prélevé quelque chose dans cette pièce ?

— Nous, rien... Mais les pompiers ont dû pomper, il y avait trente centimètres d'eau, on est au sous-sol.

— Et vous avez récupéré le filtre ?

— Non.

— C'est pas vrai ! Bon, on en parlera plus tard. À quelle heure le rendez-vous avec le proviseur ?

Jonathan regarde sa montre GPS.

— Maintenant.

Le proviseur leur répète exactement ce qu'il avait dit à Sorge. Il leur confie la liste des personnes qui connaissaient le mieux Ali Abishin.

— Monsieur Dewaere, est-ce qu'une seule personne de cette liste nous dira des choses négatives sur la victime ?

Il sourit avant de lui répondre.

— Non. Sincèrement, je ne pense pas.

Fuillard tend la liste à Thorez.

— Tiens, tu t'en occupes, tu me feras un résumé.

— Et toi, tu fais quoi ?

— Je cherche l'arme du crime.

— ...?

— L'essence. Il a bien dû l'acheter quelque part.

## 12

Pourquoi il n'y a pas pensé ?

Le voilà condamné à faire de la paperasse alors qu'il pourrait mener une vraie enquête de terrain. Il râle en montant comme une furie son escalier. Il est rentré chez lui pour le déjeuner. Il se déshabille dans le hall, pose ses affaires sur le valet prévu à cet effet, enfile juste le bas d'un survêtement et malgré les dix-huit degrés que sa climatisation maintient à l'intérieur, reste torse nu.

Savoir qu'il était bloqué tout l'après-midi au téléphone à prendre des rendez-vous lui a complètement coupé l'appétit. Mais à quinze jours de son trail, il ne peut pas sauter un repas. Le micro-ondes tourne déjà, les trois écrans de sa chambre chauffent. Sans s'asseoir, il sélectionne la caméra 28b, avance jusqu'à 6 h 30. Attend quelques instants. Mais même voir la tête horrifiée de ce con devant sa boîte aux lettres à 7 heures du matin ne lui redonne pas le moral. Pourtant son petit mot a fait de l'effet.

Il passe à l'enquête. Sélectionne « station-service » sur Périgueux, repère les caméras susceptibles de couvrir les abords des pompes à essence. Il fera des demandes de réquisition d'images auprès de la mairie. Sept stations dont quatre plus ou moins visibles. Le problème est qu'il n'a aucune idée de l'heure, ni même du jour où Ali Abishin a acheté le carburant.

Il repasse dans sa cuisine et attaque son mélange protéines, sucres lents. Pour la première fois, il lui paraît fade.

Tout en mangeant, il survole la liste du proviseur. Elle comporte vingt-quatre noms. Professeurs, élèves, assistante sociale. Un nom est suivi entre parenthèses de « petite amie ». Il va commencer par elle. Ce doit être la jeune que les pompiers ont emmenée à l'hôpital. Il reconnaît plus loin le nom de la nièce de Fuillard, Lucie Clervot.

Son portable vibre sur le bar où il est en train de manger. Un numéro de téléphone fixe inconnu de son répertoire.

— Thorez, c'est Fuillard. Ma voiture est toujours en panne. Passe me prendre au Maître Kanter avec l'adresse de toutes les stations-service.

— Et pour la liste ?

— Demande à ... merde, comment elle s'appelle ?

— Camille.

— Tu lui demandes de nous prendre tous les rendez-vous pour demain. On verra ça à deux.

— Dis, sur la liste, il y a le nom de ta nièce.

— Enlève-la, je le ferai ce soir.

— OK. J'arrive dans dix minutes.

Il raccroche.

Il se gare directement sur le trottoir devant la brasserie. Il le voit terminer son verre au travers de la baie vitrée.

— Tu n'as pas la climatisation dans ta voiture ?

— Si, mais comme on ne va faire que des petits trajets, je veux éviter les chauds et froids. J'ai une course dans deux semaines et demie, je ne peux pas me permettre de tomber malade.

— Ah. Tu as la liste ?

— Huit stations à moins d'une heure de marche de l'internat.

— On commence par la plus proche et on s'éloigne progressivement.

La première est complètement automatisée.

— Il n'a pas de carte bleue ?

— Non.

— On enchaîne.

Les deux suivantes sont rattachées à des supermarchés. Ça ne donne rien. La quatrième fait partie d'un vieux garage route de Bordeaux. Deux, trois carcasses qui rouillent sur l'arrière. On s'attendrait à voir sortir le pompiste pour faire le plein et donner un coup sur le pare-brise.

Ils sortent et traversent le parking.

— Fuillard, je peux te poser une question ?

— Vas-y.

— Comment tu sais qu'ils ne te mentent pas ? Parce que vendre de l'essence à un mineur dans un jerricane, c'est pas vraiment légal, surtout après ce qu'il en a fait.

— Je ne sais pas. Quand ils sont surpris par notre arrivée, ça se voit assez facilement. Quand ils ont eu le temps de se préparer, c'est plus dur. L'habitude.

— C'est pour ça qu'on ne les prévient pas ?

— Oui, mais là, c'est trop tard. À parler comme des cons au milieu de son parking, c'est mieux qu'une carte de visite.

— Messieurs…

Sans un mot Fuillard lui tend la photo. Le vieux derrière son comptoir crasseux semble réfléchir. Il le prend de vitesse.

— Je me fous de l'infraction. Je veux juste savoir l'heure et si vous avez noté quelque chose de particulier.

— Mercredi matin 8 heures.

— 8 heures précises ?

— Un tout petit peu avant.

Thorez se permet d'intervenir.

— Ce doit être sur le ticket.

Le pompiste regarde le capitaine de police.

— Un peu avant huit heures. Je me souviens, il a doublé une vieille qui faisait le plein. Une Citroën, ça a même chauffé avec le jeune.

Il ouvre son tiroir. Sort une liasse de tickets de carte bleue. Remonte quasiment au premier.

— Voilà. La vieille a payé à 7 h 58, donc le petit jeune vers moins cinq. Un bidon de cinq litres. Il a dit « pour la tondeuse de sa mère ».

— Je me fous de ce qu'il a dit. Qu'est-ce qui s'est passé avec la vieille ?

— Il lui aurait pris sa place en se glissant entre la voiture et la pompe. Il l'aurait presque rayée. Mais je connais la vieille, elle est plutôt chiante. Quoique le gamin n'a pas été sympa non plus... Je les ai entendus s'insulter. Il est sorti avec son bidon en disant assez haut « vieille conne ».

— Votre nom ?

— Vadier.

— Monsieur Vadier, vous allez de nouveau bien regarder cette photo et nous dire si vous êtes sûr et certain que c'est bien le jeune homme qui vous a acheté le bidon.

— Cent pour cent certain. Avant d'échouer ici, j'étais videur de boîte de nuit. Dix ans. Alors, repérer les visages, ça me connaît. C'est votre gars.

— Vous serez convoqué au commissariat pour mettre tout ça par écrit. Thorez, prends ses coordonnées.

Il sort, seul sur le parking, et parle pour lui-même.

— Ça ne colle pas !

Jo le rejoint dans la voiture.

— Je viens d'avoir Camille au téléphone, les dernières photos du corps sont arrivées au poste.

— OK, on va les voir.

— Et le corps, tu ne veux pas y jeter un œil ?

— Il est à l'hôpital, c'est ça ?

— Oui.

— L'autopsie est prévue quand ?

— Demain matin. Il n'y avait aucune urgence et le médecin référent avait des rendez-vous toute la journée.

— Bon, on passe d'abord à l'hôpital, on essaie d'avancer l'examen à ce soir. On repartira au poste après, on se tape le rapport pour le commissaire et on débranche pour aujourd'hui.

# 13

— Qu'est-ce que c'est que ce bordel ?

Impossible de rejoindre le centre hospitalier. Des centaines de personnes vêtues de blanc, une fleur à la main devant le lycée. La file descend jusqu'aux allées Tourny.

— On va contourner par le haut.

L'autoradio est réglé sur *France Bleu Aquitaine*. Un flash sur le suicide coupe la programmation habituelle.

*« Nous interrompons nos programmes pour retransmettre en direct la première déclaration du commissaire Lesieur, responsable du commissariat de Périgueux.*

*— Il est trop tôt pour affirmer quoi que ce soit sur cette affaire. En cette période sensible, nous devons faire preuve de prudence. J'ai confié l'enquête au capitaine Fuillard, un policier avec plus de vingt ans d'expérience au 36 Quai des Orfèvres à Paris. Ses qualités d'enquêteur ne sont plus à démontrer. Il nous apportera en plus un regard extérieur. J'attends ses premières conclusions ce soir. Mais pour l'instant, aucune hypothèse n'est écartée.*

*— Mais, monsieur le commissaire, le suicide a l'air évident.*

*— Mon métier est précisément de me méfier des évidences. Laissons le capitaine Fuillard travailler.*

*— Qu'est-ce qui aurait pu se passer d'autre ?*

*— Je ne sais pas. Il y a d'autres pistes possibles.*

*— Un meurtre ?*

*— Non ! Non, évidemment, non. Mais la thèse accidentelle, la mauvaise manipulation d'un appareil inflammable par*

*exemple ne sont pas à écarter. Laissons le capitaine enquêter. Messieurs, je vous remercie. »*

Thorez est surpris.

— Il ne serait pas en train de sous-entendre que le gamin jouait avec une bombe quand même ?

— On dirait, et le pire c'est que c'est une idée à moi.

— Tu déconnes ?

— Non.

Ils descendent au sous-sol de l'hôpital où est domicilié l'institut médico-légal de la police.

Un interne les dirige vers le médecin de garde.

— C'est vous le médecin légiste ?

— Non, le docteur Hubert est à l'extérieur. Il a programmé l'autopsie demain à 9 heures. On lui a dit que rien ne pressait.

— Changement de programme. Le plus tôt possible.

— Ce soir, ça me paraît compliqué. Demain, on peut préparer la salle pour 7 heures. Vous aurez les premiers résultats en fin de matinée. Les analyses dans trois jours. Ça vous va ?

— Quand vous dites « à l'extérieur », c'est l'extérieur de Périgueux ?

Le médecin est un peu gêné.

— Pas très loin, mais son rendez-vous était prévu depuis longtemps.

— Excusez-moi, répondez juste à mes questions. Où se trouve le docteur Hubert ?

Il hésite deux secondes.

— Au centre équestre. Son fils doit essayer un cheval.

— Pardon ?

— Oui. Le vendeur venait de loin et on lui avait dit qu'il n'y avait pas urgence.

— Bon, on jette un œil au corps et tu me déposes au centre équestre. Après, tu rentres au bureau et tu tapes un rapport pour le commissaire. Tu résumes la rencontre avec le proviseur et les déclarations du pompiste. Tu lui annonces qu'on demande la Scientifique de Bordeaux pour demain et le fait que l'on accélère l'autopsie. En bas, tu signes « Fuillard ».

— Tu ne veux pas le lire avant ?

— Non, rien à faire. De toute façon, ils déformeront tout ce qu'on dira.

— Bon, OK.

Le médecin de garde les amène encore un étage plus bas. La morgue. Il y fait glacial.

Le médecin voit bien que les deux policiers apprécient.

— Oui, c'est la seule période de l'année où tous les autres services nous envient.

Il s'arrête devant les frigos, vérifie la fiche qui est accrochée sur celui du bas et l'ouvre en faisant glisser le chariot. Il soulève le drap.

— Voilà.

Impossible d'imaginer le corps d'un jeune homme de soixante-dix kilos. Il ne reste plus rien. Un squelette et des lambeaux de chair calcinée accrochés dessus. Les deux jambes toujours fléchies, les bras posés sur le torse, la tête exagérément tordue vers l'arrière, la mâchoire presque entièrement visible.

— Il était dans cette position quand vous l'avez trouvé ?

C'est Thorez qui répond.

— Non, il était assis. Comme un trépied.

— Oui. On a dû casser les os du bassin pour l'allonger et le faire entrer dans le tiroir.

— Vous vous êtes permis de faire ça avant l'autopsie ?

— Écoutez capitaine. Même si on ne voit pas des cadavres tous les jours, on connaît notre métier, on s'est permis de toucher au corps parce que dans un premier temps, il n'était pas question d'autopsie, il partait directement à l'incinération.

Fuillard le coupe.

— Avec un corps carbonisé !

— Ce n'est pas nous qui décidons. Vers 23 heures, l'enquête de flagrance a été ordonnée, on n'a plus rien touché. Autopsie demain matin. On suit les ordres.

— Bon maintenant, les ordres, c'est moi et moi seul. Vous ne touchez plus à rien. Je vais voir le légiste pour mettre les choses au point.

De nouveau, un gros détour pour éviter le centre-ville et remonter sur l'*Étrier*.

Thorez semble calculer la trajectoire la plus juste pour éviter tous les nids de poule du parking en gravillons du centre équestre. Il zigzague de façon ridicule. Enfin, il s'arrête en contrebas de la carrière. À leur droite, le manège ressemble à un vieux hangar à avions désaffecté, il contraste avec les écuries juste à côté qui occupent toute l'aile d'un petit château en pierre de taille.

— Ça te dérange pas que je vienne avec toi pour voir le médecin ?

— Comme tu veux. C'est juste pour être sûr du bonhomme.

— Tu sais à quoi il ressemble ?

— Non, et toi ?

— Non plus. C'est la première autopsie depuis que je suis arrivé.

— On verra bien.

Il se dirige vers l'entrée de la carrière en longeant une haie de troènes, quand un cheval immense se réceptionne de l'autre côté juste à leur hauteur. Un bruit impressionnant. Les deux ont sursauté.

— Oh putain ! Faut être cinglé pour monter sur ces trucs !

Ils accélèrent le pas. Trois chevaux en pleine reprise d'obstacles. Sur le plus impressionnant des trois, la femme chez qui il a pris l'apéritif hier soir après sa promenade dans les bois.

Elle s'arrête à ses côtés. Il lui arrive à peine au genou.

— Bonjour. Vous avez changé d'avis ?

— À quel sujet ?
— Mon invitation. Vous venez manger demain soir ?
— Ah non. Je cherche le docteur Hubert. On m'a dit qu'il serait là.
— Oui, il est dans les box. Son fils doit essayer un cheval.
Thorez qui était resté en retrait interpelle son supérieur.
— Fuillard, regarde par là !
— Quoi ?
Il se retourne vers la sortie des écuries. Un homme vient d'en sortir et se dirige vers le parking d'un pas vif et léger. Son costume noir est totalement inapproprié aux lieux.
— Tu ne trouves pas qu'il a une tête d'acteur ?
— Je ne vais jamais au cinéma, mais peut-être…
Il se retourne vers la cavalière.
— Vous le connaissez ?
— Jamais vu.
— Le vendeur peut-être ?
— Non, c'est un papy qui vient de Bordeaux que je connais bien.
— Merci, on va aller voir.
— Je finis ma reprise dans dix minutes.

Il se dirige déjà vers les écuries.
La pénombre qui y règne, la masse des chevaux dans leurs box. Aucun des deux n'est très à l'aise.
Personne dans la première rangée. Du fond de la deuxième, une voix désagréable d'adolescent.
— Je te dis que je suis plus long à droite, je le sens.
Une voix stressée lui répond :
— Là, c'est bon ?
— Ça ira, passe-moi ma cravache. Mais attention, ne passe pas derrière. Bon, je vais le marcher en attendant que la carrière se libère. T'as pris la caméra ?
— Oui, mon chéri. Elle est chargée.
Le jeune homme passe devant les deux policiers sans même les regarder.

— Docteur Hubert ?
— Oui.
— Capitaine Fuillard. Je peux vous parler ?
— Oui. Bien sûr. C'est pour l'autopsie ?
Il leur tend la main, mais juste avant, il range une petite carte de visite dans la poche de sa veste brodée au nom de *l'Étrier Périgourdin.*
— Brigadier Thorez.
— Bonjour. L'autopsie est prévue demain matin à 9 heures.
Le jeune policier veut enchaîner.
— Il faudrait essayer de l'avancer…
Mais Fuillard le coupe.
— C'était qui le barbu qui vient de sortir ?
— La personne qui vient de sortir ?
— Pourquoi, il y a une réunion de barbus aujourd'hui ?
Le médecin est déstabilisé par l'agressivité.
— Non… Mais… Un connaisseur de chevaux. Mon fils cherche un cheval pouvant sortir en 1, 20 mètre. Il me proposait de me mettre en contact avec des éleveurs de Normandie.
— Vous ne deviez pas acheter à un éleveur de Bordeaux ?
— Si, enfin, non. On essaie juste le cheval aujourd'hui. On doit en voir plusieurs avant de se décider. Charles est très difficile. Il sait exactement ce qu'il recherche. Il doit franchir un palier.
— L'autopsie est avancée à demain 7 heures. Je veux les premiers résultats avant midi.
Il se retourne et part.
Hubert répond mais Fuillard est déjà sorti.
— Mais, je ne sais pas si la salle sera prête.
Thorez qui sortait à son tour lui répond.
— Tout est organisé, on est passé à l'hôpital avant. Au revoir.
Il rattrape son supérieur.
— Mais pourquoi tu l'as agressé comme ça ?
— Je ne l'ai pas agressé. Tu l'as déjà vu avant, ce barbu ?

— Non. Je mets l'entrevue avec le médecin dans le rapport du jour ?

— Non.

— Tu veux que je te dépose ?

— Ça va, je te dis. Je coupe par les bois, j'y suis en dix minutes. À demain.

Il passe devant la carrière sans se retourner.

Il avait pris l'habitude d'entrer par la porte de chez sa sœur, au rez-de-chaussée. Il a déjà la main sur la poignée quand il ressent une certaine gêne. Il recule, contourne la maison et grimpe l'escalier métallique. Il interrogera sa nièce demain. Ce soir, il est crevé. Il se couche sans avoir pris le temps de manger ni même celui de boire.

## 14

Il hésite. Il vient de finir le rapport. S'il met le nom de Fuillard en bas de la page au stylo, ce sera pris comme une signature et il produira un faux. Ça risque de lui retomber dessus.

— Fait chier.

Il repart au bas de la page sur son ordinateur, rajoute à droite « Capitaine Fuillard » et fait une nouvelle impression.

Il est 20 heures. Il a juste à déposer le document au commissaire Lesieur en passant et à remonter chez lui. Une petite séance de muscu et dix kilomètres de récup' tranquille.

— Le capitaine Fuillard n'est pas là ? J'aurais aimé avoir son avis de vive voix.

— J'ai dû le déposer chez lui, commissaire. Sa voiture est en panne. Mais son rapport est très complet.

— Bon, vous ferez l'affaire. Attendez-moi dix minutes dans le couloir.

Le commissaire lit les trois pages du rapport, passe deux coups de fil et rejoint Thorez.

— Suivez-moi.

Ils descendent dans le hall du commissariat où, à la grande surprise du brigadier, les attendent cinq journalistes et un caméraman.

# VENDREDI 12 AVRIL 2002

# 15

— Ouais ?

— Capitaine, c'est Thorez, on vous attend.

— Quelle heure il est ?

— 8 h 30, on vous attend au lycée.

— Au lycée ?

— Oui, je suis avec l'équipe scientifique de Bordeaux, ils attendent vos instructions pour commencer les recherches.

— Passe-les-moi !

— Bonjour capitaine, sergent Fouquet. Nous avons trois heures, pas plus, pour les relevés. Après, on doit partir sur un homicide au nord de Bordeaux. Dans quelles directions on doit chercher ? Un engin explosif, c'est ça ?

— Mais qu'est-ce que vous racontez ? Il n'est pas question de bombe ! Je veux juste que vous étayiez la thèse du suicide. Qu'est-ce que c'est que cette connerie d'engin explosif !

— Oh ! Écoutez, capitaine. Le commissaire Lesieur a sous-entendu hier dans sa conférence de presse qu'aucune piste n'était à écarter, que l'incendie pouvait avoir été provoqué par la mauvaise manipulation d'un appareil inflammable, ce sont ses propres mots.

— Oui, mais ça, c'est pour les journalistes. Nous, on cherche les restes du bidon d'essence qu'il a utilisé. On est sûr qu'il l'a acheté le jour des faits. Et j'aimerais avoir confirmation que la porte était bien fermée de l'intérieur au moment de l'explosion. On n'a toujours pas retrouvé la clé. Mais les pompiers ont déjà pompé l'eau au niveau du sol, donc ne vous stressez pas trop.

— Votre collègue a récupéré le filtre hier soir, on regardera dedans.

— Le brigadier Thorez ?

— Oui.

— Les relevés de bases ont déjà été faits par notre TIC.

— Oui, elle est là. Elle a bien bossé. On ne fera pas beaucoup plus.

— Concentrez-vous sur la clé et le bidon. Si vous avez fini plus tôt, rentrez sur Bordeaux.

— D'accord.

— De toute façon, j'arrive.

— On vous attend.

— Ah, oui ! Recherchez aussi des traces ADN dans la chambre du gamin pour les recouper avec celles du cadavre. Avec ça, on pourra conclure l'enquête avant la fin du week-end.

— Nos analyses n'arriveront pas avant lundi matin.

— Ça ira. À toute suite.

Putain, dix heures de sommeil, ça ne lui était plus arrivé depuis des lustres. Il marche comme un zombi jusqu'à la douche. Dix minutes sous l'eau glacée et il reprend allure humaine. Toujours en peignoir, il met en route la cafetière et ouvre le tiroir à vêtements, vide.

— Et merde !

C'est sa sœur qui lui lave son linge en attendant qu'il installe une machine à laver dans le gîte. Il fouille sa panière à linge sale. Rien de récupérable. Son dernier recours : sur le palier, juste derrière la porte qui le sépare du reste de la maison, la commode où elle range les vieilles affaires qui ne vont plus aux enfants. Il l'ouvre dans la pénombre et fouille dans les anciens sous-vêtements de Théo. Un caleçon coloré. Ça fera l'affaire. Le choix du pantalon est vite fait ; entre le synthétique collant et sale et le nouveau acheté par sa sœur, il n'a pas d'hésitation, il enfile le beige à grandes poches. Idem pour les chaussures, les Pataugas sont trop confortables. Sa nièce a raison, il est ridicule comme ça mais il s'en fout.

Il cherche ses clés de voiture. Il se souvient qu'elle est encore en panne. Il passe par l'escalier intérieur et rejoint sa sœur dans la cuisine.

— Je peux t'emprunter ta voiture ?

— Oui, j'en ai juste besoin à 15 heures.

— Je te la redépose à midi. Lucie est déjà partie pour le lycée ?

— Non, c'est les vacances, elle dort encore.

— Je dois lui parler. Tu peux voir si elle veut bien descendre, c'est juste pour lui éviter d'aller au commissariat demain après-midi. Elle est sur la liste des personnes connaissant la victime.

Elle descend cinq minutes plus tard en short de nuit blanc et petit bustier turquoise. Il se dit qu'il ne l'a pas vue grandir. Les yeux encore gonflés de sommeil, elle met un bol d'eau dans le micro-ondes.

— Bonjour Lucie.

Elle lui répond, très agressive.

— Tu veux m'interroger ?

— Tu es sur la liste de ceux qui connaissaient bien Ali Abishin.

— Oui, il sortait avec Mathilde, une copine qui joue au volley avec moi.

— Si ça te dérange de me répondre, tu peux être entendue par mon collègue demain au commissariat.

— Demain, on défile tout l'après-midi.

— Tu l'as vu quand pour la dernière fois ?

— Mardi, on a bu un verre au Vegas pour fêter les vacances.

— Vous avez bu de l'alcool ?

— Non, Coca et le plus accro de nous a pris un panaché !

— Écoute, Lucie. Je ne suis pas plus heureux que toi d'être sur cette affaire, on me l'a imposée. Alors je te le répète, si ça te dérange de me répondre, tu peux être entendue demain.

Elle se radoucit.

— Non, ça va aller. Mais pourquoi vous avez inventé cette histoire de bombe ?

— C'est des conneries pour les journalistes. Si tout va bien, lundi on clôt l'enquête. Et…

— Il sera enterré où ?

— Je pense que les cendres seront envoyées dans son pays.

— Mais c'est ici, son pays. Même mort, vous n'allez pas le laisser tranquille ! Mais qu'est-ce qu'il vous a fait ? Il était super. C'était le meilleur élève du lycée. Tout le monde l'adorait. Pourquoi vous faites ça ?

— Je crois que ton père te répondrait mieux que moi. Mais je te promets que je mène une enquête vraiment impartiale. Par contre, je n'ai aucun contrôle sur les déclarations de mes supérieurs.

— Qu'est-ce que tu veux savoir ?

— Si tu l'as trouvé différent mardi soir.

— Non, on a bien ri. On savait qu'il avait des problèmes de papiers. Mathilde était tout le temps en train de nous en parler. Mais lui, jamais. Je crois qu'elle voulait le cacher chez ses parents.

— Donc, il n'avait pas l'air déprimé ?

— Non, ils étaient même assez gais tous les deux quand ils sont partis ensemble vers dix heures et demie.

— Partis où ?

Elle hésite.

— Lucie, c'est juste avant sa mort, je dois savoir.

— Dans sa chambre. Ils arrivaient à passer devant Maurice sans se faire voir.

— Tu sais s'il prenait des cachets, des antidépresseurs, ou des choses comme ça ?

— Non, je ne sais pas, mais il n'avait pas l'air d'en avoir besoin. Il était toujours en forme malgré ses problèmes.

— De la drogue ?

— Non, rien du tout. Je peux même te raconter que cette année à la soirée de Nouvel An, toute la bande s'est arrêtée quand on l'a vu tirer sur un joint pour la première fois. On a halluciné, c'était le seul à ne pas en prendre pendant les fêtes. Jamais un verre d'alcool, encore moins du shit. Non, il était vraiment super.

— Et toi, tu en prends des fois ?

— Comme tout le monde.

— Sauf lui apparemment. Tu es « sortie » avec lui ?

Elle essuie ses yeux.

— Non... Il n'a pas voulu. Il était fou de Mathilde.

— Tu vois encore des choses que tu pourrais me dire sur lui ?

— Non.

## 16

Il gare la 106 sur le terrain de sport, à côté de l'Audi étincelante de Thorez, change de chaussures et descend vers le local. Deux agents en costume de cosmonaute ont quadrillé la pièce. Impossible d'y pénétrer. Il rompt le silence qui y règne.

— Capitaine Fuillard, qui est le responsable ?

— C'est moi, sergent Fouquet. On a bientôt fini, encore deux mètres carrés.

— Alors ?

— Vous avez raison. Pas d'engin explosif. Un feu avec de l'essence ou un produit inflammable. Pile au centre de la pièce. La porte était bien fermée à clé. C'est apparemment l'explosion de la cuve qui l'a sortie de ses gonds. On a peut-être ce qui ressemblerait à un reste de bouchon d'essence, un modèle avec une rondelle métallique. On vérifiera au labo. Toujours pas de traces de la clé. Je suis d'accord avec vous. Un suicide par immolation. Il ne doit pas rester grand-chose du corps. La chaleur a dû se concentrer dans cette pièce. Il y a pas mal d'objets métalliques complètement déformés. Des alliages qui fondent à plus de mille degrés.

— Oui, à peine un squelette.

— On finit dans quinze minutes.

— Parfait. Mon collègue n'est pas là ?

— Ils sont en train de fouiller les poubelles de l'internat. À part dans les draps, on n'a pas trouvé grand-chose dans la chambre comme traces ADN. Donc ils fouillent les containers à poubelles pour retrouver celle du jeune. Gant de toilette, brosse à dents, tout ce que les autres lycéens n'ont pas jeté pour les vacances. Le petit jeune fait la gueule.

— Dès que vous avez fini, vous pouvez repartir sur Bordeaux. Faites-moi un rapport pour demain matin. Vous disiez que l'analyse ADN n'arriverait que lundi matin ?

— Oui. Si on retrouve la poubelle.

— OK. Je vais voir s'ils avancent.

Effectivement, Thorez fait la gueule. Il est au fond de la cour, au milieu d'un tapis de sacs poubelle, gris, bleus et noirs. À côté de lui, Camille dans sa combinaison blanche. À peine la moitié des sacs est éventrée.

— Pour qui ils se prennent ? C'est leur boulot de chercher ça !

— Toujours rien trouvé ?

— Rien. C'est dégueulasse ce que ces gamins jettent. Il y a des préservatifs usagés pratiquement dans chaque sac poubelle.

C'est Camille qui lui répond en souriant sous son masque.

— Au moins, ils sortent couverts.

— Ils feraient mieux de réviser.

— Vous avez une idée du contenu ?

— Le vieil alcoolique qui sert de concierge nous a un peu orientés. Posters de foot, affaires de toilettes, il nous a aussi parlé d'une paire de chaussures de sport. Un modèle pour le basket, montantes, des Adidas.

— Il se souvenait de la marque ?

— Apparemment.

— Continuez. Je vais le voir. Il est dans sa loge ?

— Oui, c'est bientôt l'heure de l'apéro !

La porte aux petits carreaux en verre dépoli. Tous les rectangles de verre sont différents. La dernière réparation s'est même limitée à un bout de contreplaqué. C'est une partie de l'internat où les parents ne mettent jamais les pieds.

Il frappe au cadre. La porte s'entrouvre légèrement sous la poussée.

— Monsieur Maurice ? Capitaine Fuillard. Je peux vous poser quelques questions ?

— Qui vous a permis d'entrer ?

Fuillard, toujours sur le pas de la porte, ne prend pas la peine de lui répondre. Après dix secondes de silence à le jauger, il lui fait signe d'entrer.

— Vous voulez boire quelque chose ?

Il sait qu'il n'a pas besoin de préciser.

Il regarde l'horloge accrochée au-dessus du poste de télé : 11 h 20.

Maurice sourit.

— Elle retarde.

— Un petit, alors.

Il met du temps à trouver un deuxième verre. Ils s'assoient ensemble de chaque côté de la petite table en formica rouge.

— Il vivait ici à l'année, c'est ça ?

— Oui, depuis trois ans.

— Toujours la même chambre ?

— Oui, la 24.

— Vous étiez au courant de son avis d'expulsion ?

— Comme toute la ville.

— Il avait un comité de soutien.

— La fille de votre collègue gérait ça. Pour rien apparemment. Quand ils ont décidé de vous faire chier, ils vous lâchent plus.

— Il était vraiment sympa ce gamin ?

— Oui.

— Sympa au point de lui offrir des cadeaux ?

— Pourquoi vous dites ça ?

— Je ne sais pas, par exemple une jolie paire de chaussures de sport de marque.

— Qui vous a dit ça ?

— Vous, non ?

— Oui, il était sympa, très sympa même. Et ils allaient le faire chier. On s'entendait bien.

— Laissez-moi deviner votre arrangement. Vous laissez passer sa petite copine et lui, il vous ramène quelques bouteilles discrètement ?

— Pour les bouteilles, je n'ai pas besoin d'être discret. Tout le monde le sait. Et même sans ça, je l'aurais laissée passer, la gamine. Elle était gentille aussi. Ils allaient le faire chier jusqu'au bout, alors pourquoi pas lui laisser du bon temps ? Avant qu'ils le virent.

— Ça vous a surpris qu'il nettoie sa chambre impeccable.

— Les posters, les photos, c'était du bluff. Il voulait juste faire comme tout le monde. C'était peut-être un moyen de nous dire qu'il savait qu'il n'était pas chez lui.

Fuillard met la main au-dessus de son verre quand l'autre veut le resservir. L'autre se ressert.

— Qu'est-ce que vous faites là ? Dans cette loge ?

— Moi aussi, on m'a fait chier à une époque. Et ici, on me fout la paix. Je n'ai pas eu le courage du petit. Faut être courageux pour faire ce qu'il a fait.

Fuillard a de plus en plus l'impression d'être devant une autre possibilité de lui-même.

— Ça vous a surpris, son geste ?

— Qu'est-ce qu'il lui restait d'autre ? Il avait peur de la guerre, comme tout le monde. Il ne serait pas retourné là-bas.

— Vous voyez d'autres choses à me dire sur ce gamin ?

— C'était plus un gamin. Depuis ses huit ans, c'était plus un gamin.

— Bon, je vais vous laisser. Au revoir et merci pour le verre.

Il allait refermer la porte. L'autre, sans se lever, le rappelle.

— Attendez.

Il entre de nouveau dans la loge, mais sans lâcher la poignée.

— Oui ?

— Comme il vivait ici à l'année, il n'utilisait pas les mêmes containers que les autres. Il utilisait celui de l'administration, il est à l'intérieur du bâtiment, dans notre local à poubelles. Juste après sa chambre, vous prenez l'escalier au sous-sol, il n'y a qu'une seule porte. Vous pouvez le dire à l'autre connard, qu'il arrête de se salir les mains.

Ils se sourient.

— Merci.

Il repasse devant la chambre 24, descend les quelques marches, ouvre le local. Un seul container gris avec un couvercle bleu. Il l'ouvre. Juste au centre, un unique sac poubelle. Il sourit. Se penche pour l'attraper. Sent son ventre coincer contre le haut du bac. Il étire le bras et le saisit.

— Merde, il faut vraiment que j'arrête de bouffer.

Il repasse devant Thorez et Camille.

— C'est bon, je crois que je l'ai.

— C'est quoi cette connerie ?

— Il l'a jeté ailleurs. Vous pouvez ranger, je le donne à la Scientifique.

Les deux spécialistes de Bordeaux sont à l'arrière de leur camionnette. Ils finissent de ranger leur matériel.

— Je crois que je l'ai trouvé.

— Donnez.

Le sergent pose le sac sur une bâche blanche à l'arrière du véhicule et l'ouvre d'un coup de cutter précis. Effectivement, posters, un gant de base-ball avec la balle en cuir, des affaires de toilette, quelques vêtements et une paire de baskets Adidas noir et blanc.

— Vous êtes sûr que ça vient de sa chambre ?

— Cent pour cent. Ce sont ses baskets.

— À vue d'œil, on a largement de quoi trouver des traces ADN.
— Parfait. Dès que j'ai les résultats, je ferme l'enquête.

Thorez le rejoint quand la camionnette de la Scientifique quitte le parking.
— Alors, c'était le sien ?
— Oui. Ils l'analysent. On aura les résultats lundi.
— Et d'ici là, on fait quoi ?
— Pas grand-chose. On recherche où il a acheté le bidon, on reçoit ceux qui sont sur la liste du proviseur et on va manger.

Ils s'attablent ensemble à la brasserie non loin du commissariat. Camille est curieuse de tout ce qui se passe au 36 Quai des Orfèvres. Fuillard se rappelle que sa sœur avait besoin de sa voiture vers 15 heures. Jonathan accepte de le suivre jusqu'à Champcevinel et de le reprendre dans sa voiture. Ils passent le reste de l'après-midi dans les supermarchés et les magasins de bricolage pour trouver où le jeune Abishin a acheté le bidon d'essence. Fuillard n'y met pas beaucoup de conviction.
— Ça ne donnera rien.

Fuillard aperçoit le rond-point de l'université.
— Dépose-moi là.
— Même par les bois, t'en as au moins pour cinq bornes pour chez toi.
— Oui, je sais, ça me fera du bien. À demain.
— Et pour le rapport, je fais comment ?

— Comme hier, tu signes pour moi. De toute façon, il n'y a pas grand-chose à mettre dedans. Conclus qu'on attend les résultats des analyses lundi pour clore l'enquête.
— OK, ça marche. À demain.

# 17

Il marche tranquillement les mains dans les poches. À peine cinq cents mètres plus loin, plus aucune trace de la ville. Juste une petite route qui chemine vers un fond de vallon. Elle serpente en longeant à droite un bois en pente raide et à gauche, des pâtures de plus en plus étroites. Même lui ne sait pas ce qui l'attend. La route devient un chemin et l'herbe de plus en plus haute au milieu. Une dernière courbe et il aperçoit la maison.

La moitié du jardin est déjà à l'ombre des arbres. Elle sort de chez elle, des assiettes et des couverts dans les mains. Elle ne le voit pas. Elle dresse le couvert sur la table de jardin où ils ont pris un verre il y a deux jours. Elle est pieds nus avec le même genre de pantalon pour l'équitation que la première fois, mais elle ne porte en haut qu'une brassière noire spécialement conçue pour le sport. Il la trouve terriblement sexy. Il ne sait pas comment signaler sa présence. Elle se retourne pour repartir à l'intérieur et l'aperçoit. Elle lui sourit et vient à sa rencontre.

— Mais vous êtes en avance, je vous attendais vers 21 heures.

— Je…

Plus moyen de lui mentir. Dire qu'il ne faisait que passer devant chez elle pour rentrer chez lui. Et son accent est vraiment chaleureux.

— On n'avait pas fixé d'heure.

— Vous avez raison. Mais je rentre juste du centre équestre.

Il boit une bière, elle est dans la salle de bains. Elle en sort plus femme dans une robe noire légère. Il ne sait pas comment il la préfère.

Première fois qu'il entre chez elle. La porte est à l'origine prévue pour laisser passer des chevaux. Elle est beaucoup plus large et haute que la normale. En bois massif.

— Impressionnante.

— *Valor tiene la puerta el de la gente que la pasa.*

— Pardon ?

Elle répète :

— *Valor tiene la puerta el de la gente que la pasa.* Encore une phrase de mon père.

— Qui veut dire... ?

— Oh là, c'est compliqué à traduire... Le prix d'une porte, c'est celle des gens... Non, plutôt : la valeur d'une porte... Non, une porte n'a de valeur que celle des gens qui la franchissent. Oui, voilà, ça veut dire ça.

— J'espère ne pas lui en faire perdre trop.

— Elle n'en a pas pris depuis quelque temps. C'était l'entrée des écuries. Nous avons transformé les six premiers box et la sellerie en appartement.

— Nous ?

— Mon ex-mari et moi. Il reste la même surface pour les chevaux derrière. Si vous voulez vous rafraîchir, la salle de bains est dans le box de droite, j'ai mis une serviette sur le bord de la douche.

— J'ai vraiment l'air d'en avoir besoin ?

Il se regarde dans le miroir. Six ans qu'il n'a pas fait l'amour à une femme. Avec la chaleur, se rafraîchir sous l'eau glacée lui fera un bien fou. Il se déshabille et comprend qu'il ne pourra rien se passer ce soir. Pas à cause du ventre qu'il a laissé pousser depuis qu'il est arrivé à Périgueux, non, juste en dessous, le vieux caleçon de Théo lui avait paru un peu coloré ce matin dans la pénombre de son gîte, mais là, devant la glace, il se rend compte du motif. Un slip Superman. Un énorme S rouge sur le sexe. Il est foutu. Il a peur de passer pour quelqu'un de bizarre s'il ne met pas de sous-vêtement et se voit mal passer la soirée avec un caleçon dans la poche.

— On verra bien.

Il ne se souvenait pas avoir mangé autant de légumes et de salade dans un même repas. À 22 heures, la chaleur retombe lentement.

— Ça voulait dire quoi exactement la première phrase en espagnol, l'autre jour ?

— Devant le vallon avec les chevaux ?

— Oui.

— En gros, que ce que l'on est seul à savoir admirer ou contempler vous appartient.

— Votre père était philosophe.

Elle lui répond en souriant.

— Pourquoi « était » ? Vous me trouvez trop vieille pour avoir un père encore vivant ?

— Non, pardon.

— Il vit toujours en Andalousie. Dans une petite maison encore plus isolée que la mienne et oui, il est très philosophe.

— Il fait quoi ?

— Jardinier. Il serait horrifié en voyant l'état de mon jardin.

Plus la soirée avance, plus les bruits de la forêt les entourent.

— Vous voulez un alcool, un digestif ?

— Je ne crois pas.

— Comme vous voulez.

— Je crois que je vais rentrer.

— Comme vous voulez.

Son sourire se fait encore plus charmeur.

— Comme vous voulez, mais ce serait dommage. J'ai investi cet après-midi une somme assez conséquente dans un tout petit bout de tissu en dentelle et si vous partez maintenant, j'ai peur d'avoir fait cet investissement en pure perte. Mais… C'est comme vous voulez.

Elle se lève et se dirige vers l'intérieur de la maison en l'invitant des yeux à la suivre.

Il ne veut plus rien, il la suit.

La lumière filtre déjà au travers des volets de bois. Il doit être 5 ou 6 heures. Il est nu, allongé à côté d'elle dans le lit. Il n'a pas fermé l'œil de la nuit. Il attrape son pantalon, l'enfile directement, récupère sa chemise qui traîne au sol et sort pieds nus sur la terrasse. Il s'assoit quelques instants pour profiter du moment. Le soleil passe au-dessus de la cime des arbres. Il met les chaussures de marche qu'elle lui a prêtées, reprend le sentier qui mène chez lui.

— Eh merde !

Vingt minutes plus tard, il arrive. La rosée rend son escalier glissant. Il se dépêche d'ouvrir les deux grandes fenêtres du gîte. Il laisse même la porte ouverte pour faire courant d'air. Il s'emmêle les pieds dans le pantalon sale qui traîne depuis deux jours au sol. Il réalise que le désordre devient impressionnant. Il n'a toujours pas sommeil. Deux heures de ménage. À 8 heures, la chaleur commence à se faire sentir. Il ferme toutes les ouvertures. S'assoit dans son canapé. Allonge les pieds sur la table basse. Croise les mains derrière la tête et arbore un sourire imbécile.

— Et merde.

Il s'endort.

# 18

Fuillard avait raison. Les six premières personnes de la liste qu'il a eues au téléphone en fin d'après-midi ne leur apprendront certainement pas grand-chose demain.

L'élève parfait, le petit copain parfait, l'ami parfait. Pas la moindre faille.

Aucun magasin de bricolage ou supermarché n'a vendu de petit bidon pour l'essence. Personne ne l'a reconnu comme client sur la photo.

C'est encore lui qui s'est tapé le rapport pour Lesieur. Fuillard ne l'a même pas relu. Et d'après lui, il n'y aura pas grand-chose à faire pendant le week-end. Finir la liste et attendre les résultats des analyses. Il est presque sûr qu'il classera l'affaire lundi matin. Seul point sur lequel ils semblaient d'accord. Le concierge leur cachait quelque chose et lui, grâce à son ordinateur, il a trouvé quoi.

Il est bientôt 22 heures.

Il se rhabille et descend l'escalier. Monte dans son Audi direction le lycée et plus précisément l'internat.

Il arrive sans rencontrer personne jusque devant la porte de la loge. Il n'a toujours pas digéré le coup de la poubelle. Il frappe sur le petit carreau juste devant lui. Un peu trop fort. Le mastic cède. Le verre tombe à l'intérieur et se fracasse sur le sol.

— Qu'est-ce qui se passe ? C'est quoi ce bordel ?

— C'est la police.

— Il est tard, dégagez !

Il frappe de nouveau à la porte directement sur le cadre en bois. Elle n'est pas verrouillée et s'ouvre largement. Il entre. Le vieux est sur sa gauche, il semble s'être endormi assis à sa table. La puanteur est encore plus forte que la veille. L'autre dans son demi-sommeil le reconnaît.

— Qu'est-ce que tu veux ?

— Ça t'a fait marrer ?

— Quoi ? Qu'est-ce que tu dis ?

— Tout à l'heure. Me taper toutes les poubelles. Tu savais que celle du gamin n'y était pas.

— Sors d'ici !

Il se lève et tente de pousser le policier. Il ne bouge pas d'un centimètre. Et quand il l'écarte du bras, il s'écrase dans un coin de la pièce.

Jonathan est surpris, l'autre ne pèse rien.

— Ça t'a fait marrer de me voir toute la matinée les mains dans la merde ?

— C'est pas ton boulot de fouiller la merde ?

— Si, t'as raison. C'est pour ça que je suis allé voir ton dossier. Et t'as raison, ça pue encore plus que les poubelles des gamins. Ça a déjà des nichons, une gamine de douze ans ? Faut vraiment être un malade, non ?

— Elle a tout inventé. Elle l'a reconnu devant des collègues à toi. Alors, qu'est-ce que tu viens me faire chier ?

— Si vraiment c'était bidon, comment t'expliques que t'aies pas porté plainte ? Et pourquoi de prof d'histoire, t'es passé surveillant d'internat ? Alors pourquoi t'as pas porté plainte ?

— Et toi ?

— …

— Et toi, Jonathan Thorez, seconde 12 au lycée Laure Gatet. Pourquoi t'as pas porté plainte ? Ça te plaisait peut-être ?

— Si jamais… Si jamais tu as fait un truc pas clair dans le suicide du gamin, je te jure, je te jure que je vais le trouver. Et tu pourras plus te cacher. T'entends ?

— Ouais, j'entends. Mais qu'est-ce que tu veux qui m'arrive de plus ? Regarde autour de toi. Tu vois pire, comme endroit ?

Thorez, hors de lui, ne trouve rien à répondre.

— T'as raison. Je te laisse pourrir.

Il sort, furieux.

— La porte !

Il se lève avec difficulté en s'appuyant sur sa chaise. Au moment où il referme la porte, un morceau de verre brisé lui entaille le gros orteil.

— Merde !

Il ne veut jamais ressembler à ça. Qu'il crève dans sa loge. Il était au courant. Combien d'adultes du lycée savaient quelque chose à l'époque ? Il arrache une feuille du bloc-notes qu'il a toujours dans sa boîte à gants. « *On dirait que votre mari préfère les blondes* ». Glisse le mot dans une toute petite enveloppe et y joint une photo qu'il a prise il y a six semaines, avant qu'ils ne se fassent plus discrets. La rue du Terme est déserte. Il passe une première fois en voiture, se gare à deux rues de là, revient en marchant d'un pas rapide, hésite une seconde mais le concierge l'a vraiment énervé. Il glisse le message dans la boîte aux lettres en forme de petite maison noire accrochée au mur de la façade.

Il sait pour l'avoir observé à plusieurs reprises que le samedi matin, c'est le mari qui va relever le courrier. Il imagine sa panique. Mais cette fois, ça ne lui procure aucun apaisement. Il a déjà déposé plusieurs petits mots moins explicites. Il s'amusait de voir l'autre réagir, regarder dans toutes les directions. Mais là aucun amusement. Il regrette presque.

Sa première enquête en tant que titulaire est déjà presque finie. Sa participation se sera résumée à faire le tour des stations-service et des magasins de bricolage et bien sûr à fouiller des poubelles. Il en revient au concierge.

— Connard !

Son programme d'entraînement ne prévoit aucune sortie ce soir. Mais tant pis, il n'y aura que ça pour l'apaiser.

# 19

Pas de cauchemar, mais c'est encore un chien qui le réveille. L'aboiement grave du labrador de sa sœur. Il perçoit des bruits de portières qui claquent. Les rais de lumière qui traversent son salon sont tellement lumineux qu'ils lui semblent solides. S'ils entrent par cette fenêtre, c'est que la matinée doit être bien avancée. Il perçoit vaguement une discussion devant la maison. Deux voix de femmes, il reconnaît celle de sa sœur, mais l'autre lui est inconnue.

Il pose les pieds au sol, se relève doucement et encore courbaturé d'avoir dormi assis dans le canapé, jette un œil par les fentes des volets. La lumière est trop forte, il se recule et laisse ses yeux se réhabituer. Il regarde de nouveau. Un taxi gris métallisé étincelant. Le passager a réussi l'exploit de faire monter un chauffeur de taxi sur le chemin de craie. Il doit être très fort ou très riche ou... Très belle, et c'est le cas. Il aperçoit la passagère juste de dos. Grande, des cheveux foncés très longs qui se regroupent en une queue de cheval au creux de ses épaules. Ils contrastent avec les couleurs claires de sa robe légère. Il comprend le taxi. La nuit qu'il vient de passer lui a peut-être redonné goût aux jolies choses. Il a hâte de voir le visage de cette inconnue. Elles se retournent toutes les deux en même temps, sa sœur montrant sa fenêtre du doigt. Il se recule d'un mètre.

Il la connaît, enfin, il connaît son visage. Mais la seule fois où il l'a vue, c'était sur une photo en noir et blanc. Elle avait le visage défait et dans les mains, une petite plaque avec un numéro d'écrou. Isabelle, la fiancée de son ancien collègue à Paris, Lucas Hautemer.

— Merde, on est le combien ?

Il devait venir en convalescence, il lui avait dit qu'il pouvait être accompagné. Le deuxième week-end d'avril. Aujourd'hui. Il n'a pas pensé à prévenir sa sœur.

— Quel con !

Il les entend rire en bas. Il passe par la salle de bains. Se redonne allure humaine. Se souvient qu'il n'a toujours pas de caleçon propre, pire, il réalise qu'il a laissé le Superman quelque part dans le lit de Maria. Il aime vraiment beaucoup ce prénom, Maria. Il repense à son accent. À la blancheur de sa peau. Il se faufile sur le palier pour emprunter encore un caleçon à Théo. Sur la commode, deux lots de trois caleçons neufs à sa taille.

Il finit de se préparer et descend rapidement par l'escalier intérieur. Ils sont dans la cuisine. Son collègue se lève de sa chaise avec difficulté en prenant appui sur le plan de travail. Elle pose le verre d'eau qu'elle avait dans les mains pour venir l'aider. Il leur sourit en s'excusant.

— Je suis désolé.

— Tu peux, ils sont même venus en taxi de la gare.

— Il fallait appeler.

C'est Hautemer qui lui répond.

— Tu serais capable de me dire précisément où se trouve ton portable en ce moment ? Je tente de te joindre depuis hier soir.

— Non. J'en ai aucune idée.

Sa sœur le renseigne.

— Il traîne sur le meuble de l'entrée depuis ce matin, et pour tes amis, aucun problème, ils prendront la chambre de Lucie.

— Elle est partie ?

— Je t'expliquerai.

— Isabelle, je te présente le célèbre inspecteur Fuillard.

— Je suis enchantée.

— Moi aussi.

Quand elle sourit, son visage n'a strictement plus rien à voir avec la photo d'identité judiciaire. Il devient doux et chaleureux. Elle a les yeux d'un bleu très clair, des pommettes hautes. Aucun maquillage pour souligner ses lèvres ou mettre en valeur ses yeux. Ils n'en ont pas besoin. Elle est presque aussi grande que Hautemer et paraît nettement plus jeune, même si Fuillard sait qu'ils ont à peu près le même âge.

— Dis donc, ça te profite le Périgord ! Et c'est quoi, ce look d'aventurier ?

— Ça se voit tant que ça ? Toi par contre, tu as encore maigri. Et ta canne ?

— Plus besoin. Comme j'étais déjà sous anesthésie, ils en ont profité pour bricoler un peu le genou. Encore deux ou trois mois et je vais pouvoir à nouveau courir.

— Oh là ! Pas si vite, mon chéri ! Le chirurgien a dit six mois minimum.

— Voilà, c'est ça de vivre avec une infirmière !

— Je vais aider tes amis à monter leurs bagages. Et je me mettrai au repas.

— Je vais vous aider.

— Le repas ! Mais il est quelle heure ?

— 11 h 30.

— C'est pas vrai ! Je devais interroger les proches de la victime.

— Oui, ton téléphone n'a pas arrêté de sonner depuis 8 heures.

Il fait défiler les appels en absence. Six fois Thorez, six fois Hautemer et deux ou trois numéros inconnus.

— Jonathan, c'est Fuillard. Tout se passe bien ?

— Je croyais que tu devais être là. Mais oui, tout se passe bien. Le gamin est à tour de rôle futur Prix Goncourt, futur sportif de haut niveau, passionné de modélisme, pêcheur expérimenté, critique cinéma averti, etc. Comme prévu, zéro défaut. Bordeaux a appelé pour deux choses. La première, ils ont largement de quoi faire l'analyse ADN dans le sac poubelle, sur la brosse à dents et sur la brosse à cheveux – même dans les draps –, donc il compare avec ceux du médecin d'ici. Résultats lundi ou mardi au plus tard.

— Bien, je les appellerai pour que ce soit lundi. La deuxième chose, ils ont retrouvé la clé ?

— Non, pas du tout, mais le bouchon est bien celui d'un bidon en plastique d'une contenance entre cinq et dix litres, un vieux modèle qui n'est certainement plus en vente depuis une trentaine d'années au minimum. Rien d'autre d'intéressant, même dans le filtre.

— Bon, finis de recevoir toutes les personnes aujourd'hui. On n'aura que ça pour le rapport de ce soir.

— Je croyais que tu réagirais plus que ça aux déclarations de Lesieur d'hier soir.

— Je ne l'ai pas entendu. Qu'est-ce qu'il a inventé, encore ?

— Ils n'ont retenu des déclarations des gamins que les passages où ils disaient l'avoir vu une fois fumer un joint à la soirée de Nouvel An. Ils disaient ça pour prouver qu'il était hyper sérieux, et c'est devenu une prise de produit stupéfiant devant témoins.

— Ah, c'est pour ça, Lucie !

— Quoi, Lucie ?

— Ma nièce m'a dit la même chose et elle a dû croire que je m'en étais servi. Enfin, c'est rien. Je passe au bureau vers 14 heures.

Il raccroche.

Il fait faire le tour du jardin à son ancien collègue.

— Tu as des nouvelles du 36 ?

— Il y a eu un peu de ménage. Et je ne parle pas de la peinture sur le mur de mon bureau. Mais j'ai pris des photos en souvenir ! Peuvion, viré, Leverre reprend tout l'étage. Comme tu le sais, j'ai eu une promotion.

— Tu es mon supérieur, maintenant.

— Eh oui ! Le poste au bureau informatique, celui dont Georges rêvait, a été donné à une petite jeune qui vient aussi du Sud-Ouest.

— C'est Langevin qui va être content !

— Betty est toujours en arrêt maladie et on pense tous qu'elle ne reviendra pas. Elle culpabilise toujours pour Georges.

— Elle va peut-être prendre sa retraite ?

— Peut-être. Voilà, c'est tout. Mais je ne suis pas passé souvent. Ça ne fait qu'un mois que je suis sorti de l'hôpital. Et toi ici, ton nouveau poste ? J'ai suivi aux infos…

— Il n'y a pas grand-chose à creuser. Le gamin s'est suicidé parce qu'il devait être expulsé cet été. On fait traîner parce que c'est les élections et que si on semble bâcler l'enquête, ça va nous retomber dessus. C'est politique. Si ça te dit, je repasse sur les lieux cet après-midi pour éclaircir un petit détail. Ça te permettrait de reprendre en douceur.

— Oui, pourquoi pas ? On voudrait aussi te parler avec Isabelle. C'est important pour nous.

— Si c'est de ses problèmes avec la justice, ça ne m'intéresse pas.

— À TABLE !

L'appel vient de l'intérieur de la maison.

— On en reparlera ce soir. Pour l'instant, j'ai hâte de goûter la cuisine qui t'a tant profité.

## 20

À 14 heures, le repas est à peine fini.

— On va prendre la 106 de ma sœur, la mienne est en réparation.

— Pas étonnant !

— Je suis mal parti pour être au bureau à l'heure.

— Il est comment, ton collègue ?

— Tout le contraire de Georges.

Il se gare devant le lycée. Un tapis de fleurs blanches le long de la grille. La plupart déjà fanées par le soleil.

— Ah quand même… Il devait être apprécié, ce gamin.

— Oui, on ne va pas traîner. La marche blanche part de la place Francheville à 15 heures pour remonter ici.

Ils passent rapidement par le sous-sol de la salle de sport. Le silence s'impose.

— On va passer voir le concierge, j'ai une petite question à lui poser.

Ils remontent vers l'internat.

— Ça me fait penser à la hutte de chasse où on a retrouvé la petite d'Arras.

— Oui, j'ai ressenti la même chose hier matin.

— Il ne pouvait pas mieux choisir son endroit. La chaleur a dû monter rapidement.

— Oui. En plus, la cuve à fuel a explosé, il ne reste plus grand-chose du corps.

— On est sûr que c'est le bon gamin ?

— Cent pour cent. Il a écrit un mot dans sa chambre, il a appelé sa copine cinq secondes avant de se faire cramer, il a acheté lui-même l'essence. Mais tu as raison, j'attends les résultats ADN lundi pour clore l'enquête.

— Avec tout ça, vous auriez pu la clore plus rapidement sans risque.

Il regarde Fuillard en souriant.

— Qu'est-ce que tu veux insinuer ? Qu'on prolonge l'enquête dans un autre but ?

— Je ne sais pas.

— Non, tu as bien compris. Ils veulent pourrir l'enquête. Pour que le gamin paraisse un peu moins beau.

— Je suis étonné que tu aies accepté de participer à ça.

— Ils m'ont forcé la main avec le dossier de Beaulieu mais je fais une enquête impartiale. Tu vas voir, le concierge est un peu spécial.

Il frappe à la porte. Un bout de carton à la place du carreau de verre près de la poignée.

— Ouais !

— Capitaine Fuillard, on s'est vus hier.

— Rien à foutre, foutez-moi la paix.

Il sourit à Hautemer qui l'imagine bien défoncer la porte ou menacer l'homme qui se trouve derrière. Mais non.

— Juste un renseignement.

Ils entendent une chaise qui racle le sol, des pas qui se traînent et la porte qui s'ouvre. Les débris de verre sont toujours au sol, ils voient le bandage rouge de sang au pied de Maurice.

— Qu'est-ce qui s'est passé ?

— Le jeune connard est repassé hier soir.

— Pourquoi ?

— Pour faire chier, je t'ai dit que ça ne s'arrête jamais. Et lui, c'est qui ?

— Un collègue.

— Vous êtes combien pour un pauvre gamin qui s'est flingué ?

— Des bidons, il y a un endroit où il pouvait en trouver dans le bâtiment ?

Le vieux s'arrête net. Semble réfléchir.

— Tu vois le container de la fois dernière ? Juste derrière, il y a une porte assez étroite. C'est mon local pour les produits d'entretien et mes outils. Va voir.

Il les laisse s'éloigner mais les arrête juste avant qu'ils ne tournent à l'angle du couloir.

— Attends !

— Quoi ?

— C'est fermé à clé.

Il retourne dans sa loge. Les deux inspecteurs l'entendent râler.

— Merde, elle n'est plus là. Fait chier !

Il ressort.

— Je retrouve pas la clé, allez voir.

Ils passent devant la chambre 24, jettent un œil.

— Il a tout nettoyé avant.

Ils descendent, ouvrent le local à poubelles et le réduit qui n'est effectivement pas verrouillé.

Ils s'attendaient à trouver le même désordre que dans la loge, mais non, les outils sont tous rangés à leur place, délimitée par un trait blanc qui en reprend les contours. L'établi est en ordre et les étagères qui recouvrent tout le mur de gauche sont rangées avec une certaine logique. À un mètre du sol, toute une planche où sont alignés des bidons de différentes contenances, plus ou moins remplis.

— Regarde les traces de poussière sous les bidons.

Fuillard sourit, passe la main sur la planche où ils sont posés.

— T'as raison, ça ne correspond pas.

Il arrête la main, la glisse entre deux jerricanes et pousse de chaque côté pour agrandir l'espace libre.

— Voilà, juste la place pour un supplémentaire.

— Et les marques correspondent de nouveau.

— On va voir si le vieux retrouve la clé.

— Non, j'ai tout retourné.
— Vous l'avez peut-être rangée ailleurs ?
— Pour le boulot, je suis carré, tout est à sa place.
— Je te crois, on a vu l'établi. Tu crois qu'il a pu te la voler ?
— Des fois, je suis un peu fatigué le soir.
— Et mardi soir ?
— Je me souviens de l'avoir vu passer discrètement avec sa copine et après, ça devient flou. Si tu vois ce que je dire…
— Oui, malheureusement. Bon, si tu la retrouves, appelle-moi. Et… Je m'occupe de mon collègue, il va te foutre la paix.

Les amortisseurs de la petite voiture mettent le genou de Hautemer à l'épreuve.
— Mais, il y combien de ralentisseurs dans ta ville ?
— Trop.
— Tu as l'air d'avoir bien changé depuis quatre mois. Tu as l'air plus cool.
— Le foie gras, je te dis, il n'y a rien de tel. Et j'ai l'impression que Thorez reprendrait bien le rôle du méchant.

15 h 30. Il entre dans le bureau.
— Qu'est-ce que t'as foutu avec le vieux ?
— Rien, je suis sûr qu'il nous cache un truc. Ça m'a énervé.
— Et ça a quelque chose à voir avec le suicide ?
— Non rien, mais je le sens pas.
— Écoute, maintenant, tu lui fous la paix. Mais je suis d'accord avec toi, il ne nous dit pas tout. Et moi, je ne suis pas sûr que ça n'a aucun rapport avec le suicide.

## 21

Il n'a presque pas dormi la nuit dernière et pourtant il n'a plus été aussi en forme depuis des années.

Son gîte est parfaitement rangé. Il vient de passer une soirée agréable, sa sœur s'est mise en quatre pour impressionner ses invités. Elle adore recevoir. Son beau-frère a éclairé tout le monde sur les conséquences politiques de l'affaire en cours. Affaire bientôt classée.

Il est sincèrement heureux de revoir Hautemer. Sa compagne et future femme est incroyable, il en a complètement oublié le dossier qu'elle traîne. Même l'absence des enfants qui ont l'air de le fuir n'a pas gâché ce repas en terrasse.

Et Maria. Il est bien trop tard pour la rejoindre. Toute la soirée, il a pensé à elle. Il fait tourner l'alcool de pomme dans son verre pour le réchauffer. Il est debout, torse nu devant sa fenêtre, la fraîcheur du soir entre dans le salon.

Il s'attendait aux trois coups légers que l'on frappe à sa porte.

Hautemer entrouvre légèrement la porte.

— On peut entrer ?

— Je t'ai déjà dit que pour moi, ça ne fait aucune différence. Je ne la juge pas. Et elle est vraiment adorable et en plus très jolie.

Elle, juste derrière Hautemer, il ne l'avait pas vue. Elle répond.

— Merci. Mais pour moi, c'est important.

Elle sourit, impossible de lui refuser quoi que ce soit.

Ils s'assoient tous les deux dans le canapé, il prend une chaise en face.

— C'est à cause du père de Dimitri avec qui j'étais mariée à l'époque. J'avais vingt-trois ans, j'étais déjà infirmière en France. Je l'avais rencontré en vacances chez des tantes dans le village d'origine de ma famille. Je savais qu'il trempait dans des affaires pas très nettes. Mais en Roumanie, tout le monde fait comme il peut. Il n'avait toujours pas de visa pour venir habiter avec nous, alors je vivais entre les deux pays en attendant. Un soir où je passais deux semaines là-bas, il m'a réveillée en pleine nuit. Dimitri n'avait pas six mois. Il m'a forcée à le suivre. Le village où nous sommes arrivés ressemblait à un bidonville. Il a repoussé la planche qui servait de porte à une petite maison basse. Et il m'a dit : « Il faut que tu nous aides ! Le médecin s'est sauvé, il a peur que le petit meure. »

Des larmes coulent.

— Vous n'êtes pas obligée de me raconter, je fais confiance à Lucas.

— Non, excusez-moi, c'est important. La pièce ressemblait plus à une porcherie qu'à un salon. Le petit était allongé sur le ventre. Pâle, il respirait à peine. J'ai fini de le recoudre. J'ai désinfecté comme j'ai pu. Et il a survécu. Il traîne un peu la jambe, mais il est vivant. Le médecin s'était enfui avant de lui prélever quoi que ce soit. Il s'appelle Valeriu. J'ai quitté mon mari après cette nuit-là. Mais la police a fait une enquête et mon nom est apparu dans le dossier. Mon propre mari m'avait dénoncée. Ils avaient déjà fait plusieurs opérations. J'ai été associée à leur trafic. C'est le dossier que votre collègue a trouvé.

— Beaulieu ?

— Oui.

— Je vous le dis, ça ne change rien pour moi.

— Si Isabelle a tenu à mettre les choses au clair avec toi, c'est parce que nous avons quelque chose d'important à te demander.

Elle sèche ses larmes et lui sourit.

— Je sais que Lucas vous apprécie beaucoup. Il ne le dit pas mais je sens ces choses-là.

— Fuillard, Isabelle est enceinte.

Il sourit. Mais déjà sur la défensive.

— Oui… Et qu'est-ce que j'ai à voir avec ça ?

— On voudrait que tu sois le parrain de notre enfant.

Il n'était pas prêt. La panique.

— Merde… Merde, tu sais toi, ce qui m'est arrivé avec Nathan, tu le sais… Tu sais que… les gamins et moi, ça va pas. Tu fais chier, Lucas, merde, je n'ai pas de chance avec les gamins, tu le sais. Je peux pas !

Il se lève, attrape la bouteille d'alcool de pomme et sort en claquant la porte.

— On n'aurait pas dû. Je suis désolée.

— T'inquiète pas. On a très bien fait et je crois qu'il va accepter. Même s'il ne le sait pas encore. Et je suis presque sûr que ça lui fait très plaisir.

Il s'arrête au milieu de son escalier de fer. S'assoit. Nathan lui manque. Pour la première fois, il avait parlé de lui à quelqu'un, Maria. Elle lui avait dit une phrase terrible au milieu de leur repas. Comme quoi tous les parents perdaient un jour leurs enfants et qu'ils essayaient de se consoler avec les personnes étranges qu'ils étaient devenus. Et que lui, n'avait pas cette chance. Elle est bien la fille de son père. Des grandes phrases philosophiques. Après, ils avaient passé une heure à rire des bêtises que leurs enfants avaient faites. Son sourire revient. Il regarde dans le vide. Il aperçoit une petite lumière qui remonte le chemin en craie. La nuit est tellement noire qu'il ne voit rien d'autre que cette lumière jaune qui danse. Il pense voir arriver un vélo tout terrain. Il sait que c'est la mode. Il s'y mettra peut-être s'il arrive à perdre le ventre qu'il a pris. Celui qui monte doit être sportif parce qu'il avale la côte assez rapidement. La lampe virevolte dans l'obscurité. Il lui semble même qu'elle se dirige vers lui. Il réalise qu'elle n'est pas fixée au guidon d'un vélo mais au front d'un coureur. Il distingue d'abord les vêtements jaune fluo. Des chaussettes jusqu'aux genoux. Aux chevilles, de petite lampes rouges qui clignotent. Il sourit quand il reconnaît Thorez.

— Qu'est-ce que tu fous accoutré comme ça ?

— Je m'entraîne. Dans trois semaines, j'ai un trail en montagne.

— Ah ! Tu passais par là par hasard ou tu voulais me voir ?

— Les deux. C'est une des plus longues côtes à seize pour cent du coin. Et j'avais aussi besoin de ton avis. Il s'est passé quelque chose au commissariat après votre départ.

— Raconte.

— Je suis parti remettre notre rapport à Lesieur. Comme ça parlait fort à l'intérieur, j'ai attendu avant de frapper. Et c'était plutôt la fête. Ils parlaient de bonne surprise. Qu'il n'y a plus rien à arranger, qu'ils avaient eu tort de s'en faire. Je crois même qu'ils buvaient un coup à la santé d'Hubert.

— Hubert, ce n'est pas le médecin légiste de l'hôpital ?

— Si, et quand je leur ai remis le rapport, ils ne l'ont même pas ouvert.

— Qui ça, ils ?

— Lesieur, Leprince était là aussi et tiens-toi bien, même le procureur de Briche était présent.

— La bande au grand complet !

— Exact. Qu'est-ce que ça veut dire, tu crois ?

— Une seule chose. Que le médecin a chargé le rapport d'autopsie. On va le voir.

— Fuillard, il est 1 heure du matin. J'ai son adresse perso, je passe te prendre demain vers…

Il regarde la bouteille de pomme.

— Vers 10 heures, ça te va ?
— Ça me va.

Thorez repart déjà dans la pente en foulées rapides. Fuillard force un peu la voix en souriant.
— Eh Jonathan, t'as vraiment l'air débile comme ça !
— Pareil pour toi, bonne nuit.

Une heure plus tard, tout le monde est déjà couché quand il regagne le gîte. Il se glisse dans ses draps. Il n'a pas touché à la bouteille d'alcool de pomme qu'il a oubliée sur une marche au milieu de son escalier.

# DIMANCHE 14 AVRIL 2002

## 22

Un appartement. Ils avaient tous les deux imaginé le docteur Hubert habitant une superbe périgourdine perdue dans les bois sur les hauteurs de Périgueux. Un appartement juste en face de la cathédrale. Au dernier étage d'un bâtiment classé monument historique. L'escalier est monumental et « sans vis » d'après la vieille voisine du docteur qui leur a appris qu'il était absent.

— C'est typique de l'époque et de la région.

— Ah bon. Vous savez où le docteur Hubert est allé ce matin ?

— Ah non, je ne surveille pas mes voisins. Mais je l'ai croisé dans l'escalier vers 7 heures et il avait le blouson du club d'équitation. Celui qui le grossit un peu et dont la couleur lui donne un air fatigué. Enfin, il a rarement l'air en forme depuis que sa femme l'a quitté. C'est ça de prendre une femme trop jeune. Et son fils qui n'a pas l'air facile, jamais bonjour…

— Oui, merci madame. Bon dimanche.

— Bon dimanche, messieurs.

Ils se sauvent tous les deux. Après dix minutes, ils se garent sur le parking du centre équestre.

Maria et une dizaine de jeunes filles, toutes en tenues de cavalières, sont appuyées sur la barrière qui entoure une petite pâture. Elles admirent un jeune cheval qui trotte et galope la queue en panache.

Elle attend le dernier moment pour se retourner vers lui.

— Vous avez oublié quelque chose ?

— Pardon ?

— Vous êtes peut-être parti la fois dernière en oubliant quelque chose ?

Elle lui sourit.

— Je suis là pour le travail, je cherche le docteur Hubert.

Thorez les regarde sans comprendre.

— L'heureux docteur Hubert ?

— Pourquoi ?

— Regardez cette petite merveille, c'est de loin le plus beau cheval que j'ai vu dans mon centre et il vient de l'acheter pour son fils.

— Mais il doit valoir une fortune !

— C'est ce que je pensais aussi au vu de ses origines. Mais il semblerait qu'il ait fait une très bonne affaire.

— Il a peut-être trouvé un arrangement avec le vendeur.

Le brigadier est sur la même longueur d'ondes que son capitaine.

— Tu penses à une contrepartie pour le rapport d'autopsie ?

— Peut-être.

Il se retourne vers Maria.

— Ils sont encore là ?

— Le vendeur, non, il devait repartir en Normandie, mais M. Hubert est dans les box avec son fils.

Plus il approche des écuries, plus il sent son supérieur se raidir. La bonne humeur qu'il affichait devant la monitrice du centre a disparu. À peine entré dans l'allée centrale, Fuillard gueule :

— Hubert !

L'ado sort de l'allée de droite.

— Qu'est-ce que vous lui voulez, à mon père ?

— Thorez, vire-moi ce petit merdeux dehors avant que je m'énerve.

Le jeune allait protester. Jonathan met son index devant les lèvres et le regarde droit dans les yeux :

— Chut... jeune homme. Si j'étais vous, je sortirais comme le capitaine vous l'a demandé. Maintenant !

— Charles... Charles ! Qu'est-ce qui se passe ?

Ils le rejoignent dans le fond du box vide.

— Qu'est-ce que vous me voulez ?

— Qu'est-ce que tu as foutu dans le rapport ?

— Mais je ne l'ai pas encore fini !

— Bordel, je te demande ce que tu vas foutre dans ce putain de rapport, merde, c'est clair ?

Jonathan se déplace pour obstruer la sortie.

— Alors ?

— Juste ce que j'ai trouvé.

— Et qu'est-ce que tu as trouvé ?

— De la drogue. Des métabolites. Dans le peu de sang qu'il restait, des résidus de drogues dures.

— Tu te fous de notre gueule ? Le gamin est réglo à tous les niveaux et toi, tu trouves de la drogue, c'est ça que tu veux nous faire croire ?

— Réglo, il n'a pas de papiers quand même, et moi je fais mon boulot, c'est tout, et vous n'avez pas le droit de me parler comme ça !

— Et le cheval, combien tu l'as payé ?

— Ça ne vous regarde pas.

— Si, en tant que légiste assermenté, si on apprend que tu reçois des cadeaux, ça me regarde.

— Pourquoi vous me dites ça ?

— Parce que cette autopsie, je vais la faire refaire par quelqu'un dont je suis sûr à cent pour cent. Et si par malheur pour toi, elle ne trouve rien, je reviens te voir et je peux te dire que je serai beaucoup moins sympathique qu'aujourd'hui.

Le médecin se redresse légèrement.

— Ça va être difficile.

— Quoi ?

— De recommencer l'autopsie.

— Pourquoi ?

— Le corps ne doit plus être à cette heure qu'un tout petit tas de cendres.

Fuillard blanchit. Thorez se tient prêt à l'arrêter s'il agresse le médecin.

— Impossible sans ma signature.

— Il y a celle du commissaire Lesieur avec l'autorisation du juge Leprince.

— Où ?

Jonathan répond :

— Il n'y a qu'un endroit.

— On fonce.

Ils sortent sans un regard pour le médecin et courent jusqu'à leur voiture. Le gyrophare est posé sur le toit et la sirène hurle avant même que Fuillard n'ait fermé sa portière. Les nids de poule n'existent plus, Thorez prend tout droit.

— Attache ta ceinture.

Il obéit.

Impressionnant, les boulevards de Périgueux défilent sans aucun ralentissement. Ils sont quasiment déserts ce dimanche matin. Ils roulent au double de la vitesse autorisée. Il n'a même pas le temps d'avoir peur. La route d'Agen. Après le rond-point de la zone commerciale, la longue côte vers Sanilhac.

— Merde.

Il voit le bouchon. Une file ininterrompue de voitures. Sur plus d'un kilomètre. La ligne blanche n'arrête pas le jeune brigadier. À gauche toute. Personne en face. Il remonte la file. Après la courbe, pas une place pour se rabattre. Et cette vieille bagnole en face. Il ne ralentit pas. Fuillard prie pour qu'elle se décale sur le petit parking à droite. Même pas vingt mètres entre les arbres.

— Allez, merde, gare-toi !

— Elle a peur, elle va s'arrêter.

Thorez est sûr de lui. Il braque sans ralentir. Il se retrouve en dérapage sur le petit parking avant de revenir sur la route dans un nuage de poussière et de cailloux. Et effectivement, la mamie au volant a stoppé net au milieu de la chaussée. Juste après le virage, l'origine du bouchon. Un poids lourd qui change une roue avant le rond-point. Entre la roue de secours posée au sol et l'arbre sur le bas-côté à gauche, peut-être la place de passer l'Audi. Enfin, Fuillard l'espère. Mais à dix mètres, Thorez écrase le frein. Les pneus hurlent. L'odeur de caoutchouc brûlé.

— Pour moi ça passait.

— Oui, ça passait, mais regarde à droite.

Le capitaine tourne la tête. Juste à leur hauteur, une ambulance.

— C'est une de l'hôpital.

— Putain. Je savais que tu avais un bon côté.

Les deux ambulanciers sont toujours sous la surprise du bruit du dérapage de l'Audi, qu'ils se font déjà hurler dessus.

— Vous avez qui là-dedans ?

Ils tardent trop à répondre. Il sort sa carte de police.

— Capitaine Fuillard. Je vous demande qui vous transportez là-dedans, merde !

— C'est écrit sur la fiche.

L'autre attrape le porte-documents où est fixée la feuille et répond.

— Un certain Ali…

Il sourit, se retourne vers Thorez.

— C'est bon. Et vous, demi-tour, retour à l'hôpital.

— Euh, nous, on a la fiche.

— Fais voir.

À peine dans ses mains, il la met en boule et la jette dans le fossé.

— Demi-tour, vous nous suivez.

Thorez reprend sa vitesse de croisière, presque à l'arrêt sur les ralentisseurs.

Les deux véhicules se garent devant l'hôpital. Fuillard est toujours nerveux.

— Dépêchez-vous.

Ils descendent le corps à la morgue. Il agresse l'infirmier de garde.

— Il me faut une chambre froide que l'on peut fermer à clé.

— Il n'y en a pas.

— La salle d'autopsie.

— Oui, mais il n'y a que la table qui est refroidie.

— Ça suffira, nouvelle autopsie dans la soirée.

— Par qui ? Le docteur Hubert est en repos.

— Par le meilleur médecin légiste de France.

Les ambulanciers déposent le corps sur la table réfrigérée, l'infirmier condamne la porte.

— La clé !

— Mais...

— Écoutez, je ne suis pas d'humeur à discuter. Donnez-moi cette clé et je vous préviens que si quelqu'un ouvre cette porte avant moi, je vous tiendrai personnellement pour responsable. Je suis assez clair ?

— Oui.

Les ambulanciers n'osent toujours pas partir.

— Vous avez encore besoin de nous ?

— Qu'est-ce que vous faites encore là ?

Thorez rajoute :

— Avec tout ce qui se passe autour de cette affaire, pas la peine d'ébruiter ce qui vient de se produire. Ou sinon je saurai d'où vient la fuite.

Les deux sortent rapidement, l'infirmier est retourné dans son bocal à l'entrée du service. La tension retombe. Fuillard sourit.

— Putain, ça fait du bien.

— Je savais que t'avais un bon côté. C'est qui ton légiste ?

— Ma légiste. Tu vas faire connaissance avec ce qui se fait de mieux.

Il sort son portable, pianote maladroitement une longue minute.

— Et merde, ça veut dire quoi ? Je lui demande un numéro et il me demande « dans la carte Sim » ou un autre truc.

— Donne. C'est quoi le nom ?

— Marionville.

Dix secondes plus tard.

— Voilà, c'est toi qui l'as rentré dans ton portable ?

— Tu crois que j'en suis capable ? Non, c'est elle.

— Elle doit avoir beaucoup d'humour et bien te connaître. Elle l'a rentré à « Marionville » mais aussi à « Betty » à « Légiste » et aussi à « La Vieille ».

— Bon, passe. Allez, décroche… Betty, c'est Fuillard. Faut que tu te pointes à Périgueux en urgence, j'ai besoin de toi.

La voix qui lui répond est faible. Il la reconnaît à peine. Mais il a besoin d'elle.

— Comment ça demain ? Tu te fous de moi ? Je te dis qu'on essaie de m'enculer sur une affaire. J'ai besoin de toi et tu me dis demain ! Merde. Je sais que tu bosses plus en ce moment. Bouge-toi, ça te fera du bien... Oui, tiens-moi au courant.

Il raccroche, furieux.

— Il va falloir peut-être attendre demain. Elle est en arrêt depuis notre dernière affaire.

— De toute façon, vu la pression que tu as mise sur l'infirmier, il ne risque pas de bouger le corps.

— Ça marche. Tu peux me déposer chez moi ?

— Pas de problème.

## 23

L'apéro a encore duré plus longtemps que prévu. Aujourd'hui, c'est Isabelle qui est aux fourneaux, elle veut leur faire découvrir la cuisine traditionnelle roumaine. C'est son beau-frère qui réagit le premier.

— C'est pas un peu cliché, nous trois à l'apéro et les deux femmes à la cuisine ? Ça m'étonne que ta sœur ne dise rien.

— Si je me mets aux fourneaux, on n'est pas prêts de manger !

— Oui, et moi, je suis en convalescence, je ne peux pas rester debout trop longtemps. Mon infirmière particulière me l'a interdit.

— Bon, demain soir, je m'occuperai du barbecue. Alors, ça avance ton enquête ?

— Elle avance, oui. À ce sujet, je peux te poser une question ?

— Vas-y.

— S'ils trouvent une grande quantité de drogue dans le sang du gamin, tu crois que ça leur suffira pour faire retomber la pression au niveau des médias ? En l'accusant d'être toxicomane, par exemple.

Son beau-frère hésite, réfléchit avant de lui répondre.

— Certainement. C'est léger, mais ça pourrait peut-être même leur servir. Ils pourront rebondir sur l'immigration et l'insécurité à droite et à l'extrême-droite. Comme ils n'ont pour l'instant fait aucune déclaration, ils peuvent retomber sur leurs pieds. Pour le PS, ça peut être plus compliqué. Ils seront certainement très contents de ne pas avoir de position officielle. Et je ne te parle pas des petits candidats qui étaient en tête du défilé hier. Mais le gamin m'avait plutôt l'air sérieux, non ? Lucie dit que c'était le meilleur élève de sa classe.

— Oui, et c'était vrai. Mais le médecin a l'air sûr de lui. On attend son rapport demain matin. Et j'ai une collègue qui vient de Paris pour vérifier. Mais c'est vrai que ça ne colle pas. Enfin, tu parles de ça à personne...

— Bien sûr !

Trois heures plus tard, c'est Fuillard qui abrège le digestif.

— Une balade dans les bois me fera du bien.

— Quand mon genou ira mieux, je t'accompagnerai mais pour l'instant, je crois qu'une petite sieste sera plus adaptée pour moi.

Sa sœur le regarde s'éloigner. Juste avant qu'il ne soit trop loin, elle lui crie :

— À demain !

Il lui fait juste un petit geste sans se retourner. Il prend garde à ne pas marcher trop vite pour ne pas arriver en sueur. Il dépasse le trône en réalisant que cela faisait à peine quatre jours qu'il l'avait rencontrée. Beaucoup de choses avaient changé en si peu de temps. Et pas seulement sa tenue vestimentaire. Il n'a pas l'impression de tromper sa femme. C'est une surprise pour lui.

Elle n'est pas là quand il arrive. Il ne sait pas que le centre équestre est ouvert tout le week-end. Mais elle lui a laissé un petit message. Sur le fil à linge, juste devant la maison. Bien en évidence. Son caleçon Superman. Juste à côté du string noir qu'elle portait vendredi soir. Il hésite à le décrocher mais finit par s'asseoir sur la chaise longue qu'il oriente vers le petit chemin qui vient de la ville. Ça fait longtemps qu'il ne s'est pas senti aussi bien. Tellement détendu qu'il sursaute en laissant échapper un petit cri quand elle surgit juste derrière lui pour lui faire peur. Elle est arrivée par l'autre côté.

— Pour un policier, tu es plutôt facile à surprendre.

— Mais tu es arrivée par où ?

— Directement par la forêt, le centre est juste derrière le bois.

— Ah, au fait, merci.

— Pour ?

— La lessive.

— Ah, c'est pour ça que tu es revenu ?

— C'est mon préféré.

Il la trouve vraiment jolie quand elle lui sourit comme ça. Et son accent.

— Tu me laisses vingt minutes pour prendre une douche ?

— Il te reste encore un peu de vin blanc doux ?

— Dans le frigo. À tout de suite.

Il adore ses pantalons d'équitation. Il adore son naturel. Et c'est tout naturellement qu'après avoir partagé un verre de vin blanc sur la terrasse avec lui, elle lui a pris la main pour l'amener dans sa chambre.

# 24

Vraiment une bonne journée.

La séance du jour s'est déroulée comme dans un rêve. Vingt-cinq kilomètres sans une côte. Avec interdiction de dépasser les douze kilomètres à l'heure. La chaleur ne le dérange pas mais il a pris plaisir à longer l'Isle. La fraîcheur le long de la rivière était un vrai bonheur. Une bonne séance de récupération. Retour à l'appartement, une demi-heure de home-trainer. À cent dix de fréquence cardiaque, suivie de trois minutes dans le bac à glaçons. Le dimanche parfait. Et surtout, il doit se l'avouer, la réaction du capitaine Fuillard ce matin lui a vraiment plu. C'est pour des moments comme ça qu'il a signé dans la police. Mettre la pression sur le légiste, rouler le plus vite possible, agresser l'ambulancier et l'infirmier de garde à l'hôpital. Il a hâte de voir à quoi ressemble la légiste de Paris. Il demandera à assister à la nouvelle autopsie. Il ne sait pas pourquoi son supérieur réagit avec autant d'agressivité pour une enquête sur un simple suicide. Alors même qu'au départ il ne voulait pas de cette affaire. Lui, il déteste les drogués. Donc pas de problème si on trouve quoi que ce soit dans le sang de la victime. On lui a appris lors de ses stages que tous les drogués sont des menteurs et des dissimulateurs. Lui, il pense que ce gamin pouvait largement se droguer et cacher ça à tout le monde. Le médecin a peut-être fait une vraie bonne affaire avec son cheval.

Avant de prendre sa douche, il passe devant l'écran de télésurveillance de sa chambre. Il l'a programmé sur un plan fixe de la rue du Terme. Il les a vus tout à l'heure sortir en famille à 21 heures. L'homme est à peine plus âgé que lui et il a déjà deux enfants. Il a épousé la fille qui faisait fantasmer tous les élèves du lycée à son époque. Mais maintenant, ses jupes courtes et ses brassières moulantes sur les quelques kilos que lui ont laissés ses deux grossesses lui donnent un air vulgaire. Ils vont souvent au restaurant le dimanche soir. Il les retrouvera peut-être dans la soirée à une terrasse du centre-ville avant d'aller voir le deuxième homme. Ils étaient quatre à l'agresser dans les toilettes ce jour-là. Mais il ne va se venger que sur eux deux. Le père de famille qui était un peu le chef de la bande et le gros Manu qui le tenait de ses bras monstrueux.

Et effectivement, tard dans la soirée, ils sont toujours attablés place Saint-Louis. Il s'assoit à la table juste derrière eux. La femme et ses deux enfants sont seuls. Le serveur leur adresse la parole.

— Un dessert mademoiselle?

— Vous êtes gentil, mais c'est madame.

— Vous auriez pu être la grande sœur. Un dessert ? Un café ?

Elle sourit au serveur d'une façon un peu trop appuyée.

— Mon mari est encore aux toilettes. Je suis désolée, vous pouvez revenir dans cinq minutes ?

— Mais je reviens quand vous voulez. Vous n'avez qu'à faire un geste, je ne vous quitte pas des yeux.

Il vient prendre la commande de Thorez.

— Monsieur.

— Un thé glacé, s'il vous plaît.

— Ça marche.

Il entend clairement la femme critiquer son mari.

— Ah, votre père ! S'il buvait moins de bière aussi ! Voilà, maintenant, on doit attendre. Oui, Kévin, tu auras ton chocolat ! Oui, dès que ton père sort des toilettes. Ah, quand même ! De ta faute, le serveur a dû repartir. On ne savait pas si tu voulais quelque chose. Les enfants sont crevés.

— Mais tu sais bien que je ne prends jamais de dessert.

— Ah, en plus, c'est pour rien. Super...

Thorez se lève. Il se demande si c'est vraiment la peine de s'acharner sur lui. Quinze minutes de marche et il quitte le centre historique de Périgueux pour un quartier beaucoup moins touristique. Il entre dans un café-tabac. Deux salles, une petite avec le comptoir pour les cigarettes et une grande pour le bar. Il s'assoit à une des tables de la première, à côté de la file d'attente des accros à la nicotine. La serveuse ne le voit pas tout de suite. Il y a du monde dans la salle principale. Et au milieu, qui fait son show, Emmanuel Losse, dit Gros Manu. Il est devenu commercial. Il vend des voitures chez Peugeot, le garage de son père. Il est en sueur, sa chemise bleue est collée à sa peau, sa cravate et sa veste du garage sont posées sur le tabouret du bar. Personne ne l'attend chez lui. Il a tout vu et tout fait. Il braille au milieu d'une bande d'hommes qui ont le double de son âge mais le même taux d'alcool dans le sang.

— Un thé glacé, s'il vous plaît.

Une demi-heure qu'il entend son rire gras.

— Pauline, tu remettras la même chose à Polo et pour moi, il est l'heure de passer au digestif. Mets-moi un cognac. Excusez-moi messieurs, je dois secouer le baobab.

Thorez se crispe. La porte des toilettes est dans la petite salle. Il l'entend renverser une chaise juste derrière lui.

— Eh, merde !

Il pense le voir passer à côté de lui. Mais l'autre doit s'être arrêté. Il n'ose pas se retourner. Il sent son odeur de sueur et d'alcool juste dans son dos.

— Tu crois que je t'ai pas reconnu ?

Il s'adresse directement à lui. Jo ne dit rien.

— Tu crois que je t'ai pas vu me surveiller ? Ça fait quatre fois que t'es là. Qu'est-ce tu veux ? Tu veux me faire chier ?

Thorez est pétrifié. Le patron réagit.

— Oh, Manu, fous-lui la paix !

— C'est lui ! Qu'est-ce qui fait chier à me suivre !

— Il ne te suit pas. Il a le droit de boire un verre. Excusez-le, monsieur.

— Alors, qu'est-ce tu me veux, Thorez ? C'est ça, Thorez. Je t'ai reconnu tout de suite. Qu'est-ce tu veux ?

Il se lève. Ses poings se ferment. Les jointures de ses doigts deviennent blanches. S'il laisse exploser sa rage, il va le tuer. Il sent les tremblements à l'intérieur de sa poitrine. Il prend une grande inspiration avant de se mettre en apnée. C'est comme ça qu'il fait lors de ses combats. Mais le patron du bar s'interpose.

— Oh là, pas d'histoires ! Manu, il serait temps que tu rentres. T'as assez bu.

Il le pousse pour qu'il récupère ses affaires.

— Oui, ça va, je pars ! Et toi, tu me suis pas. Je supporte pas les pédés. T'as compris, onze centimètres ? Tu me suis pas !

Il avale son alcool cul sec. La porte se referme. Thorez se rassoit.

— Un autre verre, monsieur ? C'est pour moi.

— Non, ça va.

Il attend un peu pour partir. Que personne ne croie qu'il va suivre l'autre. À peine dans la rue, il compose un numéro sur son portable.

— Allô, Xavier ? Oui, c'est Jonathan. Bonsoir. C'est bien toi de patrouille ce soir ? Oui, dis, je viens de croiser un homme complètement ivre rue Combe des Dames. Oui, une 508 coupé 2564FS24. Il partait vers le centre. On ne sait jamais, si tu la croises... Oui, bon courage !

Le téléphone à peine remis dans sa poche se met à sonner.

— Oui…, bonsoir… Ah, non, il n'est pas avec moi. Pourquoi ? J'ai peut-être une idée. Je vais voir et je vous rappelle.

Ça lui fera du bien de penser à autre chose. S'asseoir dans sa voiture finit de le calmer. Il se maîtrise de nouveau parfaitement. Il traverse Périgueux, remonte vers Champcevinel, prend la plus petite sortie au rond-point de l'université. Les phares éclairent presque toute la combe. Un chevreuil se fait surprendre. Il saute avec légèreté la clôture sur la droite et disparaît dans les bois. Il se gare juste devant la barrière. Trois chiens minuscules hurlent déjà. Un vieux berger allemand le regarde arriver d'un air placide. La femme apparaît à la porte, entourée d'un drap de bain.

— C'est pour quoi ?

— Je cherche le capitaine Fuillard.

Elle sourit et rentre.

Cinq minutes plus tard.

— Qu'est-ce que tu veux ?

— Ta sœur a appelé sur mon portable. Ta légiste de Paris arrive chez elle dans une demi-heure.

— Ah, super, j'arrive.

— Je t'attends ?

— Oui, j'arrive.

— Elle a trouvé un collègue pour la déposer en voiture. Il descend en vacances du côté de Biarritz.

— Ça doit être Langevin, le responsable info du 36. Il est quelle heure ?

— Bientôt minuit.

— Merde, ça fait tard pour l'autopsie.

— Demain matin, il n'y a rien qui presse.

— Quand Lesieur va apprendre qu'on a récupéré le corps contre son ordre, il va vouloir qu'on le ramène. Alors il vaudrait mieux que Betty ait déjà fait l'autopsie.

Ils arrivent en haut du chemin de craie. La Porsche de Langevin est déjà garée devant la maison. Marionville parle avec sa sœur sur le pas de la porte. Elles ne se sont pas vues depuis vingt ans.

— Elle est moins grosse que tu l'avais dit. Par contre, je suis d'accord avec toi, elle s'habille comme un sac.

— Tu as raison, elle a perdu pas mal de poids depuis la dernière fois où je l'ai vue. Elle a du mal à s'en remettre. On a eu un sale coup sur l'affaire qu'on suivait. Les collègues de Paris m'avaient prévenu qu'elle était toujours en arrêt maladie. Allez, viens, je te présente le meilleur médecin légiste de France.

— Tu fais des heures sup', Fuillard !

— C'est Dallas, ici ! Il y a un mort par semaine depuis que j'ai pris mes fonctions. Je vous présente le brigadier Thorez.

— Enchantée.

— Et notre responsable info, Langevin.

— Bertrand, ça suffira.

— Moi c'est Jonathan.

La sœur de Fuillard prend les choses en main.

— Tout est arrangé, ils vont prendre la chambre des enfants.

— Vous êtes sûrs que ça ne vous dérange pas ?

— Pas de problème. Par contre, après, on affiche complet !

— Moi, je passais juste déposer Betty, je dois être à Biarritz mardi. J'ai repéré un petit hôtel à la sortie de l'autoroute.

— Non, pas de problème, ça nous fait plaisir de recevoir des amis de mon frère. Ça faisait longtemps.

— Betty, tu te sens de refaire l'autopsie ce soir ?

Tout le monde se retourne vers lui.

— Demain matin, ce serait mieux.

— 7 heures ?

— Parfait. Tu peux demander au médecin qui a fait la première autopsie d'être présent ? Ça me ferait gagner du temps.

— Ça paraît difficile, je ne lui ai pas fait très bonne impression la dernière fois qu'on s'est vus.

Marionville lui sourit.
— Tu ne changes pas.
— Moi, je peux passer le lui demander ce soir.
Fuillard regarde Thorez avec insistance pour lui rappeler l'incident avec le concierge.
— Gentiment, je peux faire, en plus c'est sur ma route.
— OK. Essaie. À demain.

En redescendant le chemin de craie, il se demande si cette mamie va vraiment pouvoir les aider. Enfin, si elle confirme les premières analyses de sang, ils pourront passer à autre chose. Par contre, si elle infirme, il craint pour le médecin de Périgueux...
Il est obligé de se frayer un chemin dans l'escalier au travers d'un groupe de quatre jeunes parmi lesquels il reconnaît le fils du médecin. Il ne lui adresse pas la parole et monte directement. Il sonne. Deux minutes plus tard, la porte s'ouvre.
— Tu pourrais penser à prendre ta clé, mon grand. Je suis en plein...
— Bonsoir.
— Qu'est-ce que vous me voulez ? Je suis allé au commissariat pour me plaindre de votre attitude.
Il ne le laisse pas finir.
— On a besoin de vous demain matin à 7 heures pour refaire l'autopsie.
— Pardon ? Il n'en est pas question !
Il se contrôle pour ne pas l'attraper par le col de sa robe de chambre. Il reprend en maîtrisant sa voix.
— Écoutez, le docteur Marionville a besoin de votre aide, elle dit qu'elle gagnerait...
— Comment vous dites, le nom du légiste ?
— Marionville.
— Élisabeth Marionville ?
— Ils l'appellent Betty.
Un énorme sourire sur le visage.
— Pas de problème. 7 heures, vous avez dit ?

— Oui. Vous la connaissez ?

Il hésite.

— Venez voir.

Il le suit dans le vaste appartement. Le médecin ouvre une double porte qui donne sur un bureau et un mur complet d'étagères où sont alignés ses livres de médecine. Au milieu, juste derrière la chaise du bureau, trois imposants volumes. Il les sort, les pose sur le sous-main en cuir. Trois tomes consacrés à la médecine en criminologie, les trois sont signés Marionville.

— Ma bible, enfin, la bible de bon nombre de mes confrères.

Thorez revoit son jugement sur le médecin qu'il a face à lui.

— Vous avez l'air passionné.

— Oui, depuis mes premières années d'études universitaires.

— Je peux vous poser une question assez directe ?

— Oui.

— À votre avis, elle va confirmer vos conclusions ?

Le médecin saisit l'allusion.

— Je l'espère bien. Et ça, pour deux raisons. La première, c'est que dans le cas contraire, je serais vraiment un très mauvais légiste ou un légiste malhonnête ; et la seconde, je ne tiens pas à avoir des problèmes avec votre collègue. Fuillard, c'est ça ?

— Oui.

— Il n'est pas très sympathique.

— J'ai cru entendre qu'il s'améliorait. Bonne soirée, à demain.

# LUNDI 15 AVRIL 2002

# 25

Il veut être le premier à l'hôpital. La sonnerie de son portable n'a pas eu besoin de le réveiller à 5 h 30. Il a abrégé sa séance de renforcement musculaire d'une demi-heure, a avalé ses céréales protéinées en dix minutes et pour la première fois depuis longtemps, n'a pas allumé les écrans de surveillance de la ville. Si ce que lui a dit le médecin hier soir est vrai, il va avoir la chance d'apprendre beaucoup pour sa première autopsie. Il espère être à la hauteur. Il choisit un polo assez près du corps pour ne pas gêner autour de la table de dissection.

Il enfile ses chaussures sur le palier, attrape le sac de linge sale qu'il déposera chez son ancienne voisine. En bas de l'escalier, il croise son collègue Xavier qui finit sa nuit de garde.

— Dis donc, je ne te remercie pas du cadeau !

— Quel cadeau ?

— Le chauffard que tu as vu hier soir rue Combe des Dames.

— Vous l'avez contrôlé ?

— Oui, on a dû s'y mettre à deux pour le maîtriser. Il était complètement saoul. Il ne voulait pas souffler dans le ballon. On a fini par l'embarquer, 1,8 gramme dans le sang. Il est pas prêt de revoir son permis, ce con.

— Il est rentré comment ?

— Il n'est pas rentré du tout, il a fait du grabuge, il disait qu'il avait besoin de son permis pour bosser, qu'il n'était pas fonctionnaire, lui ! Il est en salle de dégrisement, tu peux aller voir, c'est un costaud.

— Je n'ai pas le temps. Mais j'imagine le bonhomme. Désolé pour votre nuit.

— Non, t'as bien fait, il aurait pu causer un accident. Allez, je vais me coucher.

— Bonne nuit.

Il sourit. Il prendrait bien cinq minutes pour passer devant la cellule. 6 h 15, pas le temps s'il veut être le premier. Les rues sont désertes mais même dans son état d'excitation, il respecte toutes les limitations de vitesse. Il arrive exactement en même temps que la 106. Marionville a l'air aussi fatiguée que la veille et Fuillard mal réveillé.

— T'es pas avec le médecin ?

— Non, mais il m'a dit qu'il serait là.

Ils entrent et effectivement, le docteur Hubert est déjà en train de s'affairer autour des restes du corps calciné. Il vient au-devant de Marionville.

— Bonjour. Un petit café avant de commencer ?

Sur le bureau, les trois tomes de la médecine légale.

— Si vous pouviez mettre un petit mot…

— Avec plaisir. Le taux de détérioration des cellules est de combien ?

— Très élevé.

Fuillard connaît Marionville. Si elle se met à parler médecine, il n'a plus rien à faire là.

— On va vous laisser travailler. Tu appelles quand tu as fini ? Au fait, docteur, nous n'avons toujours pas vu votre premier rapport ?

— Tous les résultats sont arrivés hier après-midi. J'ai déposé un dossier complet en fin de soirée au commissariat.

— Et ?

— Et il confirme ce que je vous ai dit au centre équestre. Il y a bien présence de métabolite de substance opiacée dans le sang.

— Vous l'avez déposé à mon nom ?

— J'ai juste dit : « Pour le responsable de l'enquête sur la mort du jeune Ali Abishin. »

— Bien. On va aller lire ça.

— Si ça ne te dérange pas, j'aimerais assister à l'autopsie.

Fuillard le regarde en souriant.

— Pour moi, pas de problème. Betty ?

— Pas de problème non plus.

— Bon courage.

À 7 h 30, le commissariat est pratiquement désert. Tous les collègues sont en récupération. Ils ont encadré les deux manifestations de soutien ce week-end. Il s'adresse au brigadier de garde.

— Non, aucun courrier pour vous, mon capitaine, ni pour votre brigade.

— Le docteur Hubert vient pourtant de m'assurer qu'il l'avait déposé hier dans la soirée. Vérifie.

— Non, toujours rien.

— C'est pas possible !

— Il y a une autre possibilité. Quelqu'un l'a peut-être déjà récupéré. Attendez capitaine, je vérifie… Oui, c'est ça, un dossier du docteur Hubert a bien été déposé à 19 h 30 hier et il a été récupéré à 20 heures par le commissaire Lesieur en personne.

— Merde.

Il monte à son bureau. Lance la machine à café. Furieux. Il déteste ce genre de pratiques. Il s'assoit devant la pile de procès-verbaux relatifs aux témoignages sur Ali que Jonathan a recueillis samedi toute la journée.

## 26

Avec ces témoignages, son impression s'est renforcée. Il voit mal ce jeune être accro aux stupéfiants. Il avait l'air de former un couple assez solide avec une certaine Mathilde Delmas. Elle n'a pas été entendue par Thorez. Elle est toujours sous le choc et n'a même pas pu participer aux marches de soutien. Il regarde sa montre. 9 heures. Elle devrait être levée. Le quartier est à peine à cinq cents mètres en traversant le parc Gamenson. L'un des quartiers les plus huppés de la ville. Le boulevard Claveille. Une seule rue en sens unique en forme de U, de grandes grilles en fer forgé tout le long des trottoirs, deux rangées de maisons bourgeoises. Des médecins et des avocats en majorité, des plaques de laiton à chaque entrée. Trois marches à chaque perron. Les Delmas habitent la dernière habitation avant la courbe du U. Il franchit la grille pour sonner directement à la lourde porte en bois sculpté. Il pense à la phrase du père de Maria sur la valeur des portes. Il sourit. Son sourire disparaît quand la porte s'ouvre et qu'il voit le visage défait de Mme Delmas. Elle n'a pas dû dormir beaucoup depuis le suicide. Elle porte un tailleur assez strict. Son maquillage cache difficilement les cernes et les poches sous ses yeux.

— Oui ?

— Capitaine Fuillard. Je voudrais m'entretenir avec votre fille au sujet d'Ali Abishin.

Elle le dévisage longuement. Trop longuement.

— Vous êtes l'oncle de Lucie ?

— Oui. Pourquoi ?

— Elle a parlé à Mathilde de la façon dont vous aviez déformé ses propos sur Ali. Vous voulez faire croire qu'il se droguait ? Ou que c'était un voyou, c'est ça ?

Il faut qu'il se contrôle ou il va rentrer de force dans cette maison.

— Écoutez, ce que dit ma nièce, une gamine de dix-sept ans ne m'intéresse que très peu. Je mène une enquête impartiale sur la mort de ce jeune homme alors que je devrais être encore en congé maladie. Alors soit vous me laissez m'entretenir cinq minutes avec votre fille, soit je la fais convoquer officiellement au commissariat où elle attendra des heures sur un banc de béton que je veuille bien la recevoir.

Elle hésite.

— Si ça vous rassure, vous pouvez assister à l'entretien.

Elle s'écarte de la porte.

— Merci.

— Elle est très fragile. Elle n'a pratiquement pas dormi depuis cinq jours.

— Madame Delmas, je n'ai jamais laissé qui que ce soit influencer mon travail. Mais je n'ai aucune prise sur les déclarations de mes supérieurs.

Elle le jauge.

— D'accord.

— Vous connaissiez bien la victime ?

— Oui, cela fait un an qu'il fréquentait Mathilde. Il venait manger souvent à la maison. Un vrai bonheur.

— Vous croyez possible qu'il ait pu prendre de la drogue, des drogues dures comme de l'héroïne sans que vous vous en aperceviez ?

— Monsieur Fuillard, vous avez vu la plaque sur ma porte ?

— Oui, vous êtes tous les deux médecins, c'est ça ?

— Oui. Nous connaissons les dégâts que provoque cette cochonnerie. Nous n'avons ni l'un ni l'autre repéré un quelconque signe de dépendance chez Ali.

— Pour vous, c'était le gendre idéal ?

— Vous ne croyez pas si bien dire, capitaine. Avec mon mari, nous étions prêts à organiser un mariage blanc pour qu'il puisse avoir des papiers…

Elle a du mal à poursuivre.

— Mais il fallait attendre les dix-huit ans de Mathilde, dans trois mois.

Elle ne retient pas ses larmes.

— Vous savez, monsieur Fuillard, je crois sincèrement que le premier grand amour dans la vie d'une femme est toujours le dernier. Et ma fille vient de le perdre.

Il y a quelques jours seulement, il aurait été pleinement d'accord avec elle.

— Elle va peut-être rencontrer de nouveau quelqu'un.

— Oui, je l'espère, mais ce ne sera jamais pareil. Attendez-moi ici, je vais chercher ma fille.

Elle descend dix minutes plus tard en peignoir éponge rose. Les yeux toujours rougis d'avoir pleuré.

Elle s'assoit dans le canapé de cuir blanc devant les grandes fenêtres qui donnent sur la rue. Sa mère ne les rejoint pas.

— Vous voulez savoir quoi ?

— Je peux m'assoir ?

— Lucie m'a dit…

Il la coupe.

— On va oublier ce qu'a dit Lucie, d'accord. Je vais te parler franchement, Mathilde. On a tous les deux le même intérêt. Connaître la vérité. Toi parce que tu aimais ce jeune homme, moi parce que c'est mon métier. Mais tu as raison, certaines personnes n'ont pas les mêmes principes que moi. Alors, plus tu me diras ta version des faits, plus je serai à même de défendre la vérité dans cette affaire, d'accord ?

— Oui.
— Mais il faut que tu sois sincère.
— Qu'est-ce que vous voulez savoir ?
— Tu as passé la soirée avec lui mardi ?
— Oui, on est allés boire un verre pour fêter les vacances avec la bande.
— Oui, ça, je le sais déjà. C'est après que ça m'intéresse.
— ...
— Je sais que vous êtes allés dans sa chambre.
— Alors, qu'est-ce que vous voulez savoir de plus ?
— Juste que tu me décrives ce qui s'est passé exactement et comment tu l'as trouvé.
— Un peu après 10 heures, on est allés dans sa chambre.
— En passant devant la loge du gardien ?
— Non, on prend l'escalier de secours. Il bloquait toujours la porte avec un bout de carton. Après on s'est embrassés et ...
— Vous avez eu un rapport sexuel ?
— Oui.
Elle se met à pleurer. Il attend qu'elle se calme.
— Oui. On a beaucoup parlé aussi.
— De quoi ?
— De tout ce que l'on ferait plus tard. Se marier, être médecins, aider dans son pays. Comme Médecins du monde.
— Après ?
— J'avais dit à Maman que je serais rentrée à minuit et il était déjà moins dix. Je voulais rester encore un peu. Il m'a dit que je serais fatiguée pour l'entraînement de volley. Alors je suis partie par la porte de secours et j'ai rejoint Élodie au café. On devait rentrer ensemble. Je suis arrivée avec dix minutes de retard. Mon père m'attendait, il n'a rien dit.
— Tu l'as trouvé fatigué, déprimé dans la soirée ?
— Non, pas ce soir-là. Des fois je voyais bien qu'il faisait semblant d'être en forme. Depuis janvier et le dernier jugement, il avait peur. On en parlait rarement, mais des

fois, il n'avait pas le moral. Il le cachait aux autres, mais moi, je voyais bien la différence.

— Je te pose une dernière question même si je connais la réponse. Tu crois qu'il pouvait prendre des drogues dures sans que tu t'en aperçoives ?

— Non impossible. Même si je n'y connais pas grand-chose, je suis sûre que non. On passait beaucoup de temps ensemble, je n'ai jamais vu de piqûres de seringue sur ses bras.

— Je ne devrais pas te le dire mais je crois que demain, tu vas certainement lire le contraire dans la presse. Prépare-toi.

— Pourquoi vous êtes allé raconter qu'il avait fumé un joint devant tout le monde ?

— Lucie n'est pas la seule à avoir rapporté cette histoire à la police.

— Ils vont l'enterrer quand ?

— Très bientôt. Merci, Mathilde.

Ça le fait chier, soit il devient vraiment mauvais, soit le toubib ment. Il n'a personnellement aucun doute sur le fait que le gamin ne se droguait pas. Des joints peut-être, en soirée et encore. Mais de la morphine, impossible. Si Betty ne trouve rien dans le sang, il ira secouer un peu le légiste. Si l'autopsie n'est pas terminée, il passera au centre équestre pour avoir les coordonnées de l'éleveur de Normandie. Quand il entre dans son bureau quinze minutes plus tard, Thorez et Marionville l'attendent déjà.

— Merde, t'as fait vite. Tu as bien refait toutes les analyses personnellement ?

— Oui, ne t'inquiète pas. J'ai refait tous les prélèvements nécessaires et ils sont déjà expédiés à Bordeaux. J'aurai les premiers résultats demain soir ou mercredi dans la journée. Mais je crois que mon collègue a déjà bien bossé. Ça m'étonnerait qu'on trouve quelque chose de nouveau.

Thorez est d'accord avec la légiste.

— Je pense qu'il n'a rien trafiqué. Pendant toute l'autopsie de ce matin, il était serein. Pas comme s'il avait quelque chose à cacher.

— Oui, il m'a vraiment bien assistée. Il peut devenir un très bon légiste. Si tu restes dans le coin, tu peux lui faire confiance, je crois.

— Attends, il vient d'acheter un cheval largement en dessous de son prix. Pourquoi on lui aurait fait un cadeau ? Il aurait pu injecter de la drogue après.

— Non, l'analyse a mis en évidence des métabolites, pas de la drogue.

— C'est bien un suicide ?

— Quatre-vingt-dix pour cent de chance. Ce qui, en médecine légale, est pratiquement le maximum. Tu dis qu'il a appelé sa copine avant de passer à l'acte, qu'il a laissé un message d'adieu, qu'il a lui-même acheté l'essence ? On doit être à quatre-vingt-dix-neuf virgule quatre-vingt-dix-neuf pour cent sur un suicide.

— Oui, mais cette histoire de drogue, ça me fait chier. Ça les arrange trop.

— Tu crois qu'ils te pourrissent l'affaire ?

— Lesieur a même intercepté le dossier d'autopsie avant moi et ils allaient incinérer le corps sans me prévenir.

— Ça a dû te plaire. Mais tu crois que déclarer que le gamin se droguait suffirait à faire retomber la pression médiatique ?

— Mon beau-frère dit que c'est léger mais qu'ils pourraient l'exploiter.

Un brigadier frappe à la porte.

— Le commissaire Lesieur vous attend dans son bureau.

# 27

— Dans un premier temps, je tiens à vous remercier pour avoir rectifié l'erreur de l'hôpital. Incinérer ce jeune homme en toute discrétion, un dimanche matin sans prévenir personne aurait pu enflammer la situation.

Fuillard n'en croit pas ses oreilles. Son ton est déjà agressif.

— L'ordre venait de vous, non ?

— Oui, bien sûr. Je me suis permis d'ordonner l'incinération. Mais jamais avec cette précipitation. J'ai parlé au légiste qui m'a garanti qu'il n'avait plus rien à tirer des restes de cette personne. Donc on pouvait permettre la crémation, mais pas de cette manière, je vous l'accorde. L'ambassade a donné son accord pour que les cendres de leur ressortissant puissent rester en France. J'ai fait mettre un avis dans la presse pour prévenir les proches que la cérémonie se déroulerait demain matin à 9 heures et monsieur le Maire avec l'accord de monsieur le Préfet ont autorisé les proches à disperser les cendres dans le jardin des souvenirs de Périgueux, juste à côté du crématorium.

— Vous auriez pu me demander si j'avais encore besoin du corps pour mener mon enquête !

— Oui, mais si je vous ai fait convoqué ce matin, c'est pour vous informer que l'enquête est terminée.

— Mais je suis le directeur d'enquête !

— Oui, mais moi, je suis votre supérieur et le procureur de la République est le seul habilité pour stopper ou poursuivre des investigations. Nous avons parlé ce matin du contenu du rapport d'autopsie du docteur Hubert et nous avons eu par téléphone à 10 heures les résultats du laboratoire de Bordeaux. L'ADN confirme à cent pour cent que le corps calciné est bien celui de Ali Abishin, domicilié à l'internat du lycée Laure Gatet chambre numéro 24. Ces informations croisées avec les déclarations de la jeune Mathilde Delmas concernant le contenu de l'appel téléphonique que le jeune Abishin lui a passé juste avant son acte désespéré, la lettre qu'il a laissée dans sa chambre, dont l'écriture a été reconnue par tous les enseignants de la classe, le pompiste de la station où il a acheté l'essence qui l'a identifié formellement, tous ces éléments nous ont amené à cette conclusion : suicide. Fin de l'enquête. Et je suis sûr que vous seriez arrivé exactement à la même conclusion. Je me trompe, capitaine ?

Il faut qu'il réagisse. Il sait que le commissaire a parfaitement raison. Mais ça le fait chier.

Dix secondes et ça fait tilt dans son cerveau.

— La clé ! Je fermerai l'enquête quand on aura retrouvé la clé. Le brigadier Thorez a récupéré le filtre. Les scellés ont été posés très tôt. Tant qu'on n'aura pas retrouvé cette putain de clé, je continuerai d'enquêter !

— Mais vous n'avez rien à décider !

Le commissaire le fixe dans les yeux, secoue légèrement la tête et reprend dans un sourire mauvais.

— Dans son fémur.

— Quoi ?

— Vous allez être maintenant d'accord avec moi pour clore cette délicate affaire.

— Qu'est-ce que vous dites ?

— La clé, on l'a retrouvée. À l'autopsie, le docteur a retiré un morceau de métal fondu dans le fémur du cadavre. Bordeaux l'a analysé. Les restes déformés d'une clé. Le jeune l'avait mise dans sa poche. Sous l'effet de la chaleur, le métal s'est enfoncé dans les chairs jusqu'à s'incruster dans l'os de sa jambe.

Fuillard et Thorez restent silencieux.

— Je compte sur vous deux pour être aux obsèques.

Après avoir jaugé Fuillard de la tête aux pieds, il ajoute :

— Dans une tenue plus conforme à votre niveau de responsabilités, capitaine. Et après cette cérémonie, il me semble que l'administration vous doit encore trois jours de repos. Prenez-les !

Il tourne les talons et sort en laissant la porte grande ouverte. Jonathan allait le suivre quand il entend Lesieur rappeler son jeune collègue :

— Brigadier Thorez, je dois encore vous parler. Fermez cette porte.

Lui, il ne repasse pas par son bureau, il descend directement au parking. Sa vieille voiture attend toujours d'être réparée. Il démarre la 106 de sa sœur et débouche dans la rue.

— Merde. Betty !

Il a oublié Marionville. Tant pis, elle rentrera avec Thorez. Lui, il a besoin de conduire pour se calmer. Impossible de rouler plus d'un kilomètre sans tomber sur un ralentisseur. Il part vers la campagne. La route d'Agonac. Il aperçoit à droite au sommet de la colline le château avec le centre équestre.

— Pourquoi on lui aurait fait un cadeau à ce con ? Merde !

Il fait demi-tour, prend la côte vers *l'Étrier Périgourdin*. Il stoppe brutalement la voiture au milieu du parking désert. Apparemment, il n'y a personne. Si, le palefrenier qui sort des écuries deux minutes après, une fourche à la main. Il crie depuis la porte en contrebas :

— C'est fermé, revenez demain !

Il remonte en voiture, repart vers Périgueux mais au rond-point de l'université fait quasiment le tour complet et prend la petite route qui mène chez Maria. Se retrouver sur ce petit chemin commence à le calmer.

Elle lui sourit déjà. Ils ne savent toujours pas comment se saluer.

— J'ai besoin de toi.

— C'est une déclaration ?

— Non, c'est pour mon enquête. J'ai besoin de ton avis sur la vente du cheval au docteur Hubert, savoir ce que tu en penses, si vraiment il l'a eu moins cher que la normale.

— On ne parle que de ça au centre équestre. Viens voir.

Il entre au frais dans la cuisine. Sur la table, un magazine d'équitation. Elle tourne quelques pages.

— Voilà, c'est lui, là.

Elle lui montre une page pleine de photos de chevaux. Pour lui, tous se ressemblent.

— Il était bien à vendre, alors ?

— Oui, mais il a surtout été acheté il y a moins de cinq mois aux ventes de Pompadour. Une véritable institution dans notre sport.

— Tu dis que c'est un des chevaux les plus chers de France ?

— Non quand même pas, mais juste le fait de se trouver dans cette vente montre qu'il peut devenir un très bon cheval.

— À combien il s'était vendu ?

— Cinq fois le prix que le médecin l'a payé dimanche.

— Ah quand même ! C'est illégal, non ?

— Non, ça arrive. Tu sais, l'achat de jeunes chevaux, c'est un peu le casino. Des fois ils confirment, des fois non. Dans ce cas, les acheteurs vendent à perte plutôt que d'entretenir des chevaux pour rien.

— Il aurait perdu autant de valeur en à peine cinq mois ?

— C'est ça le plus étonnant. Logiquement, ils les forment sur deux ou trois ans avant de les revendre.

— Je n'arrive pas à comprendre pourquoi on lui aurait fait ce cadeau.

— Tu penses que quelqu'un a essayé d'acheter le docteur…

— Je ne devrais pas t'en parler, mais oui, pour trafiquer l'autopsie du gamin.

— Ils lui ont peut-être fait ce cadeau en prévision et comme le médecin a vraiment trouvé quelque chose, ils ont fait ça pour rien.

— Oui, mais dans ce cas-là, ça voudrait dire que le gamin était vraiment toxicomane.

— Et ?

— Et ça, je n'y crois pas du tout.

— Tu te trompes peut-être ? Tu es certainement un peu perturbé en ce moment…

Elle se rapproche.

— Tu as la tête ailleurs.

Il lui sourit. Sa colère n'est plus qu'un lointain souvenir.

— C'est possible.

# 28

— Brigadier Thorez, maintenant que cette affaire est terminée, j'aimerais vous confier personnellement un dossier qui me tient à cœur. Ma petite-fille est cette année une des meilleures élèves du collège Montaigne. Elle devrait normalement poursuivre sa scolarité au lycée Laure Gatet. Vous y avez fait vos études secondaires encore tout récemment, il me semble ?

— Oui, commissaire, moins de cinq ans.

— Donc vous connaissez bien les lieux et le fonctionnement de cet établissement ?

— Absolument.

— Voilà, j'ai lu les comptes rendus des auditions que vous avez menées ce week-end et il me semble qu'ils corroborent les conclusions qu'un de vos collègues a déjà tirées d'une petite enquête qu'il a menée l'an dernier quant à la présence de drogue dans cet établissement.

— Oui, il me semble que la consommation de cannabis est relativement étendue. L'ecstasy peut circuler lors de soirées où se retrouvent les élèves les plus âgés mais je pense que la consommation de drogues dures est encore exceptionnelle, d'où l'étonnement du capitaine Fuillard sur les résultats d'analyse de…

Le commissaire lui coupe la parole et lève le ton.

— Mais on ne parle plus de cette affaire, brigadier ! Je veux que vous vous intéressiez au phénomène de consommation de produits stupéfiants chez les lycéens de cet établissement. C'est votre priorité pour l'instant. Suis-je assez clair ?

— Oui, commissaire.

Il est surpris de retrouver Marionville dans son bureau.

— Le capitaine vous a oubliée ?

— Apparemment.

— Il était furieux. Ils ont fermé l'enquête sans son consentement. Je vais vous ramener.

— Merci.

— Vous voulez que je force un peu la climatisation ?

— Non, ça va aller, il ne faut surtout pas que je prenne froid.

— Vous êtes malade, c'est ça ?

— Vous êtes observateur. Et très prudent. Vous roulez toujours aussi lentement ?

— Oui.

— Vos supérieurs concluent au suicide.

— Logique, non ? Je ne comprends pas pourquoi le capitaine en fait toute une histoire.

— On devient susceptible avec l'âge. Mais faites-lui confiance, c'est un flic assez exceptionnel, vous pouvez apprendre beaucoup à son contact.

— Là, ça va être difficile, le commissaire m'a confié une enquête avec un autre collègue.

— Mais je pensais que vous n'étiez que deux dans votre brigade !

— Oui, mais c'est un enquêteur des Stups.

— Il cherche à vous séparer ?

— On peut voir ça comme ça.

— Vous avez une idée où peut se trouver Fuillard en ce moment ?

Thorez réfléchit.

— Deux possibilités. Soit il est parti secouer le docteur Hubert à l'hôpital, soit il est parti secouer le vendeur de chevaux qu'il soupçonne de l'avoir soudoyé.

Il sourit avant de continuer :
— Je pencherais plus pour la deuxième possibilité.
— Pourquoi ?
— Parce que la piste du vendeur de chevaux passe par la responsable du centre équestre.
— Et ?
— Et il me semble que le capitaine apprécie fortement cette cavalière.
— Je le trouvais changé aussi. Merci pour l'info. Vous venez au barbecue ce soir ?
— Non, j'ai une séance d'entraînement.
— Course à pied ?
— Absolument, vous êtes observatrice. Comment vous avez deviné ?
— C'est une montre GPS, non ? Il n'y a que les coureurs pour porter ce genre de montres horribles.
— Oui, elle vient directement des États-Unis.
— Ça fonctionne bien ?
— Par temps clair, impeccable. Elle me donne ma vitesse, les distances parcourues, mon rythme cardiaque et même les dénivelés que j'ai accumulés pendant ma course.
— Impressionnant. Merci de m'avoir ramenée.
— De rien, à demain.

Sur la route du retour, il se demande pourquoi le commissaire essaierait de le séparer de Fuillard. De toute façon, l'enquête est terminée et revenir dans son ancien lycée avec le rôle de policier lui plaît vraiment. Il se voit bien interroger la proviseure-adjointe Mme Labrousse, se permettre des sous-entendus sur le laisser-aller dans son établissement, ce serait une belle revanche. C'est en souriant qu'il franchit la porte du commissariat. Le planton à l'accueil lui fait signe de venir le voir.
— Bonjour Matthieu, tu veux me dire quelque chose ?
— Oui, je me suis permis de faire entrer quelqu'un dans ton bureau. Un homme qui voulait des renseignements

mais il ne voulait parler qu'à toi. Il dit que c'est un ancien copain de classe.

Il ne peut pas lui avouer qu'il n'avait aucun copain de classe.

— Tu as bien fait. Il attend depuis longtemps ?

— Vingt minutes. Vous vous êtes croisés tout à l'heure.

— OK. Merci.

Il craint que ce soit Losse qui serait sorti de cellule de dégrisement.

*Qu'est-ce qu'il me veut ?*

Il ne le craint pas physiquement. Il saisit la poignée de la porte de son bureau, inspire à fond, tente un sourire de façade et entre.

Ce n'est pas la masse imposante d'Emmanuel Losse, mais la mine défaite d'Hugo Lorient habitant 26, rue du Terme. Il se fige.

— Bonjour Jonathan.

— Qu'est-ce que tu veux ?

— J'ai un problème. Ce n'est pas grave, mais c'est assez délicat.

Thorez s'assoit derrière son bureau.

— Assieds-toi et raconte.

— J'ai pensé à toi parce qu'on se connaît depuis le collège et je ne me voyais pas raconter ça à un étranger. Voilà, je suis victime d'un maître-chanteur. Enfin, je crois.

— Commence par le début.

— Voilà, il y a deux mois, j'ai commencé à recevoir des mots dans ma boîte aux lettres. Quelqu'un passait avant le facteur et ça, j'en suis sûr, parce que les mots étaient toujours en dessous de mon courrier.

— Oui, et ils disaient quoi ces mots ?

— Au départ, que des allusions assez vagues, genre passages de la Bible et…

— Écoute, viens-en au fait parce que j'ai beaucoup de boulot aujourd'hui.

— Oui, j'imagine, avec le gars qui s'est tué.

— Oui, entre autres. Donc ton problème, c'est quoi exactement ?

— Euh... Je vois une autre femme que la mienne. Ce n'est pas mon genre mais j'ai deux enfants et je ne veux pas quitter leur mère. Tu te souviens de Sabine Legendre ? Maintenant, c'est Sabine Lorient. On est mariés.

— Excuse-moi, mais fais vite. Quel est le problème exactement ? Tu trompes ta femme et quelqu'un l'a vu. Il te demande de l'argent ?

— Non.

— Alors ?

— Il menace de tout dire à ma femme.

— Je ne suis pas sûr que ce soit un délit.

— Tu ne peux rien faire ?

— Je peux demander aux collègues de nuit d'être vigilants quand ils passent par la rue...

Il s'arrête à temps et reprend :

— Ton adresse ?

— 26, rue du Terme.

— Si un jour il te demande de l'argent, on pourra ouvrir une enquête et faire des relevés d'empreintes digitales. Mais il me faut un délit.

— Et les caméras que le maire a fait mettre partout ?

— Pareil, il faut qu'un délit ait été commis pour y avoir accès. Les enregistrements ne sont conservés que trois jours. Après, ils s'effacent automatiquement s'il n'y a pas de demande de réquisition.

— C'est dommage.

— Oui, enfin voilà tout ce que je peux faire pour toi. Le plus simple, ce serait peut-être de ne plus voir la deuxième femme.

— Impossible. C'est elle que j'aurais dû épouser.

— Ah, il faut toujours réfléchir avant d'agir.

Il se lève et le raccompagne à la porte. L'autre lui tend la main. Ça le dégoûte mais il la lui serre.

— Merci Jonathan. C'est sympa de m'avoir reçu.

Il fait une pause et baisse la voix pour continuer.

— Tu sais, ce qui s'est passé quand on était en seconde, c'était des conneries de gamins. Je l'ai regretté mais après, tout le monde en a parlé. On ne pouvait pas empêcher les autres de se moquer. Nous, on s'est arrêtés assez vite, tu te souviens ?

Il a toujours sa main dans la sienne, il a envie de la broyer.

— Pourquoi ?

— Pourquoi quoi ?

L'autre commence à être mal à l'aise.

— Pourquoi vous vous êtes arrêtés du jour au lendemain ?

Thorez l'empêche de retirer sa main et répète :

— Pourquoi ?

— Le concierge.

— Quoi, le concierge ?

— Tu sais, le gardien de l'internat chez les curés, le vieil alcoolo complètement cinglé. Il nous a chopés, il a dit que si on n'arrêtait pas, il nous mettrait une rouste. Il ne rigolait pas. On disait qu'il avait fait de la prison. On a eu vraiment peur, tous les quatre. Mais de toute façon, je voulais qu'on arrête. C'était Manu qui t'avait en grippe.

Il le relâche. Ferme la porte. Sa main droite se met à trembler. Il entend l'autre s'éloigner dans le couloir.

Il sort à son tour, prend le couloir qui l'amène directement à l'escalier de son appartement. Il a déjà ôté ses chaussures à la dernière marche. Son bras gauche se bloque le long de son corps. Il entre pieds nus dans son petit hall. Il se déshabille entièrement, n'enfile pas le bas de survêtement. Il se dirige droit vers le congélateur, attrape les quatre blocs réfrigérés, ouvre du coude le container rempli d'eau, y jette les poches gelées. Repart dans la cuisine, attrape tous les glaçons déjà formés, les lance dans l'eau. Monte sur le petit tabouret devant le container et entre enfin dans l'eau glacée. Ne dépasse que son visage, même ses oreilles sont sous la surface. La douleur après une petite minute devient forte, le relâchement musculaire se fait attendre trois longues minutes encore.

Il s'allonge ruisselant dans son lit. Il a juste le temps de régler l'alarme de son portable sur trente minutes et s'endort.

## 29

Ils ont tous les deux sommeillé et sont encore engourdis. Le drap et les oreillers sont au sol. Elle le regarde en souriant.

— On n'aurait pas oublié de déjeuner, par hasard ?

— Il me semble bien. Ce n'est pas un problème, j'ai besoin de reprendre la ligne.

— Tu ne devais pas retourner au commissariat cet après-midi ?

— Je crois que le commissaire n'a strictement aucune envie de me voir. Et ils me doivent encore trois jours de repos.

— Tu peux rester manger avec moi ce soir, alors ?

— Non, j'ai des amis qui logent chez moi et mon beau-frère organise un barbecue.

Il fait une pause, mais c'est elle qui enchaîne :

— Non.

— Quoi, non ?

— À la question que tu vas me poser quand tu vas remonter dans ta voiture. La réponse est non. Et de toute façon, je dois repasser nourrir les chevaux.

Elle s'allonge sur le ventre et s'étire pour attraper le réveil posé sur la table de nuit. Il profite de la vue. Il adore la blancheur de sa peau.

— *Lo qué admirar solosabesse tou…*

— Non, c'est « *lo que admirar solo tu sabes tuyo es* » mais ça ne marche pas avec les gens.

— Et avec juste une partie du corps des gens ?

— Non plus. Oh zut, je suis carrément en retard. Il faut que j'y aille. Les malheureux vont être affamés.

— Tu peux leur expliquer que tu as un peu la tête ailleurs en ce moment !

— Ah, ah, ah ! Allez, rhabille-toi et n'oublie rien cette fois !

Quand il claque la portière de sa voiture et qu'il la voit s'éloigner par le petit sentier à travers les bois pour rejoindre le centre équestre, il se demande s'il n'aurait pas dû l'inviter au barbecue.

— Non.

À peine arrivé au premier rond-point, il râle tout seul dans sa voiture.

— Merde, ça fait quand même un cadeau de près de vingt-cinq mille euros !

Quand il arrive chez lui, tout est déjà prêt. Sa sœur a dressé la table à l'ombre du grand chêne. Le bois brûle déjà dans le barbecue. Son beau-frère se fait une fierté de ne jamais utiliser de charbon de bois. Il fait presque aussi chaud que le jour de son mariage. Marionville somnole dans le transat. Hautemer, Isabelle et Langevin sont déjà attablés et son beau-frère leur tient compagnie. Il a la sagesse de se tenir le plus loin possible de sa femme qui est dans la cuisine. Les enfants ne sont toujours pas là.

— Ça ne vous dérange pas de ne rien faire pendant que d'autres se tuent à la tâche ?

Marionville lui répond sans même ouvrir les yeux.

— Tout un après-midi pour interroger une pauvre responsable de centre équestre ! J'espère que tu n'as pas dû employer la torture.

— Je crois qu'il va falloir que j'apprenne au brigadier Thorez à se taire. Des nouvelles de Bordeaux ?

Son beau-frère intervient :

— Ah non ! Ta sœur a interdit de parler travail. Si on parle de Bordeaux, ce sera juste pour choisir le vin.

— D'accord. Tu nous sers un petit blanc ?

— Oui, mon pacherenc.

— Oh là, quel honneur ! Il t'en reste combien ?

— C'est ma dernière.

— C'est gentil. C'est pour quelle occasion ?

Sa sœur arrive dans son dos et répond en lui mettant la main sur l'épaule.

— Parce que nous sommes très contents que tu sois de retour parmi nous.

— Bon. Je prends une douche et j'arrive. Commencez sans moi.

Le mot d'ordre a été respecté. Pas un seul mot du 36 Quai des Orfèvres ni du commissariat de Périgueux. Le débat le plus sérieux et le plus polémique a été de savoir si le pacherenc vendanges tardives était bien au niveau du sauternes. Mais par un accord tacite, Isabelle, sa sœur et son mari les ont laissés vers minuit prendre un dernier verre, seuls dans le salon de Fuillard. Première fois qu'ils sont réunis tous les quatre depuis la nuit où ils ont élucidé l'enquête Beaulieu, depuis la nuit où Georges est mort.

Il sait ce qu'il va leur servir. Son alcool de pomme. C'est la vieille de Saint-Péreuse qui le lui a offert, le témoin qui l'a aidé à résoudre cette dernière affaire. Même Langevin se laisse tenter.

— Elle vient du Morvan ?

— Oui. La mamie m'a donné ses cinq dernières bouteilles. Elle est persuadée qu'elle va aller en prison ou qu'elle va bientôt mourir. Je lui ai pourtant bien dit que son nom n'apparaissait dans aucun dossier. Et je crois qu'elle vivra encore quelques récoltes de pommes.

— J'espère pour nous. Tu te rends compte que si elle avait parlé tout de suite, on aurait évité tous ces morts.

— À côté de ça, on les a tous laissé se faire tuer.

Marionville est celle qui le connaît le mieux.

— On n'a rien à se reprocher dans cette affaire.

— Tu te fous de ma gueule ! On a été en dessous de tout. On n'a sauvé personne. Même la femme de Beaulieu devait y passer, s'il n'avait pas changé d'avis au dernier moment. On n'a servi à rien !

Hautemer n'est pas d'accord.

— Tu as entendu ce que ce cinglé m'a dit dans la salle d'interrogatoire ?

— De quoi tu parles ?

— Qu'il avait pris goût aux bonnes choses, qu'il avait tué la prostituée d'Amiens juste pour le plaisir. Tu l'as bien entendu, non !

— Si ça suffit à te donner bonne conscience, tant mieux pour toi. Moi, je dis que si on avait été meilleurs, la petite d'Arras serait peut-être en Espagne avec son copain plutôt que d'avoir fini découpée dans une putain de hutte de chasse !

Marionville n'a plus la force de le contredire. Elle se rend même compte qu'elle est d'accord avec lui.

— Et Georges serait encore avec nous.

Georges est le seul absent de l'équipe qu'ils avaient formée au 36 pour arrêter la vague de meurtres l'année dernière. C'est Hautemer qui essaie de la réconforter.

— Tu n'as rien à te reprocher, Betty. C'était moi son supérieur hiérarchique.

— J'aurais vraiment aimé qu'il soit parmi nous ce soir.

Fuillard n'a qu'une façon de réagir. La colère.

— Ça va, ça va. Il a fait la connerie de sortir seul. Il a payé cash. Merde, qu'est-ce que vous voulez ? Qu'on dise une prière à chaque fois qu'on est tous les quatre ? Qu'on lui demande son avis sur mon enquête ? Georges, si tu penses que c'est un suicide, tape une fois, si tu penses que c'est un meurtre, tape deux fois. On a été complètement n…

Trois coups violents résonnent dans toute la pièce. Langevin malgré sa stature d'haltérophile est celui qui réagit le plus.

— C'était quoi ce truc ?

— L'esprit de Georges. N'importe quoi ! Oui, entrez.

La porte s'ouvre lentement, découvrant Jonathan en tenue de course fluo, caleçon moulant et lampe au milieu du front. Après deux secondes de surprise, l'éclat de rire est général.

— Putain, tu nous as foutu une de ces trouilles ! Qu'est-ce que tu veux ?

Il se retourne vers Fuillard, le faisceau lumineux lui arrive droit dans les yeux.

— Éteins tes pleins phares !

— Oh, excuse ! Je sais pourquoi tout le monde a disparu au commissariat. Le juge, le préfet et le barbu. Ton beau-frère avait raison, ça faisait un peu léger la drogue. Ils ont trouvé plus fort encore.

Il sort une feuille de papier de son caleçon. Hautemer sourit à Langevin et lui glisse à l'oreille :

— Ça ne se porte pas avec un short par-dessus, ce truc-là ?

— Tu as raison, c'est un peu près du corps.

— Quand vous aurez fini de vous foutre de moi, vous m'expliquerez comment notre gendre idéal, le petit copain dont toutes les filles du lycée rêvaient devient pour *Sud-Ouest* « un maillon important du trafic de drogue entre Bordeaux et Périgueux ».

— Qu'est-ce que tu racontes comme connerie ?

Il déplie la feuille et la montre aux quatre policiers.

— J'ai piqué la une du numéro de demain sur le site Internet du journal. Regardez là, en quart de page.

Il n'y a que le gros titre et la phrase d'accroche qui renvoie à un article en page trois au-dessus de la photo d'Ali Abishin. « La double vie d'Ali Abishin. Élève modèle la semaine et trafiquant le week-end ? Un témoignage troublant ».

— Tu as l'article ?

— Non. Mais le journal va bientôt être en vente.

Fuillard se lève, entre et ressort de sa chambre avec un petit calepin vert. Il cherche un numéro. Le compose.

— Oui, Le Tulier, c'est Fuillard. Excuse-moi de te déranger. J'ai une question à te poser.

— Pas de problème, je suis encore à la rédaction. C'est au sujet de l'affaire Beaulieu ?

— Non, ça, c'est du passé. Non j'ai un problème avec un article de presse au sujet de l'enquête que je mène actuellement. Le gamin qui s'est suicidé à Périgueux.

— Oui, on couvre aussi l'affaire avec *La Nièvre Indépendante*. En pleine campagne électorale, c'est le bordel.

— Oui, t'as bien compris. Il y a un de tes collègues de *Sud-Ouest* qui parle d'un témoignage accablant sur le gamin. Il ferait du trafic de drogue.

— Et ?

— Et c'est impossible, je n'y crois pas une minute.

— C'est quoi ta question exactement ?

Il se rend compte qu'il a appelé un peu vite le seul journaliste qu'il connaissait. Il ne sait pas quoi lui demander précisément.

— Comment ça se passe pour avoir ce genre de témoignage ?

— Comme pour vous, on enquête, on pose des questions.

— Vous payez ?

— Ça arrive.

— Vous vérifiez sérieusement ce qu'on vous dit ?

— Plus ou moins, ça dépend du journaliste. Comment il s'appelle le tien ?

— J'en sais rien, attends.

C'est Jonathan qui le renseigne :

— Y. Tavernier.

— Y. Tavernier de *Sud-Ouest*.

— C'est Yann Tavernier, tu peux avoir confiance, il travaille à Bordeaux, je le connais.

Après un moment de pause :

— Tu veux que je l'appelle pour en savoir plus ?

— Oui, ça m'intéresserait.
— Il ne te donnera pas ses sources.
— Ce n'est pas ce que je veux. Il y a un point d'interrogation à la fin du titre de son article. Je veux savoir son sentiment.
— OK, je te rappelle demain.
— Merci, salut.
— Salut Fuillard et si tu as un petit scoop, n'hésite pas, on boucle dans une demi-heure.
— Rien pour l'instant. Bonne nuit.

Marionville se lève.
— Bon, je vais me coucher. J'aimerais vous accompagner aux obsèques demain.
— Pas de problème, Betty.
— Moi aussi je vous laisse, je pars pour Biarritz demain très tôt. Ça m'a fait vraiment plaisir de vous revoir. Lucas, tu diras au revoir à ta superbe femme pour moi.
— Ce sera fait. Moi aussi, je vous laisse. À demain.

Il ne reste plus que Thorez et Fuillard.
— Tu as bien entendu Lesieur. L'enquête est terminée. Alors pourquoi t'es venu me montrer cet article ?
Il lui sourit.
— Parce qu'il m'a confié personnellement une mission. Enquêter sur le trafic de drogue au lycée Laure Gatet de Périgueux. Donc je n'enquête plus sur le suicide d'un jeune sans-papiers qui avait peur de l'expulsion, mais sur un suspect dans une enquête de trafic de stupéfiants.
— Et ?
— Et je demande logiquement conseil à mon supérieur hiérarchique pour m'épauler.
— Tu peux compter sur mon aide. À demain, Jonathan.
— À demain, capitaine. Je me charge d'acheter le journal.

Seul au milieu de son salon, il se sert une dernière pomme, lève son verre bien haut.
— À ta santé, Georges.

# MARDI 16 AVRIL 2002

## 30

Le préfet a extrêmement bien fait les choses. Heureusement, car le parking du crématorium était déjà complet une heure avant la cérémonie. Les gendarmes dirigent les derniers arrivants vers une aire de stationnement improvisée sur une grande étendue d'herbe en contrebas de la route d'accès. Un affichage demande de laisser les quatre-vingts places disponibles à l'intérieur du bâtiment aux plus proches du défunt. Ils ont eu l'intelligence de ne pas écrire « familles ». Les lycéens se sont regroupés sur la pelouse qui mène en pente douce au jardin du souvenir. Certains vêtus de blanc, d'autres entièrement de noir. Fuillard a délaissé son nouveau look d'aventurier pour remettre un vieux costume gris et ses mocassins noirs.

Thorez est passé les prendre au gîte, sa sœur avait besoin de sa voiture. Elle attend avec sa fille dans la foule. Son neveu est avec son groupe d'élèves de terminale un peu à l'écart. Le gendarme veut les diriger vers le parking supplémentaire. Fuillard lui montre sa carte.

— Excusez-moi, capitaine. Nous avons des places réservées derrière le bâtiment.

Et effectivement, il se gare entre deux fourgons de gendarmerie à l'arrière. Ils ne sont pas visibles depuis l'entrée du crématorium, mais se tiennent prêts en cas de débordement. Le préfet se doute que les révélations du journal ne feront pas plaisir à ceux qui connaissaient le mieux Abishin. Fuillard a lu l'article pendant le trajet. Il retient trois choses. Celui qui répond au journaliste reconnaît formellement Ali Abishin. Il le connaît sous le surnom de « l'Afghan ». Et dernière chose, qu'il n'était pas très apprécié à Bordeaux. Que d'autres dealers étaient en conflit avec lui. La photo est plus parlante encore. L'homme est assis derrière un bureau métallique sur lequel est posée toute la panoplie du parfait petit trafiquant, une balance de précision, des sachets plastique, un bang. Il porte un débardeur blanc, plusieurs chaînes en or autour du cou, son visage est flouté. Mais ses deux bras nus sont couverts de tatouages facilement reconnaissables. Il imagine le parfait abruti qui joue les gros durs. Pour lui, il est fortement improbable que le jeune Ali ait fréquenté ce genre de personnage. Il reste persuadé que tout l'article est bidon. Il attend avec impatience des nouvelles de Le Tulier, le journaliste de *La Nièvre Indépendante* qu'il a contacté hier soir. Marionville est étonnée qu'il ait consenti à venir à la cérémonie. Il y a quelques mois, le simple fait que son supérieur lui ait ordonné d'être là aurait suffi pour le décider à ne pas venir.

— Tu crois sincèrement que je viens parce qu'il me l'a demandé ?

— Non. Tu cherches quoi ?

— Je ne sais pas, on va observer. Voir les gens qui viennent lui dire adieu. S'il traînait vraiment dans des affaires louches, on aura peut-être d'autres personnes que des lycéens et leurs parents.

Thorez sourit.

— « Affaires louches ». À part dans *Maigret,* plus personne n'emploie cette expression.

— Tais-toi et observe. Si tu vois quelque chose de particulier, de surprenant, tu m'appelles.

— OK.

En tout cas, l'article de presse a fait son effet. Aucun officiel n'est présent. Ni le maire, ni le préfet. Aucun parti politique n'a pris le risque d'envoyer un de ses représentants. Thorez doit s'occuper de l'extérieur. Marionville et Fuillard entrent dans la salle de recueillement. Pas une place de libre. Le cercueil est posé devant le grand rideau rouge. Toutes les personnes sont en noir. Au premier rang, Mme Delmas qui soutient sa fille en larmes. Le proviseur du lycée est bien présent mais aucune trace de Mme Labrousse, la proviseure-adjointe. Plus étonnant, Maurice est là aussi, au premier rang. Son costume noir est bien trop grand pour lui. Soit il l'a emprunté pour l'occasion, soit il a beaucoup perdu de poids depuis la dernière fois qu'il l'a porté. Juste à sa droite, occupant les deux dernières chaises de la rangée, un couple du même âge que le concierge. L'homme est encore plus maigre que Maurice et sa femme paraît extrêmement affligée. Tous les enseignants du lycée se sont regroupés sur la gauche de la salle. Le professeur de français paraît inconsolable. Les camarades de classe d'Ali et ceux de Mathilde Delmas occupent toutes les places restantes avec quelques parents qui les accompagnent.

— C'est qui ces deux vieux ?

Marionville cherche.

— Où ça ?

— Là-bas au premier rang. À côté de Maurice.

— Maurice, c'est le concierge, c'est ça ?

— Oui. Les deux derniers de la première rangée.

— Je crois qu'ils sont plus jeunes que moi. Fuillard, tu vibres !

— Quoi ?

— Tu vibres, ton téléphone vibre !

— Je croyais que tu avais coupé la sonnerie.

— Oui, c'est ce que j'ai fait, je l'ai mis sur vibreur. Et là, il vibre, quelqu'un t'appelle.

Il sort rapidement l'appareil de sa poche.

— Oui.

Marionville le pousse vers le hall.

— Capitaine Fuillard.

— C'est Le Tulier. Je peux te parler ?

— Vas-y, tu as des nouvelles ?

— Oui. J'ai parlé au journaliste. Le gars de l'article a appelé directement le journal. C'est lui qui a fixé le rendez-vous à Yann Tavernier.

— Et qu'est-ce que ton collègue en pense ?

— Au départ, il a été surpris. Il a fait l'interview en n'y croyant pas du tout. Mais le gars lui a donné des détails assez précis sur l'Afghan. Il a cité des affaires qui se sont déroulées à Bordeaux et à Libourne. En sortant de la cave où il l'a interviewé et où la photo a été prise, il était persuadé que c'était bidon.

— Alors ?

— Alors comme je te l'ai dit, il a vérifié toute l'histoire.

— Et ?

— Et il n'est plus aussi sûr de lui. Il a décidé de proposer l'article à la rédaction mais il a tout mis au conditionnel. Comme tu as pu le lire, il ne s'avance pas trop.

— Ça arrive souvent, ce genre de témoignage spontané ?

— Spontané oui, mais gratuit plus rarement.

— Qu'est-ce que tu veux dire ?

— Le gars n'a rien demandé en échange. Pas d'argent, ça, c'est beaucoup plus surprenant.

— Il voulait peut-être faire parler de lui. T'as vu la photo ? Même flouté, tous ses copains vont le reconnaître. Les tatouages, les bijoux. Il voulait faire la une, non ?

— Tu veux que je te donne mon avis ?

— Bien sûr.

— C'est bidon. On est en train de vous enfumer. Ça se sent à plein nez.

— Tu crois que le gars a pu être payé pour mentir ?

— Faudrait lui demander.

— Oui, mais vous protégez vos sources.

— Tu l'as dit toi-même, tous ses copains vont le reconnaître.

— OK. Je te remercie. Je vais voir ce que je fais. J'en ai un peu marre de cette affaire, je vais peut-être laisser tomber.

— Oui, c'est ça et demain tu te mets à la danse classique. Allez, salut et tiens-moi au courant.

Quand il revient dans la grande salle, le proviseur du lycée se trouve devant le micro et commence un petit discours sur son ancien élève. Se succèdent l'assistante sociale, deux élèves de sa classe et c'est Mme Delmas qui parlera la dernière, au nom de sa fille.

— J'en ai assez vu, on rentre.
— Comme tu veux.
Ils retrouvent Thorez dehors.
— Tu as vu quelque chose d'inhabituel ?
— Je n'ai pas l'habitude des crémations mais vraiment rien de surprenant. Les jeunes parlent beaucoup de l'article du *Sud-Ouest*. Ils n'y croient pas.
— Ils ont sûrement raison. Le journaliste que je connais dit qu'on nous mène en bateau. Et je suis plutôt d'accord avec lui.

11 heures. Le soleil est déjà agressif. Fuillard ne pense qu'à une chose, rentrer chez lui et retirer ce pantalon et cette veste.
— Tu peux nous déposer à Champcevinel ?
— Pas de problème. On fait quoi pour l'article ?
— Comment ça, on fait quoi ?
— Ça t'intéresse pas de savoir si on nous ment ?
— La question n'est pas vraiment de savoir si on nous ment ou pas, ce serait plutôt pourquoi on nous ment.
— Tu es d'accord avec ton journaliste, alors ?
— Oui. Mais je crois que je n'en ai plus rien à faire.
Marionville sourit. Elle est assise à l'arrière.
— Je t'ai connu plus susceptible.
— Je vieillis.
— Ou tu as peut-être d'autres centres d'intérêt.
— Peut-être.

— Attends, j'ai un appel… Oui, Pierre. Comment ça va… Parfait… Oui, on attend avec impatience… Donc tu confirmes les résultats ADN. Tout…

Elle parle au téléphone pendant la quasi-totalité du retour au gîte, dix minutes.

— Merci Pierre. Tu peux me préparer tout ça pour cet après-midi ? 15 heures, c'est parfait. À tout à l'heure et remercie toute ton équipe pour moi.

Elle raccroche au moment précis où Jonathan gare l'Audi devant la maison.

— Du nouveau ?

— Plutôt. Je passe aux toilettes et je vous en parle. Mais ça matche.

Elle fonce vers la porte. Celle-ci est fermée. La sœur de Fuillard est encore à la cérémonie. Elle retrouve la clé au fond de son gros sac à main rouge.

Thorez sourit à son supérieur.

— Ça matche ? Qu'est-ce qu'elle a voulu dire ?

— Je n'en sais strictement rien.

Ils rentrent et se préparent du café dans la cuisine en bas. Pendant que le café passe, Fuillard monte se changer. Quand il redescend, Betty fait le service. Il entend Thorez dire que ça changeait tout.

— Qu'est-ce qui change tout ?

— Mon collègue de Bordeaux m'a annoncé que l'ADN d'Ali Abishin avait matché !

— Betty, traduis s'il te plaît.

— Il se peut que l'ADN ou un ADN très proche de celui du lycéen se soit retrouvé sur différentes scènes de délit.

— Tu dis qu'on a retrouvé son ADN sur le lieu d'un crime ?

— Non, je n'ai pas dit ça exactement.

— Alors qu'est-ce que tu dis exactement, sois claire !

— Tu sais comment ça marche les empreintes génétiques ?

— Pas vraiment. Comme les empreintes digitales, je suppose.

Le brigadier avoue lui aussi qu'il n'est pas au point sur ce sujet.

— Asseyez-vous, je vous fais un cours rapide. Tu peux me donner une feuille et un crayon ?

— Tiens, mais fais vite parce que je ne sais pas si ça m'intéresse vraiment.

— Dans notre corps, toutes les cellules ont le même...

Elle cherche ses mots.

— ... le même contenu d'ADN. Notre code-barres en gros.

— Et on a retrouvé le même code que celui d'Abishin.

— Non, ce n'est pas si simple. Voilà, le code-barres est écrit sur des filaments de brins d'ADN.

Elle fait un petit schéma.

— Dans ces brins, il y a, codée, toute notre recette de construction. Plein de petits codes attachés entre eux.

— OK, jusque-là, ça va.

— Attachés entre eux par des chaînes de protéines plus ou moins grosses. Alors pour faire une empreinte génétique, on casse le brin d'ADN mais pas les chaînes de protéines. Et après on organise une course dans du liquide un peu comme le café qui remonte dans le sucre. Les plus légers arrivent en premier, les plus gros en derniers, et il suffit de prendre une photo à intervalles réguliers de qui est à l'arrivée pour avoir le pourcentage de grosses, de moyennes et de petites attaches. C'est la photo que tout le monde connaît, avec des lignes sombres et des lignes claires. Et cette photo finish est identique quelle que soit la cellule du corps analysée mais surtout, elle est différente pour tous les individus. C'est pour ça que l'on est sûr à cent pour cent que le cadavre carbonisé est bien celui d'Ali Abishin qui habitait dans la chambre numéro 24 de l'internat.

— Vous êtes en train de nous dire que l'on est sûr qu'Ali Abishin était sur les lieux de plusieurs délits. C'est ça ?

— Non, pas du tout.

— Alors sois plus claire, Betty, parce que j'avais compris ça aussi.

— Non. On n'est pas sûr du tout. Il y a en fait peu de chances parce que son ADN a aussi matché sur des scènes très éloignées de Périgueux, dans l'est de la France et à Paris mais aussi sur deux affaires à Bordeaux et à Cenon... Mais ça ne veut pas dire qu'il y était.

Devant leur agacement, elle enchaîne :

— Vous vous souvenez de l'affaire Guy Georges, le violeur de l'est parisien.

— Oui. Il s'est fait avoir avec son ADN.

— Exact, mais ça a pris cinq ans pour comparer tous les prélèvements ADN disponibles dans les labos. On le faisait manuellement, planche par planche. Pour gagner en efficacité, des laboratoires dont celui de Bordeaux travaillent sur un codage des résultats qui pourrait permettre par ordinateur de savoir si l'ADN est déjà connu. On se base sur un nombre restreint de locus, des petites zones précises et caractérisables.

— Réponds simplement à cette question. Il y a combien de chances qu'Abishin se soit trouvé sur les lieux ?

— Je ne peux pas dire exactement, Bordeaux travaille sur un codage à seulement quatre locus pour l'instant. Ça ne paraît pas très fiable d'après Pierre.

— Betty !

— Je ne peux pas faire plus simple. Si ça ne matche pas, il est certain que ce n'est pas son ADN mais si ça matche, il n'est pas certain que ce soit lui. Mais ça peut être lui.

Jonathan croit comprendre.

— Et si on compare les deux ADN complets, on pourra être sûr à cent pour cent ?

— Oui, presque cent pour cent.

— Alors c'est ce qu'il faut faire !

— C'est ce que j'ai demandé à mes collègues. Mais ça va prendre du temps. Ils sont débordés.

— Si c'est bien son ADN, ça va dans le sens de l'article de *Sud-Ouest.*

— Et contre tes intuitions.

— Oui, c'est vrai. Ils ont confirmé les analyses du docteur Hubert ?

— Pour l'instant, il a fait un sans-faute. Il ne reste plus grand-chose à attendre. On peut aller chercher le dossier qu'ils ont rassemblé cet après-midi à 15 heures.

— Ça me va.

Thorez a fait sa formation à Bordeaux.

— On pourra se renseigner sur les deux affaires où Abishin aurait pu se trouver. Je connais pas mal de monde là-bas.

— Il y a des restes du barbecue d'hier, ça vous dit ?

— Non, je dois faire attention à ma diététique, je cours dans une semaine et demie. Et j'ai un rendez-vous à midi. Je passe vous prendre à 13 heures.

Il part d'un pas rapide.

— Betty, un apéro ?

— Léger. Je connais bien les chercheurs du laboratoire de Bordeaux, ils auront certainement prévu un petit cocktail.

— Oh là, tu fais ta tournée d'adieu ?

— Oui, on peut dire ça.

## 31

La première chose à laquelle il a pensé ce matin en découvrant l'article, c'est que ça allait être facile de retrouver celui qui a dénoncé Ali Abishin. Les tatouages sur ses bras sont très mal réalisés mais ils sont très reconnaissables. Le plus imposant représente un poignard avec un serpent autour. Il connaît un petit dealer qui travaille du côté de l'ancienne gare routière. Il se fournit en drogue à Bordeaux. Il espère juste qu'il n'est pas trop tôt. Midi, il devrait déjà être en place. Il gare sa voiture à cent mètres du bâtiment qui attend d'être démoli et remplacé par un cinéma. Les entrées ont été murées mais les quais désaffectés sont encore accessibles à l'arrière du bâtiment. Il sourit. Il reconnaît le scooter. Un jeune assis seul sur le muret en béton. Malgré la chaleur étouffante du centre-ville, il porte un sweat-shirt avec la capuche qui lui dissimule la tête. Il bouge légèrement en rythme. Sous la capuche, un casque orange. Peut-être à cause de sa maigreur – à une semaine de sa course, il n'a pas un gramme de graisse sur le corps – l'autre le prend pour un client. Il ôte son casque.

— Tu cherches quelque chose ?

— Oui.

— Tu veux quoi ?

— Un renseignement.

L'autre devient immédiatement agressif.

— Qu'est-ce que tu me veux ?

— À toi, pas grand-chose, mais j'aimerais parler à cette personne et quelque chose me dit que tu la connais.

Il lui tend la photo de l'article.

— On voit pas sa gueule. Je connais pas.

Il se retourne pour partir. Thorez l'attrape par le bras droit, le tire de toutes ses forces vers lui et se glisse dans son dos. Passe ses deux bras autour de son corps et ses mains se joignent sur la poitrine du dealer. Sa bouche toute proche de son oreille, il lui parle à voix basse.

— Tu vas réfléchir, bien réfléchir et me dire comment s'appelle ce connard sur la photo. D'accord ?

L'autre est gêné de se retrouver dans cette étreinte grotesque en pleine ville. Personne ne passe. Il sent les bras se resserrer. Il commence à avoir mal.

— T'es flic, c'est ça ?

— Mais on se fout de savoir si je suis flic. Il faut juste que tu saches que je suis capable de te faire très mal. Voilà qui je suis. Je vais serrer de plus en plus fort et je n'arrêterai que si j'entends le nom que je t'ai demandé.

Il inspire et commence à contracter ses muscles. L'autre panique. Il sent toute la force du flic se concentrer sur le haut de son bras droit. À chaque inspiration, la pression se fait plus forte. L'os va craquer.

— Stop ! Arrête ! C'est Kasimir, c'est Kasimir. Il travaille aux *Sirènes*, la barre HLM *Les Sirènes,* dans la banlieue de Bordeaux. Tout le monde le connaît, demande à tes collègues. Lâche-moi, merde, lâche !

Thorez n'a pas le temps de desserrer son étreinte, il entend un craquement sourd. Le dealer hurle. Il le jette au sol.

— Putain, tu m'as cassé le bras !

Il pose son index sur la bouche.

— Chut. Tais-toi. Réponds juste quand je te pose une question.

— Mais j'ai mal, merde !

La gifle part. La lèvre explose.

— Kasimir comment ?

— Quoi ? Kasimir comment ? Kasimir c'est tout. Tout le monde l'appelle comme ça.

— Bien, d'accord, je te crois.

Il regarde l'autre au sol, réfléchit dix secondes. Pousse le scooter du pied. Le phare se brise.

— Tu t'en sors bien. Faut faire attention, en deux roues on est vulnérable. Tu m'as compris ?

— Oui.

— Pas la peine que je te dise que je ne veux plus te revoir ici.

Il connaît par cœur les cités du nord de Bordeaux. Il ira lui rendre visite ce soir.

## 32

Il est pile à l'heure pour les prendre au gîte.

— Je vais voir si Betty est réveillée.

— Elle n'est pas en forme.

— Elle commence à prendre de l'âge.

— Oui, sans doute. Dépêchez-vous, je ne tiens pas à faire des excès de vitesse pour être à l'heure. Deux heures pour Bordeaux, c'est juste.

Fuillard frappe doucement à la porte de la chambre de sa nièce qu'occupe Marionville.

— Betty, on doit y aller.

— Cinq minutes.

La voix est faible. Mais cinq minutes plus tard, elle descend l'escalier en souriant.

— C'est parti !

Marionville prend place à l'arrière de la voiture. À peine arrivés sur l'autoroute, elle se rendort pour le reste du trajet. Ils parlent tous les deux à voix basse. Thorez veut savoir ce que son supérieur attend de ce déplacement.

— Tu espères trouver quoi dans ces dossiers ?

— Je ne sais pas, des réponses. Ils vont confirmer l'identité, la présence de drogue. Ils auront peut-être plus de précisions sur la nature des drogues. C'est aussi eux qui ont analysé la porte. Les effets de l'explosion de la cuve. Ce sera plus complet que le rapport d'Hubert.

— Que l'on n'a toujours pas lu.

— Ils ont un double à Bordeaux. Avec tout ça, j'espère que l'on aura une idée plus précise de ce qui s'est réellement passé.

— Et pour les deux affaires où l'ADN a « matché » comme dit ta collègue ?

— Si on a le temps, on ira voir les enquêteurs qui les ont suivies et on demandera les dossiers.

Ils arrivent dans la zone industrielle où le laboratoire de recherche est installé. Les locaux sont beaucoup plus petits que ceux de Paris que Fuillard connaît mieux. Le médecin Pierre Lejeune les attendait apparemment avec impatience. Il se dirige directement vers Marionville.

— Ça me fait plaisir de te revoir !

— Moi aussi. Je te présente le capitaine Fuillard et le brigadier Thorez.

— Enchanté. C'est vous qui empêchez cette malheureuse de prendre sa retraite ?

— Une dernière affaire et on vous la laisse.

— Je suis assez grande pour me défendre. Bien, vos nouveaux locaux !

— Oui, ça fait cinq ans que l'on a déménagé. Mais viens voir une vieille connaissance.

Il les emmène sur le côté du bâtiment. Entre deux voitures de gendarmerie, un vieux Renault Trafic bleu. Inscrit dessus : Identification Criminelle.

— Vous avez toujours ce vieux truc ?

— Oui et il fonctionne à plein régime. Tous les services commencent à comprendre l'importance de notre boulot.

Marionville explique qu'elle a participé il y a dix ans à l'élaboration du premier laboratoire ambulant de la région. Un frigo, un groupe électrogène et un peu de bricolage.

— Il a combien au compteur ?

— Cent cinquante mille kilomètres.

— Bon, je crois que mes collègues sont assez pressés de voir les dossiers. On parlera du bon vieux temps après.

— On a bossé jour et nuit pour sortir ça. Mais ne nous demandez plus rien, on est vraiment débordés.

Ils sont tous les trois dans un petit bureau climatisé. Sur la table, les deux dossiers : le rapport d'autopsie d'Hubert et le rapport de prélèvement des deux agents que Fuillard a vus dans la cour du lycée. Et un troisième, plus fin, titré « génotypage automatisé ». Ils ont régulièrement besoin des éclairages de Marionville pour comprendre ce dernier.

Tous les trois prennent des notes. Aucun ne parle. Au bout d'une heure de lecture, Fuillard se lève, se met devant le tableau blanc, attrape un marqueur et prend la parole.

— On essaye de résumer les faits ?

— Ça me va.

Marionville propose sa caution scientifique.

— Je vous écoute et je vous dis si scientifiquement ça colle.

— Donc, mercredi 19 heures, les pompiers maîtrisent un incendie. 20 heures, on découvre le corps calciné.

Thorez le reprend :

— Non, un pompier avait déjà vu le corps, encore non calciné au début de l'incendie. Il me semble même que c'était le capitaine des pompiers.

— Tu as raison. Après, notre collègue Camille fait les premiers relevés. Le médecin des pompiers constate le décès. À 22 heures, le juge vous informe que vous pouvez classer l'affaire et le médecin délivre un certificat de décès sans obstacle. Mais à peine une heure plus tard, il vous appelle de nouveau pour vous demander de mener une enquête de flagrance. Ce qui, sans son intervention, aurait été fait.

Betty précise :

— Avec un corps calciné, c'est la procédure habituelle.

— D'accord. Vous posez les scellés. Sorge est débarqué, j'arrive sur l'affaire. Le docteur Hubert fait l'autopsie et découvre de la drogue dans le peu de sang qu'il reste.

— Des métabolites.

— Oui, des métabolites et conclut au suicide. Entre-temps, on lui offre un superbe cheval pour son crétin de fils.

— Ça, c'est ton interprétation.

— OK. Mais il confirme le suicide. Les relevés ADN nous apprennent qu'il s'agit bien d'Ali Abishin à cent pour cent.

— À quelques centièmes près, oui.

— Il a appelé sa petite amie juste avant, il a laissé une lettre dans sa chambre. Il a acheté lui-même l'essence. Le local où il s'est immolé était fermé à clé. Clé qui a été retrouvée dans l'os de sa jambe. On est tous d'accord sur le suicide. Le commissaire Lesieur clôt l'enquête lundi matin. Le mardi, la presse trouve un témoin qui transforme notre jeune lycéen en petit trafiquant de drogue. Et enfin, les scientifiques qui font une étude de …

Il relit ses notes :

— … une étude de génotypage automatisé nous annonce que l'ADN de la victime a « matché » sur deux affaires dans la région.

— Non, il a matché sur six affaires au total dont plusieurs à l'autre bout de la France, dans l'Est, où il avait peu de chances de se trouver. C'est pour dire que la technique à quatre locus est encore très aléatoire.

— Donc, à ton avis, combien de chances que ce soit son ADN ?

— Très peu pour l'instant. Dix, vingt pour cent, pas plus.

— OK. Mais on ne peut pas se servir de ce résultat parce qu'il provient seulement d'un travail de recherches. On est tous d'accord avec ce résumé ?

— Oui, scientifiquement ça se tient. Même si j'attends encore deux petits résultats d'analyse, je pense que tout est correct.

— Jonathan ?

— Ça me va aussi.

— Je ne sais pas encore pourquoi mais ça merde quelque part.

— Pourquoi ?

— Ça me paraissait déjà peu probable qu'il se drogue, alors de là à en faire un trafiquant... Ça ne colle pas.

On frappe à la porte. C'est le responsable du labo.

— Si vous avez terminé, j'aimerais te montrer notre nouveau microscope électronique, Élisabeth.

— Volontiers. Je vais vous laisser. Passez me prendre d'ici une petite heure.

Le légiste précise :

— On a prévu une petite réception à 17 heures avec les anciens collègues.

— C'est gentil. Venez me rechercher vers 18 heures.

— Pas de problème, Betty.

— Vous pouvez garder les dossiers, ce sont des doubles.

Ils restent à deux devant le tableau blanc rempli de notes.

Thorez parle le premier.

— Si l'ADN d'Abishin est confirmé sur les deux délits à Bordeaux et à Cenon, je pense qu'il n'y a plus rien qui cloche. La presse dit vrai et le gamin a vraiment une double vie. Et tu te plantes.

— Oui, je suis d'accord, mais Betty dit que le labo est débordé, qu'ils ne pourront pas comparer rapidement. Donc on se met sur ces deux dossiers en attendant. Sans oublier le type de l'article. J'aimerais lui parler, parce que s'il invente, je veux vraiment savoir qui lui demande de le faire.

— D'accord avec toi. Même si moi, je crois que le gamin n'est pas clair.

— On a deux heures devant nous avant de récupérer Betty. On va voir les collègues de Bordeaux-Nord pour avoir accès au dossier de l'agression de la gare Saint-Jean.

— Ça me va. Je connais bien l'adresse, c'est à vingt minutes d'ici.

# 33

Thorez a sous-estimé la circulation sur le pont de Pierre. Les travaux pour le tram bloquent tout le centre. Quarante-cinq minutes plus tard, ils ne sont toujours pas arrivés.

— Merde, je croyais que tu connaissais Bordeaux comme ta poche.

— Les travaux ont commencé cette année.

— À ce rythme, arrivés au commissariat, il sera l'heure de repartir.

— Là, on y est.

Dans le hall du bâtiment, ils sont obligés de remonter une longue file d'attente pour arriver au planton de garde. Fuillard montre sa carte.

— Capitaine.

— On voudrait avoir accès au dossier 1847S, une agression rue Cambon le 8 février de cette année.

— Oh là, capitaine, vous n'aurez personne aujourd'hui ! À partir de demain ce sera plus calme. Là, tout le monde est de sortie. Ce sont les derniers meetings. C'est urgent ?

— Quels meetings ?

— Il y a l'UMP à l'Opéra, le Front National aux Capucins et même une manifestation contre le meeting FN rue Judaïque. On est tous sur le pied de guerre.

Les gens dans la file d'attente commencent à protester.

— Qui est sur cette affaire ?

Le brigadier tape sur son ordinateur.

— C'est quoi le numéro ?
— 1847S.
— Voilà, c'est le brigadier-chef Dutriaux qui est dessus.
— Je peux le joindre ?
— Bien sûr.
Il inscrit le numéro de téléphone et lui tend le Post-it.
— C'est son numéro personnel, mon capitaine.
— Merci.

Ils ressortent.
— Tu ne lui parles pas de la deuxième affaire ?
— On verra demain.
Assis dans la voiture, il compose le numéro.
— Tu peux mettre le haut-parleur ?
Devant l'hésitation de son supérieur, il lui prend le portable des mains et fait la manipulation. Ça sonne.
— Dutriaux ?
— Oui.
— Capitaine Fuillard de Périgueux. Je t'appelle pour avoir des renseignements sur l'agression rue Cambon le 8 février dernier. J'aimerais consulter le dossier.
— Pas de problème. Mais pourquoi ? Tu es tombé sur une piste ?
— Peut-être. Je peux passer demain matin le consulter ?
— Ça fait juste. Je suis de nuit aujourd'hui. On cadre un homme politique jusqu'à 3 ou 4 heures du matin. C'est important ?
— Quand même.
— Bon écoute, c'est vraiment parce que j'ai envie qu'on coince le salaud qui a fait ça. La mamie a été vraiment amochée. Donc je repasse cette nuit par les locaux et je te prépare tout ce que j'ai. Même si ce n'est pas grand-chose.
— OK, je te remercie. Tu confirmes bien la date, le mercredi 8 février, juste avant huit heures ?
— Oui, c'est ça, entre 7 h 30 et 7 h 45.
— Merci, à demain.
— Rappelle-moi ton nom.

— Fuillard.

— Pourquoi tu lui as demandé de repréciser l'heure ?
— Parce qu'au lycée, il y a cours le mercredi matin.
— Bien vu. Tu vas le défendre jusqu'au bout, ce gamin.
— Je ne défends personne. Je n'aime pas qu'on me prenne pour un con, c'est tout. Donc demain, avant de venir me prendre, tu passes par le lycée vérifier l'emploi du temps de la classe et les éventuelles absences d'Abishin.
— Ce sera fait.

La sortie de Bordeaux est plus fluide, ils sont à l'heure pour reprendre Marionville. Fuillard prend juste le temps de boire un verre de rosé. Ils ressortent du bâtiment à 18 heures passées. Il a eu du mal à supporter les collègues de Betty.
— Ils sont un peu lourds. Ils te parlent comme si tu étais au seuil de la mort.
Elle s'arrête à cinq mètres de la voiture. Il continue et se rend compte qu'elle n'est plus à ses côtés. Il se retourne vers elle. Agressif.
— Quoi ?
Elle ne dit rien, le regarde dans les yeux. Thorez se fait discret et se met au volant de la voiture.
— Quoi ?
Et le déclic se fait dans sa tête.
Il ne l'a plus vue fumer ses horribles cigarettes jaunes. Elle a perdu du poids, elle lui avait paru tellement fatiguée au téléphone quand il lui a demandé de venir l'aider. Elle ne lui a pas cassé les pieds pour essayer de savoir s'il avait une nouvelle femme dans sa vie. Et l'évidence se fait.
— Tu es malade ?
Elle ne dit toujours rien. Elle le fixe en souriant. Une larme coule.
Il pense « c'est grave », elle répond :
— Trois ou six mois.
Son cœur accélère, il sent la colère monter.

— Merde, tu fais chier, Betty ! Tu fais vraiment chier !

Elle lui sourit :

— Tu sais que c'est la phrase que tu m'as dite le plus souvent depuis vingt ans que l'on se connaît ?

— Tu suis un traitement ?

— Je l'ai arrêté. Juste de la morphine pour la douleur.

— J'ai été vraiment con de te déranger pour cette affaire à la con.

— Non. Tu as bien fait, je n'en pouvais plus de me regarder mourir. Et je suis vraiment contente que tu aies retrouvé quelqu'un.

Il lui sourit.

— Tu fais chier Betty.

La route du retour se fait dans un silence pesant. Thorez roule même un peu au-dessus des limitations de vitesse. Il les dépose chez Fuillard une heure et demie après. Il est invité à manger par son supérieur mais il refuse. Il rentre chez lui, prend dix minutes pour avaler son repas, dix de plus pour une douche fraîche et s'habiller entièrement en noir. Retour vers Bordeaux.

## 34

Betty est directement montée se reposer. Il rejoint Hautemer sous le grand chêne. Il somnolait dans le transat.

— Betty est très malade. Tu le savais ?

— Oui. On se demandait quand tu t'en rendrais compte.

— Elle va bientôt mourir.

— Oui. Elle nous l'a annoncé le mois dernier. Elle avait peur de t'en parler.

— Merde, pourquoi je suis le dernier à être au courant ?

Hautemer prend son temps pour répondre.

— Tu comptes vraiment pour elle. Ça fait quoi ? Vingt ans que vous vous connaissez ?

— Un peu plus même. Elle était à mon mariage.

— Et ne t'inquiète pas, tu as très bien fait de la faire venir. Ça l'occupe.

— Oui, peut-être.

— Vous avez les dossiers ?

— Oui, même celui de l'étude ADN.

— Ça te dérange si j'y jette un œil ce soir ?

— Pas du tout, au contraire. Tu es seul dans la maison ?

— Oui, ta sœur a emmené tout le monde à un concert à la cathédrale. Trompettes et orgue. Ton beau-frère a eu l'air enchanté.

— Comment tu y as échappé ?

— Mon genou s'est remis subitement à me faire mal. La chaise longue est plus confortable que le prie-Dieu.

— J'imagine. Et peut-être même qu'un petit muscat en traitement d'appoint serait fortement recommandé.

— Parfaitement.

Ils s'installent tous les deux et mangent un repas froid, des toasts de foie gras avec des restes de magret. Une salade pour avoir bonne conscience. Et un pécharmant. À 22 heures, Betty vient grignoter et repart se coucher.

Fuillard allume la lampe qui est simplement accrochée au grand chêne. Juste une vieille ampoule jaune au bout d'un fil électrique vert.

— Tu peux m'apporter les dossiers ?

— Oui, bien sûr.

Il se lève pour aller les lui chercher.

— Et amène moi aussi des feuilles et un crayon, s'il te plaît.

— Voilà. Et pas question que tu écrives quoi que ce soit sur les murs de la chambre !

— Je crois que je crains plus ta sœur que Beaulieu.

— Et tu as raison !

Hautemer se plonge directement dans le rapport d'autopsie.

— On pense que le médecin…

— Non, laisse-moi me faire mon idée. Et au fait, qu'est-ce que tu fais encore là ?

— Quoi ?

— Ne t'embête pas pour moi. Si tu veux faire une « petite marche digestive » avant que le soleil ne se couche complètement, vas-y.

— À tout à l'heure.

— À demain.

Hautemer ne veut pas être influencé par le point de vue de Fuillard ni celui de Betty. Il veut se faire sa propre opinion sur cette affaire. Même s'il reconnaît qu'une autre personne a changé son regard sur les faits : Isabelle. Depuis le début de la couverture médiatique du drame par la presse, elle lui a dit sa perplexité quant au fait qu'il s'agisse d'un suicide. Elle lui a raconté l'histoire de son père. Arrivé dans les années soixante en France, aucun de ses diplômes roumains n'a été reconnu. Il a travaillé toute sa vie comme simple ouvrier agricole. Supportant les ordres et les humiliations de personnes qui n'avaient pas un dixième de ses connaissances et de sa culture. Et jamais elle ne l'a vu baisser les bras. Elle lui a dit qu'un migrant, après avoir traversé autant d'épreuves, ne peut pas se suicider pour une menace d'expulsion. Les épreuves le rendent trop dur pour ça. Elle n'y croit pas. Et elle n'y croit toujours pas, même après que Fuillard leur a donné tous les détails. Pour sa part, il est moins catégorique que son collègue sur le fait que la presse noircisse volontairement le portrait du jeune homme. Il n'a parlé directement à aucune des personnes ayant connu la victime. À part quelques mots au concierge. Il a un regard plus objectif que lui qui se laisse peut-être influencer par sa propre nièce, sa sœur et la petite amie de la victime. Mais il est d'accord avec lui sur le fait qu'il y a une faille dans cette histoire. Et il a toute la soirée pour la trouver.

## 35

Il allait ressortir, entièrement vêtu de noir, mais au dernier moment, il repart dans sa chambre, ouvre son sac de sport et met dans sa poche sa coquille de protection pour les sports de combat.

Il prend la nationale pour Bordeaux. À 23 h 30, il se gare à un kilomètre des barres d'immeubles des banlieues nord. Lors de sa formation, il a étudié tous les plans des caves, des couloirs d'entretien qui relient un bâtiment à un autre en passant parfois sous les routes. Il met une demi-heure en traversant une série de parkings, de caves et de couloirs sans éclairage pour arriver dans le hall du bâtiment. Certainement l'immeuble le plus insalubre de cet ensemble. Il descend les escaliers vers les caves. Malgré la chaleur extérieure, le sol est recouvert de boue, l'odeur est infecte. Il éteint la lampe sur son front, la met dans sa poche et laisse ses yeux s'habituer à l'obscurité. Il se trouve à l'entrée nord des box. Il sait qu'après cette petite porte, il y a encore quelques marches qui mènent au niveau –2. C'est un couloir qui fait un coude à angle droit après une dizaine de mètres et continue en ligne droite sur toute la longueur du bâtiment. Quatre-vingts mètres. Un autre coude et la sortie sud des caves qui débouche dans l'autre hall. Tous les bâtiments sont construits à l'identique. S'il avait à placer des guetteurs, il les mettrait dans l'un des box des deux petits couloirs avec un téléphone portable.

Il entrouvre la porte, s'y glisse et descend cinq marches. L'odeur est encore plus forte. De la musique parvient d'assez loin dans l'obscurité. La seule lumière provient du boîtier vert et blanc qui indique la sortie de secours. Il n'allume pas les plafonniers. Il écoute. Cinq caves à droite, autant à gauche. Six ont des cadenas. Il a entendu sur sa gauche, troisième ou quatrième porte, les touches d'un clavier de téléphone portable. Il pousse rapidement la première des deux, rien. Derrière la deuxième, dans la lumière de son écran, le visage d'un gamin. Un enfant d'une dizaine d'années. Il saisit la main qui tient le téléphone juste avant que le guetteur n'appuie sur la touche verte. Le petit allait crier.

— Chut ! Pas de bruit !

Il lui enserre la main avec le téléphone à l'intérieur.

— Ne fais pas de bruit ou je te la casse.

Il referme la porte derrière lui.

— Kasimir ?

— Je connais pas.

Il serre plus fort. Le petit le regarde en souriant, mauvais.

— Il va te défoncer ta gueule !

La main gauche de Thorez part. Il voulait le gifler mais il pense au bruit, ses doigts restent serrés. La tête du gamin part sur le côté. La stupeur fait place à la peur quand il voit la main de l'étranger encore levée.

— Box 48, au milieu de la rangée à droite.

— Ils sont combien ?

— Y a Nounours devant. Et Le Gaulois avec lui dedans.

— C'est tout ?

— Oui.

Il pleure en se tenant la joue.

— Si tu m'as menti, je reviens. Tu m'as compris ?

— Oui.

— Tu bouges pas d'ici tant que tu ne m'as pas entendu repasser devant cette porte. C'est clair ?

— Oui.

— Et pas de bruit.

Il allait sortir, se retourne une dernière fois.

— Et si je te revois dans la rue, ça se passera encore plus mal qu'aujourd'hui.

Il referme la porte derrière lui. Met le portable dans sa poche. Respire trois fois pour se calmer. Jette un œil derrière l'angle du couloir. À trente mètres maximum, un colosse adossé au mur. Il joue sur son portable avec les écouteurs sur les oreilles. Il entend aussi plus clairement la musique qui sort du box. Du rap américain. Il se redresse. Inspire profondément, bloque sa respiration et marche d'un pas rapide vers le garde. Sans courir, il regarde vers le sol, ne perçoit qu'en vision périphérique. L'autre ne réagit que lorsqu'il lui arrive dessus. Il se tourne et allait demander ce qu'il foutait là, mais le pied du brigadier l'atteint à l'entrejambe avec une puissance impressionnante. Il se plie en deux, le coup de coude le touche à la tempe. Il est KO. Le jeune policier l'attrape par les épaules pour le déposer en silence au sol et se redresse. Regarde la porte de la cave numéro 48. Personne ne bouge à l'intérieur. Il expire tranquillement. Au niveau de la serrure, deux ombres coupent le fin rai de lumière qui vient de la pièce. La porte est fermée à clé. Il se recule d'un mètre, le dos appuyé à la cave en face. Inspire, bloque sa respiration, donne un violent coup de pied au niveau de la poignée. La serrure est arrachée. La porte s'ouvre violemment et claque contre le mur. Avant qu'elle ne se referme, le policier est entré. Un homme en tenue militaire, le crâne rasé, assis sur le bureau, se lève pour le bloquer. Il doit faire deux fois son poids. Il lui fonce dessus. Il se baisse et envoie son pied sur le côté du genou du skinhead. L'articulation explose et se plie à angle droit dans un craquement atroce. Il s'écroule. Thorez saisit son épaule pendant qu'il chute et dirige sa tête vers l'angle du bureau en métal. L'arcade sourcilière explose. À gauche dans un canapé de cuir noir, un homme tente de se redresser. Il est gêné par la fille qui a la tête au niveau de son sexe. Sur son bras, le même tatouage que l'homme du journal. Il finit par se relever. Il n'a pas le temps de refermer son pantalon, le poing l'atteint à la tempe, il retombe assis sur le canapé. Thorez le saisit de sa main gauche à la gorge. Le fixe dans les yeux. Expire. Attend trois inspirations en silence. Sort de la poche arrière de son pantalon la photo d'Ali Abishin.

— Tu connais ?

L'autre, encore sonné :

— Y a sa photo dans tous les journaux, merde !

Il remet la photo dans sa poche arrière et le coup de poing part directement. La tête du dealer part violement sur le côté. Il ressort la photo.

— Tu connais ?

— C'est ce bâtard d'Afghan, une pute !

— Explique-toi.

— Il doit du fric à tout le monde. Il prend la marchandise et après il disparaît. Il y a au moins trois contrats sur sa tête.

— Tu dis que des gens voulaient le tuer ?

— Ouais, je l'ai dit au journaliste, mais il a pas voulu l'écrire. Mais je te dis que des gars l'ont buté.

— Pourquoi t'as parlé au journaliste ?

— Parce que j'en avais marre de tous les entendre dire que c'était un type bien, un gars super. C'était une pute, je te dis. Il faisait des trucs dégueulasses.

— Quel genre ?

— Tabasser une vieille. Y a quatre mois, près de la gare, il a défoncé une vioque pour lui piquer son fric. Alors ça m'a fait chier que tout le monde le pleure comme un saint.

Thorez réfléchit pendant dix longues secondes. La fille pleurniche sur sa gauche, le skin gémit au sol et le garde est toujours inconscient dans le couloir.

— T'as touché du fric pour raconter tout ça ?

— J'ai l'air d'avoir besoin de fric ?

— Écoute, si jamais tu m'as menti, je te retrouve et je te fais bouffer ton dossier judiciaire.

L'autre lui sourit. Il reprend un peu contenance.

— Tu pourras toujours essayer.

Il le lâche, sort à reculons. Et se met à courir. En passant, il frappe à la porte où il entend le gamin pleurer. Vingt minutes après, il s'assoit dans sa voiture. Quelque chose le perturbe. Il est déjà à la moitié de la route de retour quand il articule à voix haute :

— Pourquoi il m'a souri à la fin ?

# MERCREDI 17 AVRIL 2002

## 36

Il est presque 2 heures du matin quand il rentre chez lui. Heureusement, il ne croise personne au commissariat. Il se déchausse rapidement. Une de ses chaussures tombe sur la dernière marche de l'escalier, il la laisse là. Dans le petit hall, il ôte tous ses vêtements mais ne prend pas la peine de les mettre dans la panière. Ils restent en tas. Il se dirige directement dans la salle de douche, se rafraîchit cinq minutes et s'allonge encore humide. Il ferme les yeux. Les ouvrent. Il ne sait pas s'il a dormi. Il regarde le réveil, 6 h 30. Quatre heures ont disparu. Il doit passer par le lycée vérifier l'emploi du temps de la classe d'Abishin. Il a téléphoné au proviseur hier après-midi mais c'est Mme Labrousse qui doit le recevoir à 8 heures. Il a juste une séance de musculation spécifique pour ses mollets à faire avant. Il referme les yeux. Il n'a pas envie. Il les rouvre, 7 h 30.

— C'est pas possible !

Première fois en dix-huit mois qu'il loupe un entraînement. Que ce soit en course, en full contact ou au stand de tir. Il faut qu'il reprenne le contrôle. Il faut qu'il arrête de blesser des gens.

À 7 h 55, il arrive devant le lycée. La porte déformée du local où a eu lieu l'incendie repose contre la grille. Il ne sait pas pourquoi, ça le choque, comme un manque de respect pour la victime. Même s'il est de plus en plus convaincu que celui-ci menait réellement une double vie, il n'apprécie pas.

De l'autre côté du stade, il aperçoit de la lumière à la fenêtre de la loge du concierge. Il entre dans le bâtiment principal du lycée, monte les deux étages et frappe à la porte du bureau de la proviseure-adjointe à 8 h 05.

— Oui, entrez.

— Bonjour, madame Labrousse. Il me faudrait l'emploi du temps de la classe d'Ali Abishin en février dernier.

— Vous êtes en retard, Thorez.

— Brigadier Thorez.

— Je suis surprise de votre demande, le commissaire Lesieur m'a assuré que l'enquête sur ce malheureux événement était close. Dans quel cadre votre demande s'inscrit-elle ?

Il doit se contrôler.

— Cette requête s'inscrit dans le cadre d'une enquête que le commissaire Lesieur m'a personnellement confiée. À savoir enquêter sur la présence – dans des proportions supérieures à la normale – de produits stupéfiants à l'intérieur de l'établissement dont vous êtes la responsable, madame Labrousse. Alors je propose que l'on arrête de jouer et que vous me donniez rapidement les renseignements que je vous ai demandés.

Elle fulmine. Il sent sa rage. Elle agite les mains au-dessus de son bureau. Et là, il voit le piège, posé en évidence. Un double décimètre glissé jusqu'à la graduation 11cm sous une feuille de papier.

Il repense à sa résolution de ce matin, il doit se contrôler, il serre les dents.

Toute en restant assise, elle appelle sa secrétaire.

— Nadine, donnez au brigadier les renseignements qu'il demande.

Il a envie de la gifler.

— Je crois que nous serons amenés à nous revoir, madame Labrousse.

— S'il le faut.

Il se lève et passe dans le bureau voisin.

— La porte, s'il vous plaît.

C'est Nadine qui se lève rapidement et la ferme. Elle lui sourit et parle tout bas.

— Si c'est pour Ali, vous pouvez me demander tout ce que vous voudrez. Il était adorable.

Il se voit mal lui avouer qu'il vient vérifier qu'Abishin pouvait bien être l'auteur d'une agression extrêmement violente. Malgré son maquillage un peu trop appuyé, il voit bien qu'elle a beaucoup pleuré. Elle devait être à la cérémonie hier matin.

— Je voudrais son emploi du temps.

— Elle pianote sur son clavier d'ordinateur et retourne l'écran pour qu'il puisse voir.

— Il a donc cours le mercredi matin ?

— Oui, comme presque toutes les classes.

Elle montre discrètement le bureau de Labrousse.

— Elle tient à avoir ses week-ends.

— C'était le même emploi du temps en février ?

— Oui, il y a peu de changement.

— Vous pouvez me dire s'il a été absent le 8 février ?

Elle pianote de nouveau, la liste des absences de l'élève s'inscrit. Ils lisent les dates ensemble.

— Rien pour le 8, alors ?

— Rien ou sinon, ça apparaîtrait.

— Donc on est sûr qu'il était en cours ce jour-là ?

— Oui, si les professeurs ont déposé leur appel.

— On peut vérifier ?

— Oui.

Trente secondes de recherche.

— C'est bizarre, il n'y a aucun appel. Sur les trois heures de cours. Attendez, je vérifie la présence des enseignants ce jour-là. M. Laurier, son prof de sport, avait une compétition de football en UNSS à Bergerac, donc absent toute la journée et Mme Duchemin en histoire... Voilà : malade. Je pourrais dire, encore malade. Donc Ali n'avait pas cours ce mercredi 8 février, donc pas d'appel. Logique. Ça vous va ?

Il ne sait plus si ça lui va. Juste pour faire chier Labrousse, il voudrait vraiment que son élève soit clean. Mais il est de plus en plus convaincu du contraire. Fuillard peut s'obstiner, lui, il y croit de moins en moins.

Il arrive au gîte de son supérieur à 9 heures précises. Il est surpris de le trouver en train de l'attendre, buvant un café, assis au bas de l'escalier de fer.

— Tu en veux un avant de prendre la route ?

— Non et je suis plutôt pressé de voir le dossier sur l'agression de la gare.

— Pourquoi ? Le gamin n'était pas en cours ce jour-là ?

— Exact.

— Il a donné quoi comme excuse ?

— Aucune. Ce sont les profs qui étaient absents. Donc toute sa classe n'avait pas cours.

— OK, mais on passe par Cenon avant, pour le deuxième dossier où l'ADN a matché. C'est sur notre route et j'ai eu un message ce matin de Dutriaux. Il peut nous recevoir vers midi à Bordeaux-Nord. Il nous fera un topo de l'affaire de la gare lui-même avant de partir en récup'.

— Sympa de sa part !

— Je crois que cette affaire lui tient vraiment à cœur. Ça fait cinq mois et la vieille est toujours en fauteuil roulant. Sa prothèse s'est enfoncée dans son fémur en chutant.

— Et tu as eu quelqu'un à Cenon ?

— Juste le brigadier de garde. Il se souvenait vaguement des circonstances. Il nous prépare le dossier pour 10 h 30.

— Dans une heure trente ! Il ne faut pas tarder.

# 37

La cité Palmer. Un ensemble démesuré de barres HLM pour une si petite ville.

— C'est là que ça s'est passé.

— En octobre, c'est ça ?

— Oui. Dans le hall d'un de ces immeubles. D'après le brigadier que j'ai eu ce matin au téléphone, qui se souvenait vaguement de l'incident, ça semble être un échange de marchandises qui se serait mal passé. Le grossiste se faisant taillader le visage par un de ses dealers. Le troisième homme s'est barré avec l'argent et la dope. Il a perdu du sang pendant l'altercation.

— Ça pourrait coller avec l'Afghan.

Fuillard répond rapidement :

— Pourquoi ?

— Quoi, pourquoi ?

— Pourquoi ça collerait avec notre lycéen ?

Il ne peut pas avouer à son supérieur qu'il a eu des infos par le dealer dans la cave hier soir.

— Je ne sais pas, une intuition.

— Ah.

— C'est là.

Ils se garent devant un vieux bâtiment défraîchi qui semble bien petit pour gérer une banlieue comme la cité HLM qu'ils viennent de traverser. Le hall de réception est étroit. L'odeur d'humidité très forte. On sent les déformations des lames du parquet au travers du revêtement de sol gris usé.

Ils s'adressent au vieil agent en uniforme à l'accueil.

— Capitaine Fuillard de Périgueux, j'ai appelé ce matin pour l'affaire 702P d'octobre 2001.

Juste à ce moment, le capitaine responsable du commissariat sort de son bureau en râlant.

— Il n'est pas encore arrivé, le gars de Périgueux ? Il ne manquerait plus qu'il ne se pointe pas !

Fuillard se retourne vers lui.

— J'avais dit 10 h 30 et il est 10 h 30. Capitaine Fuillard et le brigadier Thorez.

— Ah, c'est vous. Putain, vous m'avez fait faire trois allers-retours jusqu'aux annexes. Vous n'auriez pas pu vous renseigner avant de nous déranger ?

— Je ne comprends pas.

— Votre affaire, on l'a cherchée partout. Le lieutenant qui travaillait dessus a été muté. Le commissariat est trop petit pour contenir tous les bureaux, alors je me suis tapé la traversée de Cenon au moins quatre fois ce matin et tout ça pour rien.

— Vous l'avez perdu ?

— Non. Mais il n'y a plus de dossier 702P d'octobre 2001.

— ...

— Affaire résolue il y a trois mois. Le mec est déjà en prison. Entrez dans mon bureau, je vous explique.

Ils tiennent à peine à trois dans la pièce, assis sur de petites chaises métalliques.

— Un café ?

— Non. On est sûr du coupable ?

— Oui. On était sur deux ou trois possibilités. Mais le gars avait disparu de la circulation juste après. Donc on l'a ciblé plus particulièrement. Les collègues de Toulouse nous ont contactés début mars. Le gars était parti se mettre au vert chez eux. Ils l'ont coincé quand il a essayé de refourguer la came. Il a avoué en garde en vue, chez eux.

Il a pris six mois parce que le grossiste n'a pas perdu son œil.

— Et l'ADN correspond ?

— Ah non, ne me dis pas que t'es comme tous ceux qui ne jurent plus que par les empreintes ADN ?

— Non, mais là, ça m'intéresserait de savoir.

— Ce n'est pas nous qui avons fait la comparaison. C'est le labo de Toulouse. Et ça a... Comment ils disent déjà ?

— Matché.

— Oui, voilà, matché. C'est lui à cent pour cent.

— Eh merde !

— Pourquoi ? Vous avez arrêté un suspect pour cette affaire ? Vous n'avez plus qu'à le libérer et à lui présenter vos excuses.

— Ça va être dur, il est mort.

— Ah oui, effectivement ! Enfin, il n'était pour rien dans cette affaire-là.

— OK, je te remercie pour ce matin et désolé pour l'erreur.

— Pas de problème. Ça ira mieux dans nos nouveaux locaux. Ils nous les ont promis pour l'année prochaine. Enfin, pour ce que vaut une promesse de campagne...

À peine dans la voiture, Fuillard met en garde Thorez :

— Je te préviens, si l'affaire de la gare se dégonfle aussi vite que celle-ci, on se concentre tous les deux sur le gars du journal et sur le barbu qui a essayé d'acheter le médecin.

— Ça marche, mais je suis prêt à parier que l'on va trouver quelque chose à Bordeaux.

— T'as l'air sûr de toi.

— L'intuition, je te dis.

# 38

Le hall du commissariat central de Bordeaux est bondé. Encore plus que la veille au soir. Le brigadier à la réception leur apprend qu'il y a eu des débordements après la fin des meetings hier soir. Des affrontements entre des sympathisants d'extrême gauche et ceux du Front National. En plein centre-ville. Les riverains viennent déclarer les dégâts qu'ils ont subis. Ils montent à l'étage où les attend Dutriaux. Ils ne refusent pas le café qu'il leur offre et qui embaume la pièce.

— Sympa de nous avoir attendus.

— Pas de problème. Et si vous avez du nouveau, ça m'intéresse.

— Rien de précis, mais tu peux nous raconter.

— Ça s'est passé chez deux petits vieux juste derrière la gare. La vieille refuse de partir en maison de retraite. Sa fille passe à 8 heures tous les jours pour voir si tout va bien. Et le 8 février, elle trouve sa mère dans cet état.

Il leur passe les photos.

— Le vieux ne peut plus descendre les escaliers tout seul, donc ils sont restés comme ça une bonne demi-heure. Elle a gueulé en bas. Lui a essayé de descendre sans y parvenir. La prothèse de hanche s'est enfoncée dans le fémur lors de la chute. Elle s'est cassé le poignet contre le radiateur. Et la tête a heurté le sol au-dessus de l'oreille.

— Et au niveau de la lèvre ?

— C'est ça le plus dégueulasse. Il l'a frappée. Il lui a mis une baffe pour qu'elle lui dise où elle cachait son argent et ses bijoux. Ce qu'elle a fait.

— Il y en avait beaucoup ?

— Quand même pas mal. Ils tenaient la plus grande droguerie de Bordeaux avant leur retraite. C'étaient vraiment des bijoux de valeur.

— Vous n'avez aucune piste ?

— Aucune. À part vous ce matin.

Ils feuillettent le dossier dix minutes.

— Il y a un témoin ?

— Pas direct. Le gars promenait son chien. Il a vu un jeune qui faisait les cent pas à deux maisons de là. Il l'a vu en passant vers le terrain vague où son chien fait ses besoins. Dix minutes après, sur le retour, le jeune était toujours là. Il dit qu'il avait l'air agité.

— Quelle heure exactement ?

— Premier passage 7 h 20, le retour vers 7 h 35.

— Ça pourrait correspondre.

Il se tourne vers Thorez.

— Oui, ça paraît logique.

— On va aller voir sur place. On peut garder le dossier ?

— Pas de problème, c'est des photocopies. Vous voulez que je vous accompagne ?

— Non, t'es en repos, c'est déjà sympa de nous avoir attendus.

— Normal. Tenez-moi au courant.

— Bien sûr.

— C'est tout ce que je peux faire pour vous ?

Fuillard réfléchit rapidement.

— On aurait peut-être besoin d'un autre service.

— Dis.

— Le gars qui a parlé à la presse sur le suicide de Périgueux mercredi dernier, on aura peut-être besoin de lui parler.

— Ah, Kasimir ?

— Vous savez déjà qui c'est !

— Ce n'était pas très dur, je peux même te dire où le trouver. Attendez, c'est Alain qui gère ce quartier.

Il décroche le téléphone du bureau, appuie sur une seule touche.

— Oui, Alain, c'est Éric. Dis-moi, Kasimir, il traîne toujours dans les caves du côté des *Sirènes* ?

Il reste deux minutes silencieux.

— Ah, merde ! Et on a une idée de qui a fait ça ? Attends, tu peux venir dans mon bureau ? J'ai deux collègues de Périgueux que ça intéresse. Super, à tout de suite.

Il raccroche.

— Ça risque d'être plus compliqué que prévu de le trouver. Quelqu'un est venu lui demander des comptes cette nuit. Les deux gars qui étaient avec lui sont à l'hosto. Lui, il a dû aller se cacher assez loin.

— Et les gars à l'hosto, ils ont parlé ?

On frappe à la porte.

— Vas-y, entre.

La première chose qu'ils voient du sergent Alain Delaunay est son ventre, suivi du double mètre de cet ancien demi de mêlée de Brive.

— Messieurs, bonjour.

— Tu peux nous raconter ce qui s'est passé ?

— Vers minuit, les pompiers sont intervenus dans une des caves des *Sirènes*. Il y avait les deux costaux qui servent de gardes du corps à Kasimir qui étaient salement blessés. Un qui ne sera peut-être jamais père et l'autre qui a le genou droit complètement détruit et qui risque de perdre l'usage d'un œil. Kasimir est introuvable ce matin.

Fuillard veut savoir si ça a quelque chose à voir avec l'article de presse.

— Et les deux, ils disent quoi ?

— Pas grand-chose. Ils se sont fait surprendre par des mecs. Ça s'est passé super vite. Il y avait une pute avec eux mais ils ne savent pas comment elle s'appelle, ils l'ont ramassée du côté du stade.

— Ça arrive souvent ?

— Non, mais ça arrive. Une bande rivale, à tous les coups. Même si un des guetteurs nous a parlé de mafia.

— Quoi ?

— Dans la première cave, les pompiers ont retrouvé un gamin de dix ans qui avait pris une dérouillée. Un gars de l'autre bande l'aurait frappé. Il a perdu une molaire dans l'affaire. Mais c'est pas ça le plus intéressant. Il nous a dit que Kasimir faisait affaire avec des gens de la mafia.

— C'est quoi, cette connerie ?

— Il dit que samedi soir, un type est sorti d'une énorme voiture aux vitres teintées. Costard, lunettes de soleil. Et il est descendu directement voir Kasimir. Il est resté dix minutes et il est reparti. Personne n'a osé le faire chier. Le gamin dit que Kasimir s'en est vanté toute la soirée.

— Tu crois que ça a quelque chose à voir avec l'article de *Sud-Ouest* ?

— Non, rien à voir. Pourquoi ? Tu penses à des copains de l'Afghan qui auraient voulu se venger ?

— Je ne sais pas.

— Non, je ne crois pas, une simple coïncidence. Mais que Kasimir ait voulu jouer dans la cour des grands, trop grands pour lui, c'est possible.

— Si tu as la moindre nouvelle, tu peux penser à me contacter ? Commissariat de Périgueux, capitaine Fuillard.

— Pas de problème.

Il allait ressortir quand Fuillard l'arrête.

— Attends... Ton mafieux, le gamin ne t'a pas dit s'il portait la barbe par hasard ?

L'autre ouvre grand les yeux.

— Si, exactement. Il a dit une barbe comme les présentateurs de télé. Merde, comment tu sais ça ?

— Juste une idée. Je vous tiens au courant si elle se confirme.

— Pour la gare, vous avez juste à longer la rue Tauzia.

— Ne t'inquiète pas, le brigadier Thorez a l'air de connaître parfaitement tous les recoins de Bordeaux. N'est-ce pas, brigadier ?

Il le fixe dans les yeux. Jonathan répond, un peu hésitant.
— Oui, j'ai fait mon stage d'un an aux Capucins.
— C'est même pas à un kilomètre des Capucins, le quartier juste derrière la gare.
— Ça marche, on vous tient au courant.

À peine sur le parking, Fuillard agresse son subalterne :
— Ça va ton poignet ?
— Quoi ?
— Ton poignet, pas trop mal ?
— Pourquoi tu me demandes ça ?
— Parce qu'hier tu tenais ton volant de la main droite et que ce matin, tu laisses ta main posée sur ta jambe. D'habitude, tu me broies la main quand tu me la serres. Ce matin, tu as à peine appuyé. Voilà pourquoi je te demande si ça va.
— Je me suis blessé à l'entraînement hier soir.
— Ne te fous pas de ma gueule. Depuis ce matin tu me parles d'intuition, que ça ressemble à l'Afghan. Ne me prends pas pour un con ! T'as retrouvé le gars de l'article et t'es allé le voir hier avec quelques collègues. Sans m'en parler ! C'est ça ?
— NON... Si, mais j'étais tout seul. J'étais pressé de savoir s'il racontait des salades.
— T'aurais dû m'en parler, on travaille en équipe, merde !
— J'ai pas eu le temps. Et ton portable ne passe pas chez la monitrice d'équitation.
— Putain, tu crois que c'est en se précipitant qu'on arrive à quelque chose !
— Pourquoi, c'est en baisant tous les après-midi que tu vas résoudre quoi que ce soit ? C'est ça, ta méthode ?
— Je peux te dire que si Abishin n'y est pour rien dans l'affaire de la gare, t'as intérêt à me retrouver ce Kasimir où qu'il se cache, ou sinon je te fais virer de mon équipe. C'est compris ?

Il part en silence, le poing serré contre sa jambe. Il attend que son supérieur monte pour démarrer. Il a l'air plus calme quand il s'assoit enfin sur le siège passager.

— Qu'est-ce qu'il t'a dit exactement ?

— Il confirme son article. Il va même plus loin. Il dit qu'il y avait un contrat sur la tête de l'Afghan. Et il a cité l'affaire de la gare.

— C'est ça ton intuition ?

— Oui ! Et il dit que prendre la marchandise sans payer, ça ressemble aux méthodes de notre gars.

— Sauf qu'à Cenon, ce n'était pas lui.

— Il n'a pas parlé de cette affaire, juste de la vieille de la gare en me précisant même la date.

— T'avais l'impression qu'il disait la vérité ?

— Oui, enfin…

— Quoi, enfin ?

— Juste à la fin, quand je l'ai menacé de revenir s'il me mentait, il m'a souri en me prenant de haut, je ne sais pas pourquoi.

— La prochaine fois, tu attends et on y va à deux. C'est clair ?

— Oui.

# 39

Ils se garent devant la petite maison à un étage près de la gare. La façade n'est constituée que d'une porte et d'une ancienne vitrine de magasin. Un grand rideau rouge est tiré sur toute la largeur de la vitre. Le courrier déborde de la boîte aux lettres. Le vieux a été placé en institution, il n'en ressortira certainement jamais. La vieille est toujours en maison de rééducation. On voit les quais et les trains juste à cinq cents mètres.

— Il n'a pas le permis. C'est la ligne vers Périgueux ?

— Oui, j'ai pris le train tous les vendredis pendant un an sur ce quai.

— Appelle la gare et demande s'ils ont des caméras sur les quais et combien de temps ils conservent les bandes.

— OK.

— L'adresse du témoin ?

— On continue par là, à deux rues. Il emmène son chien pisser sur le terrain vague juste devant les rails. Donc il passe obligatoirement devant cette maison.

— On va le voir.

Une longue rangée de maisons mitoyennes. Les anciens logements de fonction pour les agents de la SNCF. Ils sonnent au numéro 13.

— Bonjour madame, capitaine Fuillard. Nous aimerions parler à votre mari.

— Entrez, il est à table, il n'a que quarante-cinq minutes pour manger.

Quand ils entrent dans la cuisine, l'homme se lève. Il porte un bleu de travail couvert de taches de peinture sèche et des chaussures de sécurité. Il les regarde droit dans les yeux et sa poignée de main est franche.

— Bonjour, nous aimerions vous poser quelques questions sur l'agression qui a eu lieu rue Cambon, en février dernier.

— Oui, je me doutais.

— Nous voulons vous montrer une photo d'un suspect, savoir si ça correspond au jeune homme que vous avez vu traîner ce jour-là.

— C'est pas la peine.

Ils sont surpris.

— Pourquoi ?

Il se retourne, attrape un journal sur le plan de travail et le tend au policier. Il reconnaît la une de *Sud-Ouest* de mardi.

— C'est lui que j'ai vu.

— Vous êtes sûr ?

— Cent pour cent. Sur le retour, je l'ai bien dévisagé. Il semblait nerveux comme avant de faire un sale coup. J'ai eu envie de lui demander ce qu'il faisait là. Je n'ai pas osé, j'aurais dû. Cette brave dame serait peut-être encore tranquille chez elle avec son mari.

— T'as rien à te reprocher, Jacques, tu ne pouvais pas savoir.

— Et ce n'est pas sûr du tout que ce soit lui qui ait fait le coup.

Thorez regarde son supérieur, incrédule. Il montre quand même la photo d'Abishin au couple.

— Oui, c'est bien lui.

— Bien, on va vous laisser monsieur, votre femme nous a dit que vous aviez peu de temps pour déjeuner.

— Oui, mais si je peux aider à coincer celui qui a fait ça, ça me fera du bien.

— Je vous tiendrai au courant.

C'est Jonathan qui agresse cette fois son capitaine dès qu'ils sont dans la rue.

— Mais putain, qu'est-ce qu'il te faut de plus ? Bien sûr que c'est lui ! Son ADN matche, il y a un témoin oculaire, l'autre connard dans la cave qui l'accuse aussi et toi tu crois toujours qu'il n'y est pour rien ! Mais merde, qu'est-ce qu'il foutait là si c'est pas lui ?

Fuillard est plus calme.

— Je ne sais pas. Mais ce que je sais, c'est que si je m'apprêtais à commettre un vol, je ne traînerais pas devant le quartier pendant une demi-heure et si jamais un gars avec un chien me dévisage avec insistance, je peux te dire que j'annule mon projet. Tu crois qu'il est assez con pour faire ça ?

— Incroyable, tu vas le défendre jusqu'à quand, ce type ?

— Mais je ne le défends pas. J'essaye d'être logique. De ne pas me précipiter.

— On fait quoi alors ?

— On va voir Pierre.

— Pierre ?

— Pierre Lejeune, le responsable du labo, le copain de Betty.

— Il est presque 13 heures, on n'est pas loin du bar où les collègues des Capucins ont leurs habitudes. J'y ai mangé pendant un an, c'est pas mauvais.

— D'accord.

# 40

Il est 15 heures passées quand ils arrivent au centre de recherche médico-légale. On les fait patienter dans le même bureau que la veille.

Le tableau est toujours rempli du résumé de Fuillard.

— Mon collègue de Paris a lu les dossiers cette nuit.

— L'informaticien ?

— Non, Hautemer, celui qui est en convalescence.

— Et qu'est-ce qu'il en pense ?

— Je ne sais pas exactement, je ne l'ai pas vu ce matin. Mais il a reposé les dossiers sur la table basse de mon salon. Avec un petit mot dessus.

Il lui tend la feuille pliée en quatre.

— Juste ça ?

— Oui.

— « Clé / serrure » ? Qu'est-ce qu'il a voulu dire ?

— Je ne sais pas. Il voulait peut-être savoir si la clé correspondait bien à la serrure de la porte du local où Abishin s'est suicidé.

— Le labo n'a pas vérifié ?

— Aucune idée.

Pierre Lejeune entre, un sourire aux lèvres.

— Je lui avais dit 17 heures.

Fuillard ne comprend pas de quoi et de qui le médecin parle.

— À qui ?

— À Betty. Je lui avais dit : les résultats pas avant 17 heures.

— Je ne suis pas au courant.

— Hier au cocktail, elle m'a demandé quinze fois de faire la comparaison complète de l'ADN de votre suspect avec celui des deux affaires où il a matché.

— Je n'étais pas au courant. Et ça a donné quoi ?

— 17 heures pour les deux. Je viens de voir le laborantin qui fait les analyses, il a fini le premier : négatif.

— Cenon ?

— Oui, exactement. On ne comprend pas encore pourquoi il a matché. Mais si on trouve, ça va nous permettre de progresser.

— Pour le deuxième, l'affaire de la gare ?

— 16 h 30 au minimum. Il vient de commencer.

— Je vous laisse mon numéro. Vous pouvez m'appeler dès que vous avez le résultat ?

— Bien sûr.

— J'ai une autre question. Au sujet de la clé retrouvée dans la jambe de la victime.

— Oui. Elle est arrivée avec le rapport du médecin légiste.

— Oui, c'est ça. Est-ce qu'on est sûr qu'elle correspond bien à la serrure de la porte qui a explosé ?

— Non. Personne ne nous a posé la question. Les deux pièces sont arrivées avec des dossiers différents. Si personne ne nous demande, on ne cherche pas.

Fuillard sourit.

— Et si je vous le demande ?

— Ce serait possible. Le seul problème est que le dossier est clos. On peut difficilement le faire de manière officielle. Mais…

— Mais si c'est pour Betty ?

— Ça ne prendra pas beaucoup de temps. Le collègue a noté le modèle de la serrure et l'analyse de la clé est déjà faite. Juste une comparaison. J'ai déjà votre numéro de téléphone.

— Merci.

Ils se serrent la main sur le parking.

— Au fait, dites à Betty que j'aurai ses dernières analyses dans la soirée. Elles doivent arriver du labo de Toulouse vers 19 heures.

— Toujours pour notre affaire ?

— Oui, une analyse de tissu au niveau de la boîte crânienne, il me semble.

— Bon, je lui dirai. Merci encore.

Le médecin n'est pas rentré dans le bâtiment que le portable de Fuillard sonne.

— Capitaine Fuillard.

— C'est Alain Delaunay, on s'est vus tout à l'heure dans le bureau de Dutriaux.

— Oui, tu as déjà des nouvelles de Kasimir ?

— Oui, enfin non. Ce qu'il y a de nouveau, c'est qu'on n'a plus d'anciens.

— Ne joue pas aux devinettes, j'ai eu une journée chargée.

— On n'a plus rien sur lui. Il avait un dossier long comme mon bras chez nous. J'ai retourné tout le commissariat, plus rien. J'ai appelé tous les collègues, personne ne l'a sorti.

— Merde.

— Oui et c'est pas fini. J'ai tapé « Kévin Plavzik », c'est son vrai nom, sur le STIC, plus rien non plus. Ce gars n'a plus rien à se reprocher. Il est passé à la machine à laver. C'est incroyable.

— OK. Merci, appelle-moi si tu trouves le gars qui a réussi ce tour de force.

— Pas de problème.

Ils n'échangent pas un mot sur la route du retour. Au moment où Thorez met le clignotant pour prendre la sortie Périgueux-Ouest, le portable de Fuillard sonne de nouveau.

— Oui. Ah, déjà... Alors ?... Sûr à cent pour cent... Bon, d'accord, oui, bonne soirée à vous.

Il attend de sortir de la courbe et de ralentir au péage pour interroger son supérieur.

— Alors, j'avais raison ?

— Oui, c'est lui à cent pour cent, il était chez la vieille. Mais…

— Mais quoi ?

— Je n'y crois pas.

— T'es incroyable ! Marionville m'avait prévenu que tu étais borné, mais à ce point, c'est impressionnant !

— Dépose-moi au gîte, j'aimerais parler à Lucas.

— OK.

— Tu restes boire un verre ?

— Non, j'ai entraînement.

## 41

Hautemer ne semble pas avoir bougé depuis hier soir. Il est toujours allongé dans le transat sous le grand chêne. Un livre sur les genoux pour se donner bonne conscience. Le soleil commence à décliner lentement.

— Alors, tu as échappé à quoi aujourd'hui ?

— Une promenade en barque.

— Laisse-moi deviner… Brantôme, la Venise du Périgord ?

— Dans le mille, elles sont parties depuis ce matin.

— Mon beau-frère est rentré du boulot ?

— Il prépare déjà l'apéro pour ce soir. Il veut tester un nouveau cocktail à base de rhum.

— C'est dangereux. Je ne sais pas si je vais supporter.

— Ton collègue n'est pas resté ?

— Il a soi-disant un entraînement ce soir.

— Pourquoi soi-disant ?

— Hier soir il est allé faire un carton dans les caves de Bordeaux pour retrouver le gars de l'article. Il a envoyé deux mecs à l'hosto.

— Il leur a tiré dessus !

— Non juste avec ses poings.

— Il n'a pas l'air costaud pourtant. Il a appris quelque chose ?

— Le gars lui a dit qu'il y avait peut-être un contrat sur la tête du jeune.

— À dix-huit ans ! Ça me paraît gros.

— À moi aussi. Mais son ADN a été retrouvé chez une vieille qui s'est fait tabasser à Bordeaux.

— L'agression de la gare ?

— Oui. En plus, un témoin l'a reconnu formellement à vingt mètres de là, au jour et à l'heure de l'agression.

— Il est moins sympathique que tu le pensais, ce gamin, pour finir.

— Peut-être. Qu'est-ce que tu as voulu me dire avec ton mot ce matin ?

— Je n'ai pas compris pourquoi personne n'a demandé à vérifier que la clé dans le fémur du gamin correspondait à la porte du local.

— Parce que le commissaire Lesieur a classé l'affaire juste après. Et c'est vrai qu'on avait largement assez d'éléments pour conclure au suicide. Mais j'ai demandé il y a deux heures au labo de Bordeaux de vérifier.

— Pas la peine.

— Pourquoi ? Tu as des nouvelles ?

— J'ai repris du service. Ton beau-frère m'a déposé en ville cet après-midi. Je suis allé voir les trois cordonniers qui sont équipés du matériel nécessaire pour dupliquer des clés. Le troisième, celui de Monoprix connaissait bien son métier. Je lui ai donné la composition de l'alliage qui a servi à faire la clé que l'on a retrouvée sur le jeune qui s'est suicidé. Il a été catégorique. Impossible que ça corresponde à une clé de sécurité. Le métal est bien trop mou.

— Donc pour toi, on n'a toujours pas trouvé la clé à l'intérieur ?

— Exact. Tu m'as dit que les lieux n'ont pas été figés juste après les faits.

— Oui, c'est le moins que l'on puisse dire. C'est même Thorez qui a dû se débrouiller pour récupérer les filtres chez les pompiers.

— Elle a dû se perdre en route ou ...

— Ou la porte a pu être fermée de l'extérieur.

— Oui, mais dans ce cas, ça n'a aucun sens. Tu as raison, le suicide est évident. Je ne vois pas quelqu'un enfermer un gamin qui veut se faire brûler. Je ne comprends pas.

— Je t'avoue, moi non plus.

Dans le silence qui suit, la voix grave de son beau-frère arrive de la cuisine.

— Lucas, j'ai besoin de ton avis.

Il arrive en portant un mug de petit-déjeuner.

— Ah, tu es là, je n'ai pas entendu la voiture. Je vais te chercher un verre. Tu donneras ton avis.

— Non, ça va, on va se partager la tasse.

— Oui, c'est tout ce que j'ai trouvé… Alors, un peu léger, non ?

— Non, parfait.

— Bon d'accord, je vais nous chercher trois verres, ça fera venir nos femmes. Oh, excuse-moi, c'est pas ce que je voulais dire.

— Pas de problème. Va nous chercher tes verres.

Dès qu'il s'est un peu éloigné, Hautemer demande des nouvelles de la femme de son collègue.

— Comment va Jeanne ?

— Elle a quasiment arrêté de s'alimenter depuis un mois. Je lui rends visite tous les quinze jours. Je crois qu'elle ne me reconnaît plus.

— Dur.

— Oui.

Après un court moment de silence.

— Il est atroce, ce cocktail !

— Oui, il arrache, mais on ne dit rien, ça lui fait vraiment plaisir.

— D'accord.

Même après le deuxième verre, elles ne sont toujours pas revenues.

— J'ai rajouté un peu de rhum. Je le trouvais léger.

— Tu as bien fait.

— Je crois que je vais aller faire une petite marche pour retrouver mes esprits.

— On t'attend pour le repas ?

— Je ne sais pas encore.

— À tout à l'heure.

Il s'éloigne déjà quand Hautemer le rappelle.

— Fuillard, le concierge, tu dois le revoir bientôt ?

— Maurice, le concierge de l'internat ?

— Oui.

— Je n'avais pas prévu de le réinterroger. Pourquoi ?

— Parce que j'aimerais bien lui parler.

— À quel sujet ?

— Je crois qu'il a perdu une clé récemment.

Il lui sourit.

— On peut y passer demain matin. On ira à deux, ça nous rappellera le bon temps.

— Parfait, à demain.

En une semaine, la différence est incroyable. Il monte le petit sentier avec beaucoup plus d'aisance. Malgré les rebondissements de son enquête, Maria a vite repris toute la place dans ses pensées. Il aurait peut-être dû ramener un petit cadeau. Emprunter une bonne bouteille de vin à son beau-frère. Ou voler quelques jonquilles dans le jardin de sa sœur. Dernière côte et il redescend vers la grange transformée en appartement. Il aimerait arriver le premier et l'attendre sur sa terrasse. Il passe devant le trône où il l'a rencontrée la première fois. Il sourit. Tout à coup il sent une présence, il se retourne vers le siège. Vautré en travers, un jeune homme. Maigre, un jean délavé, des baskets sales, un tee-shirt deux fois trop grand pour lui, une grande mèche qui lui retombe sur les yeux. Il le fixe.

— C'est toi qui baise ma mère en ce moment ?

Il ne répond pas. Au bout de cinq secondes, il reprend sa descente.

— Tu te fais pas chier, c'est mes pompes que t'as aux pieds !

Fuillard s'arrête de nouveau, fait demi-tour et avance vers le jeune homme qui jette le mégot du joint qu'il avait entre les doigts et se lève difficilement pour lui faire face.

— Qu'est-ce qu'il y a ? Ça te fait chier que je sois là ? Tu vas pas pouvoir t'envoyer en l'air !

Il hésite à le gifler. Mais quand le jeune lui sourit d'un air mauvais et qu'il voit ses dents complètement pourries, il change d'avis.

— Elle n'a pas grand-chose pour se consoler.

— Quoi, qu'est-ce que tu dis ? C'est quoi ces conneries ?

— Rien. Je reviendrai une prochaine fois.

— Oui, c'est ça, t'inquiète! Je resterai pas longtemps dans ce trou, mec !

Son humeur est plus sombre en redescendant au gîte. Il essaye de se souvenir du prénom du fils de Maria. Le plus vieux s'appelle Charles mais impossible de mettre un prénom sur la personne qu'il vient de croiser.

— Martin !

Il le retrouve. Martin Lefranc Sanchez. Il a le nom de son père. Il fouille ses poches de pantalon. Et pour une fois y trouve son portable. Il compose de mémoire le numéro du 36.

— Duval ?

— Oui.

— C'est Fuillard.

— Oh, merde, t'es pas mort ?

— Si je continue à bouffer comme ça, je ne vais pas tarder. Tu es toujours aux Stups ?

— On doit être les seuls à ne pas avoir changé après l'affaire Beaulieu.

— Tu peux me rendre un petit service ?

— Bien sûr.

— Voir si tu as quelque chose sur un jeune de Périgueux qui traîne sur Paris. Martin Lefranc ou Martin Sanchez s'il utilise le nom de sa mère. Il doit tourner aux drogues dures à en croire l'état de ses dents.

— Pas de problème. Tu veux qu'on le secoue pour qu'il rentre chez lui ?

— Non, tiens-moi au courant s'il trafique ou s'il se met dans la merde.

— D'accord.

Il reprend sa descente.

Il entend les rires avant même d'apercevoir le gîte. Les femmes sont rentrées. Même Betty est restée à l'apéro. Le cocktail de son beau-frère doit faire effet. Il est heureux que tout le monde soit réuni.

# 42

À peine son supérieur descendu de la voiture, il se détend. La tension était palpable. Il a fait une connerie. Il ne pensait pas qu'il l'aurait suivi dans son expédition nocturne. Et maintenant, il en est certain, il a très mal conduit son interrogatoire. Il aurait dû y aller avec lui. L'autre ne lui a pas tout dit dans la cave, il en est maintenant certain. Il a loupé l'occasion de prendre un coup d'avance.

Il aurait peut-être dû accepter l'invitation à l'apéro. Le collègue de Paris a l'air assez fort. Le fait d'avoir remarqué que personne n'avait demandé à comparer la serrure et la clé prouve qu'il a un certain niveau d'analyse. Ni lui ni Fuillard n'avait relevé cet oubli. Même si cela ne change rien à sa vision de l'affaire, c'est intéressant. Mais il a déjà loupé la musculation ce matin, il ne peut pas se permettre d'annuler la course de ce soir.

Certainement encore une sortie de plus de vingt kilomètres à un rythme assez lent. C'est exactement ce qu'il lui faut pour réfléchir aux nouveaux éléments de l'enquête. Qui est ce barbu qui a le pouvoir de redonner une virginité à un type comme Kasimir ? Peu de personnes ont accès au code pour modifier les informations dans le fichier national. Mais même s'il lui a menti dans la cave, ça ne change rien. Ce n'est pas lui qui les a mis sur la piste de l'agression de la gare. C'est l'analyse du collègue de Marionville à Bordeaux. Une analyse qui date de trois mois.

L'ouvrier qui sortait son chien l'a reconnu formellement et il avait l'air sincère. Il ne croit pas au coup monté. Mais il a du mal à remettre toutes les pièces du puzzle dans le bon sens.

Il arrive chez lui, ses chaussures traînent encore en haut des marches, ça ne lui ressemble pas. Un modèle en cuir dont la forme ressemble à celle de ses chaussures de boxe. Il ôte celles du jour et range les deux paires à leur place sur l'étagère. Il est encore plus perturbé quand il aperçoit au milieu du hall d'entrée ses vêtements de la veille. Ils sont toujours en tas au milieu de la petite pièce. Impensable qu'il ait pu passer devant ce matin sans prendre le temps de les mettre dans la panière. Il a l'impression que c'est un étranger qui a pénétré chez lui. Il se déshabille entièrement, passe son bas de survêtement, ramasse sa veste, la plie et la met avec les affaires à laver. Quand il attrape le pantalon, un portable tombe sur le parquet. Le téléphone du petit guetteur. Il finit de mettre ses affaires au sale et le ramasse.

Il pose l'appareil sur le plan de travail et prépare son mélange d'eau, de sels minéraux et de vitamines pour sa course. Il repense aux événements de la veille. Il sent de nouveau l'odeur d'humidité dans le couloir, entend de nouveau le bruit du guetteur qui compose un numéro pour donner l'alerte, revoit le visage de l'enfant dans la lumière blanche de l'appareil et l'écran lumineux au creux de sa main. Il arrête de verser la poudre dans sa gourde. Il se souvient maintenant que le numéro était composé entièrement. Il ne restait plus qu'à appuyer sur la touche appel. Il repose le sachet. Doucement soulève le portable et appuie sur la touche sur le côté de l'appareil. Le numéro apparaît. Il sourit. Une chance sur trois que ce soit celui de Kasimir. Deux chances que ce soit celui d'un des gars qu'il a envoyé à l'hôpital. Il note sur le tableau blanc accroché au mur les huit chiffres.

Il attrape son téléphone, le règle sur appel masqué et compose le numéro. Il s'arrête au dernier chiffre, réfléchit. Il prononce à voix haute, pour lui-même :

— Arrête de courir. Réfléchis.

Il repose l'appareil sur le bar.

— Prépare tes questions avant.

Il est 18 heures passées. Il sait de mémoire que son créneau d'entraînement fixé par son programme informatique va de 21 h 30 à 23 heures. Il passe dans sa chambre, allume son ordinateur. Il n'a aucune envie de regarder pendant deux heures les écrans de surveillance de la ville. Ce qu'il a pourtant souvent fait. Il consulte directement son site de course. L'ordinateur ne sait pas encore qu'il a sauté la séance de muscu de ce matin. Il ouvre sa page personnelle, sélectionne la fenêtre des séances à faire aujourd'hui et pour la première fois, tape « ANNULÉE ». Un rond jaune lui fait la grimace pendant que le programme recalcule ses données. Voilà. La séance de ce matin légèrement allégée à faire maintenant. La course du soir inchangée.

— Parfait.

Il se met en tenue et commence la musculation.

Il se lève entre les séries de développé couché, de squats ou de tractions pour noter sur son tableau blanc les éléments de son enquête. La séance est deux fois plus longue mais les efforts l'aident à mieux réfléchir, à prendre son temps. Vers la fin, il ne reste plus beaucoup de place sur le tableau. Il allait enchaîner une dernière série de développé-couché quand il s'arrête, la barre de cinquante kilos à bout de bras. Il la repose. Se rapproche du tableau, attrape le feutre rouge. Première correction. Tout en haut de son schéma, il avait marqué « le barbu » comme un personnage omniprésent dans leur enquête. Il efface. Et en rouge écrit « 1 ou 2 ou 3 barbus ». Il n'y a aucune preuve qu'il s'agisse de la même personne. Le capitaine Sorge est le seul à avoir vu celui qui se tenait derrière le juge Leprince au premier jour de l'enquête. Lui et Fuillard ont vu celui qui sortait des écuries et qui selon son supérieur a tenté de soudoyer le médecin légiste. Et personne n'a vu celui dans la cave de Kasimir. Même s'il imagine mal une secte de barbus leur pourrissant l'enquête, rien ne prouve que ce soit le même. Il se rend compte qu'il doit être plus précis dans ses analyses. Il note sur la feuille des questions à poser à Kasimir, une description précise du barbu. Il repart finir sa série. Il prend une dizaine de minutes pour les étirements. Relit sa liste, une dizaine de questions. Son plan est de prêcher le faux pour savoir le vrai. Il va partir du fait que le barbu a payé Kasimir pour qu'il raconte n'importe quoi sur Ali Abishin, juste pour noircir la réputation du lycéen.

Il appuie sur la touche verte.

Dix sonneries, le répondeur. Il décide de bluffer. Juste après le bip.

— Je vais rappeler une seule fois dans cinq minutes. Si tu ne décroches pas, je te rends visite et je t'envoie rejoindre tes copains à l'hosto. Tu as compris qui je suis et que je ne plaisante pas.

Il raccroche. Attend en tournant en rond dans son appartement.

Troisième sonnerie.

— Oui.

— Voilà, c'est mieux. J'ai des questions à te poser. Et cette fois, je veux des réponses précises. On a repéré ton portable grâce aux bornes relais. Donc à la moindre hésitation, je viens te voir. Tu m'as bien compris ?

— Oui.

— Un homme t'a rendu visite samedi soir, un barbu très bien habillé. Tu vois de qui je veux parler ?

— Oui.

— Il t'a dit de contacter la presse ?

— Oui.

Thorez a un temps d'hésitation.

— Il t'a dit exactement ce que tu devais raconter ?

— Oui.
— Tu ne connaissais pas du tout Ali Abishin avant ?
— Si je le connaissais ? Il dealait sur Bordeaux.
— Tu l'avais déjà vu ?
— Oui, une fois, on l'a coursé avec le Gaulois. Il nous avait volé de la marchandise.
— Tu es sûr qu'il s'agissait bien d'Abishin ?
— Moi, je ne l'ai pas bien vu. C'est le Gaulois vendredi dernier, il s'est pointé avec le journal et la photo du gars qui s'est fait cramer à Périgueux. Il a dit qu'on récupérerait pas notre matos parce que le connard s'était fait cramer.
— Tu m'as parlé de contrats sur sa tête.
Un court silence.
— C'est des conneries. C'est le gars en costard qui m'a demandé.
— Qu'est-ce qu'il t'a dit d'autre ?
— La vieille de la gare, c'est lui qui en a parlé, moi j'en n'avais même pas entendu parler. Comme son surnom, je ne savais pas qu'on l'appelait comme ça.
— Décris le barbu.
— Ouais, barbu, mais pas comme les imams, non. La barbe classe. Grand, il a l'air musclé. Un super costard. Il a les cheveux foncés. Il est bronzé comme s'il rentrait du ski.
— Il t'a donné combien ?
Nouveau silence.
— Dix mille.
— Je croyais que t'avais pas besoin de fric ?
— C'est le genre de gars à qui tu ne refuses pas le fric.
— Comme à un mafieux ?
— Ouais. C'est ça que je crois.
— Qu'est-ce que tu peux me dire encore sur Abishin ?
— Rien, je te dis, on l'a croisé une fois. On l'a coursé. C'est juste un petit merdeux qui essayait de dealer.
— Pas de quoi se faire assassiner ?
— Non. Enfin, sauf s'il tombe sur des nerveux.

— Écoute, tu ne vas pas changer de téléphone pendant quelque temps. J'aurai encore des questions à te poser.

Il raccroche sans le laisser répondre.

Il se dirige vers son tableau. Barre le « 3 » devant « barbu ». Il est sûr maintenant que celui de la cave et celui du centre équestre ne font qu'un.

Ça le ferait vraiment chier que son supérieur ait raison. Que ce soit un coup monté pour les élections. Un truc comme ça. 21 heures. Juste le temps d'avaler sa ration protéinée et il part pour deux heures de course. Ça lui fera le plus grand bien.

La première heure, il respecte son programme. Aucune côte, un rythme assez lent. Mais ça ne suffit pas pour le détendre. Pour le faire arrêter de réfléchir à son enquête. Arrêter de penser que le barbu est assez fort pour manipuler les résultats d'analyse du docteur Hubert, de Marionville, du labo de Bordeaux, pour influencer le témoin oculaire de la gare. Pour lui, c'est impossible. Ça l'énerve, il accélère. Son cardiofréquencemètre sonne à chaque fois que son cœur dépasse les cent vingt pulsations minute. Il le débranche. Il est sur la route d'Agonac. Sur sa droite, la terrible côte de Périgord-Bois qui monte vers Champcevinel. Il sourit. Vingt minutes après, il s'écroule sur un banc devant le cimetière du village, épuisé. Le cœur à plus de 180, il a fini au sprint. Il ne pense plus à rien. Les dix kilomètres pour le retour chez lui se font par le chemin de Jacquou. Une descente légère jusqu'aux abords de Périgueux. Un bonheur. Il monte son escalier en courant. Reste en short, torse nu, pour rentrer chez lui. Il a hâte de saisir les données de la course de ce soir dans l'ordinateur, voir le rond jaune lui faire une grimace. Il le mettra peut-être au repos demain. Il relie le port USB de sa montre à celui de l'ordinateur et attend. Pour patienter, il allume les écrans de surveillance. La rue du Terme ne l'intéresse plus tant que ça. Il regarde le centre-ville, tout est calme, désert, normal à minuit un jour de semaine. Le rond jaune tourne toujours, l'ordinateur doit avoir du mal à comprendre ce qu'il a fait pendant sa course. Il change de caméra – la 3 –, celle qui englobe son quartier, le parc Gamenson, et l'intersection entre le boulevard Claveille et la rue Courier. L'ordinateur s'illumine à côté, son nouveau programme réactualisé après sa sortie de ce soir. Mais au même moment, une fenêtre à l'étage du 21 boulevard Claveille s'ouvre. L'adresse de la petite amie d'Ali Abishin. L'angle de la caméra englobe la façade dans son champ de vision. C'est la gamine. Il la voit nettement se pencher au-dessus de la balustrade. Elle a un sachet plastique à la main. Elle le jette sur le toit de la véranda juste en dessous, enjambe la fenêtre et commence à descendre.

— Qu'est-ce qu'elle fout ?

C'est à moins de trois cent mètres de son appart. Il fonce. Rechausse ses baskets, enfile son débardeur de course et descend ses escaliers à toute vitesse. Il traverse le parc Gamenson plongé dans le noir. Un homme surgit devant lui, certainement un SDF qui cherche un coin pour dormir. Il le percute, mais ne s'arrête pas pour le relever.

— Désolé !

Il accélère, ressort du parc, traverse la rue. Plus que cent mètres. Il la voit, juste devant la grille qui sécurise le petit promontoire rocheux au bout de la rue. Un tee-shirt blanc à bretelles, un bas de survêtement gris et une paire de baskets blanches aux pieds. Elle est juste devant le container à poubelles pour le tri sélectif. Elle le voit et se fige. Il reprend son souffle avant de lui parler.

— Attends, je suis de la police. N'aie pas peur.

Elle ne se calme absolument pas.

— Qu'est-ce que tu allais faire ?

— Rien.

— Je te le répète, je suis de la police, brigadier Thorez, alors ne me mens pas. Qu'est-ce que tu allais faire ?

— Rien, monsieur.

— La poche, tu l'as jetée où ?

Il regarde derrière elle, avance et ouvre le premier container. Des cartons, des bouteilles en plastique. Deuxième, pareil. Il allait refermer, mais il remarque que les cartons sont tous empilés contre le bord droit de la poubelle. Il pousse le couvercle qui claque à l'arrière du container. Plonge la main. Écarte le tas de boîtes. Il sourit et attrape le sachet plastique.

Elle ne bouge pas.

— Ce n'est pas un peu tard pour jeter ses poubelles ?

Il défait le nœud qui relie les anses du sachet, l'ouvre. Des billets. Une petite fortune.

— Je savais que le quartier était riche, mais de là à jeter de l'argent à la poubelle, je ne croyais pas. Allez, on va voir tes parents.

La voix inquiète de la mère à l'interphone.

— Oui.

— Bonsoir madame, brigadier Thorez. On s'est vus au commissariat samedi pour Ali Abishin.

— Oui, qu'est-ce que vous voulez ?

— Vous ramener votre fille.

— Ma fille ? Elle est dans sa chambre, elle doit dormir.

— Ah non ! Elle est à côté de moi. Vous pouvez m'ouvrir ?

## 43

Ils sont bien ensemble. Tous ont un peu abusé du nouveau cocktail au rhum de Roger. Il a vite oublié la rencontre avec le fils de Maria. Betty est plutôt en forme. Elle a invité tout le monde au restaurant une étoile de Brantôme demain midi. Il est presque minuit et la fraîcheur tombe enfin.

— On n'est que fin avril.

— C'est un joli printemps. Je suis contente. Pour mon dernier.

— Tais-toi Betty…

— Fuillard, on ne s'est jamais menti.

— Rarement.

— Alors, on continue. Et demain on dépense tout mon plan épargne retraite au resto, d'accord ?

— D'accord. J'espère qu'ils servent encore leur foie gras poché au vin de noix, une merveille. C'est juste après l'avoir dégusté que j'ai trouvé le courage de demander à Jeanne de venir vivre chez moi.

— Il y a combien de temps ?

— Très longtemps. On était tout impressionnés, par le nombre de serveurs, le sommelier qui s'est occupé de nous, le nombre de couverts. On avait une petite table en terrasse et une autre table dressée pour nous à l'intérieur en cas de pluie. La moitié de ma paye de l'époque y était passée. Mais je me souviens de chaque seconde de ce moment comme si c'était hier.

— Et bien, profite. Demain, c'est moi qui paie.
— J'aurais jamais dû manger ce soir.
— Et tu peux inviter qui tu veux.
Il lui sourit.
— Un peu trop tôt.
— D'accord, mais ça me ferait plaisir.
— Je vais voir.
Son téléphone sonne dans sa poche. Hautemer se moque.
— C'est pas possible, le capitaine Fuillard qui sait où se trouve son portable. Incroyable ! Est-ce qu'il va réussir à décrocher à temps ?
Après dix secondes de panique, il arrive à prendre la communication. Tout le monde applaudit en criant bravo.
— Oui, allô, chut !! Quoi, Thorez, qu'est-ce que tu veux ? Chez qui ? Qu'est-ce tu fous là-bas… et merde, j'arrive !
Ils attendent des explications.
— La petite copine d'Abishin a tenté de se débarrasser d'un sac rempli de billets. Jonathan l'a chopée quand elle revenait des poubelles.
— Il est fort ton collègue. Qu'est-ce qu'il foutait là ?
— Il courait. Je crois qu'il passe tout son temps libre à ça.
Hautemer est plus dubitatif.
— Belle coïncidence… Tu ne peux pas prendre le volant après tout l'alcool qu'on a bu.
— Il faut que j'y aille. La mère veut que ce soit moi.
Isabelle se propose de le conduire.
— Moi, je n'ai rien bu. Si on me prête une voiture, je veux bien t'emmener.
— Prenez la mienne, les clés sont dessus.

Ils partent tous les deux dans la 106. Elle est concentrée sur la route. Il la regarde conduire.
— Comment vous allez l'appeler ?
Elle lui sourit.
— Si c'est un garçon, Marius.

— C'est joli. Et si c'est une fille ?
— On ne sait pas encore.
— Nous, c'était Eva qu'on avait choisi.
— On a encore cinq mois pour se décider.
— Pour être parrain, il faut avoir la même religion, je veux dire que je ne crois pas en grand-chose, certainement pas aux histoires de curés.
— Ce n'est pas un problème. Lucas vous fait confiance, c'est le principal.
— À gauche, attention aux ralentisseurs, le maire est un psychopathe des coussins berlinois.
— Il pourrait en mettre tous les cent mètres, ça roulerait encore mieux qu'en Roumanie !
— Oui, j'imagine. Juste là. Après l'entrée du parc.
— Voilà.
— Merci, merci pour tout.
Il arrive en plein drame. Thorez, en tenue de jogging, dénote au milieu du salon. Il est debout entre les parents qui sont encore en tenue de travail. Le père en costume gris et la mère en tailleur écru. La fille assise au centre du canapé de cuir, l'air totalement déboussolé.
— Merci d'être venu aussi vite. Mathilde ne veut parler qu'à vous.

Sans dire un mot, il s'assoit juste en face de la jeune fille. Il voudrait essayer de capter son regard, mais dès qu'elle redresse la tête, elle parle la première, rapidement pour ne pas être interrompue.
— C'est l'argent de son père. Il l'avait caché ! Ali l'a récupéré l'année dernière. Je l'ai jeté parce que vous alliez dire que c'était de l'argent qu'il gagnait avec la drogue.
Sa mère veut la calmer mais Fuillard intervient.
— Laissez-la s'expliquer.
Elle le regarde enfin dans les yeux. Il en profite pour capter toute son attention. Il lui parle calmement mais son ton se veut ferme.

— Mathilde, tu vas nous parler d'un mercredi du mois de février où Ali est rentré de Bordeaux extrêmement perturbé.

Les yeux de la jeune fille s'agrandissent juste avant qu'elle ne baisse la tête. Trop tard.

— Je vois que tu sais de quel mercredi je veux parler. Ali n'avait pas cours le matin, ses professeurs étaient absents. Il est revenu en fin de matinée. Raconte.

Elle regarde sa mère en pleurant.

— Dis ce que tu sais, ma chérie.

— Vous étiez encore au travail. Il est arrivé juste avant midi. Il avait son sac avec toutes ses affaires. Il voulait s'enfuir. C'est la seule fois où je l'ai vu pleurer.

Fuillard continue l'interrogatoire.

— Il t'a dit pourquoi il voulait se sauver ?

— Non.

— Mathilde, ça ne sert plus à rien de nous le cacher. L'enquête est terminée. On ne reviendra pas sur les conclusions.

— Il a dit qu'il avait fait une erreur. Que c'était grave. Qu'il était coincé, foutu.

— Il allait voir qui à Bordeaux ?

Elle hésite, regarde encore sa mère qui lui sourit.

— Il voulait des faux papiers. Son avocat était sûr qu'il serait expulsé en juillet. Alors il voulait se débrouiller tout seul.

— Tu sais qui il a vu pour ça ?

— Non. Je ne savais même pas qu'il n'était pas en cours. Il ne m'a rien dit.

Thorez en profite.

— Donc il t'a menti.

— Non. Il ne m'a rien dit pour ne pas m'inquiéter, c'est tout.

Fuillard se rend compte immédiatement de l'erreur de son collègue. La petite se referme. Il veut rattraper le coup.

— Mathilde, il t'a expliqué quel genre d'erreur il avait commis ?

— Non.
— Et qui lui a présenté ces gens de Bordeaux ?
— Je sais pas.
— Bon, écoute, nous sommes tous fatigués. Il est bientôt une heure du matin. Nous reprendrons cette conversation demain au commissariat. Madame, vous pourrez l'accompagner ?
— Oui. Bien sûr.
— 10 heures, ça vous va ?
— Oui.
Il allait se lever mais se rassoit. Réfléchit cinq secondes. Et pose une dernière question.
— C'est depuis ce jour que tu gardes son argent ici ?
Elle le regarde dans les yeux mais sans agressivité.
— Oui.
— Parfait. On va vous laisser.

À peine dans la voiture, Thorez est sûr de se prendre une engueulade. Mais contre toute attente, il lui demande calmement son avis :
— Tu en penses quoi ?
— Elle ment.
— Sur quoi ?
— Je ne sais pas bien. Mais ça sonne faux. Je ne crois pas à l'histoire du fric que le père aurait caché avant de mourir. Comment tu savais qu'il le lui avait confié en février ?
— J'en savais rien. Et je suis d'accord avec toi, elle nous cache quelque chose. Je l'ai trouvée différente par rapport à la première fois où je l'ai vue.
— Ah oui, c'est vrai, tu l'as déjà interrogée.
— Lundi matin pendant que tu refaisais l'autopsie avec Betty. Elle était anéantie. Là, je l'ai sentie plutôt remontée. Presque combative malgré les larmes.
— Elle a l'air assez solide. Mais quand je l'ai surprise devant les poubelles, elle s'est décomposée.

— Tu m'étonnes. Elle a dû te prendre pour un pervers habillé comme ça.

— Non, c'est quand je lui ai dit que j'étais de la police qu'elle a eu le plus peur.

— Bizarre. Tu peux me déposer ici, ça me fera du bien de monter le chemin jusqu'à chez moi.

— Regarde dans la boîte à gants, il doit y avoir une lampe-torche.

Il sort de la voiture et effectivement, le noir est complet. Il allait refermer la portière.

— Fuillard, attend.

— Quoi ?

— Je suis désolé pour tout à l'heure. J'ai bien vu que j'avais fait foirer ton interrogatoire.

— Si tu l'as compris, c'est déjà pas mal. Te tracasse pas, elle n'allait pas en dire beaucoup plus.

— Merci.

— Bonne nuit.

— Attends ...

— Quoi, encore ?

Il hésite puis avoue :

— J'ai parlé à Kasimir.

— Quoi !

— J'ai trouvé son numéro de téléphone sur un portable que j'ai pris dans leur cave hier soir.

— Putain, tu ne pouvais pas me le dire plus tôt...

— Il confirme le coup monté. Le barbu lui a dit tout ce que le journaliste a écrit. Il connaissait vaguement Ali Abishin comme un petit dealer, sans plus. Pas de contrats sur sa tête, il ne savait pas non plus pour la vieille. Même le surnom de l'Afghan, c'est le barbu qui l'a inventé.

Fuillard intègre toutes les informations.

— J'ai convoqué la mère à 10 heures mais j'arriverai à 11, tu les fais patienter toutes seules dans une pièce.

— D'accord.

Les huit cents mètres de côte ne seront pas de trop pour remettre de l'ordre dans tout ça.

# JEUDI 18 AVRIL 2002

## 44

L'odeur de café. Il ouvre les yeux. La tête de son collègue Hautemer à l'envers. Il tient un mug dans les mains.

— Si on veut être à 13 heures au resto, il faudrait qu'on ne parte pas trop tard voir le concierge.

Il se redresse dans son canapé. Attrape la tasse.

— Vingt minutes.

— Ça marche. Tu ne veux pas refaire ton lit le matin, c'est ça ?

— Très drôle. J'arrive.

Il lui faudra une demi-heure pour être prêt. Il n'est pas convaincu de l'utilité de la visite au concierge ce matin. En plus, il doit recevoir Mathilde et sa mère vers 11 heures. S'ils enchaînent avec Brantôme, il ne voit pas où il va pouvoir trouver du temps pour voir Maria. Ils prennent la 106.

— On pourrait coller un autocollant de la Police nationale sur les portières.

— Pas sûr que mon beau-frère apprécierait.

— J'imagine. Tu as appris des choses cette nuit ? Je n'ai pas eu le courage de t'attendre.

— Oui, c'est l'effet somnifère du rhum. Bon, pour cette nuit, Thorez a surpris la petite amie du suicidé en train de se débarrasser d'une grosse somme d'argent. Elle prétend que c'est de l'argent que le père avait caché avant de tenter la traversée vers l'Angleterre et que le gamin avait récupéré l'année dernière.

— Des petites coupures ?

— Oui, je sais à quoi tu penses. Du deal ?

— Ça paraît logique.

— Sauf que mon jeune collègue a réussi à contacter le type de l'article du journal. Le gars a avoué que tout ce que le journaliste avait écrit était bidon. C'est le barbu qui lui a dit ce qu'il devait dire. Donc le jeune Ali n'a plus rien à voir avec un gros trafic de drogue sur Bordeaux. Peut-être un peu de deal mais pas à ce niveau. Pas pour une telle somme d'argent.

— Sauf qu'on a retrouvé des résidus de drogues dures dans son sang et que son ADN a été retrouvé sur les lieux d'une agression près de la gare avec un témoin oculaire que tu as toi-même interrogé.

Fuillard monte le ton pour répondre, agacé.

— Oui, oui, je sais. En plus, il y a un détail qui va dans ton sens.

— Lequel ?

— La moitié des billets était des euros.

Hautemer sourit.

— Oh, dis donc ! Toi, l'inspecteur Fuillard, tu es au courant que la France a changé de monnaie depuis quatre mois !

— Ah, ah ! N'empêche que si c'était vraiment l'argent de son père, il aurait dû n'y avoir que des francs, voire des dollars. Et pour couronner le tout, la petite garde l'argent de son copain depuis le mercredi de l'agression de la vieille de Bordeaux en février dernier. Elle se souvient même qu'il voulait se sauver à l'étranger.

— Donc pour toi, elle a menti ?

— Ou alors c'est lui qui lui a menti.

— Possible.

— Mais de toute façon, je l'ai trouvée changée par rapport à la première fois où je l'ai entendue lundi matin.

Elle a l'air plus ... combative. En trois jours de temps, elle a repris le dessus.

— Et tu en conclus quoi ?

— Qu'elle a un sacré caractère.

La porte déformée du local où l'on a retrouvé le corps repose toujours contre la grille du lycée.

— J'espère qu'ils la déplaceront avant la rentrée.

— Ça te choque aussi ?

— Un peu, pourquoi toi aussi ?

— Non pas plus que ça, mais Thorez a réagi comme toi.

— Pourtant, il ne paraît pas très sensible.

— Il doit bien cacher son jeu.

Ils se dirigent directement chez le concierge. Personne. La porte n'est pas verrouillée. Ils n'hésitent pas une seule seconde et entrent.

— Le boîtier à clés est là.

Fuillard l'ouvre.

— Il ne l'a pas encore remplacée.

— Attends, je vais prendre une photo des autres. Elles se ressemblent toutes. Le gars de Monoprix m'a dit qu'il pourrait m'en dire plus si je la lui montrais en photo.

— Tu veux en plus qu'on repasse en ville ?

— Oui. Sauf si tu n'as pas le temps.

— Ça va faire court.

— Tu me déposeras, je rentrerai en bus.

— D'accord. On repasse par le local pour les produits d'entretien ?

— OK.

Fuillard interroge son collègue devant l'étagère.

— Si tu avais comme projet de te faire cramer le jour-même, est-ce que tu prendrais la peine de déplacer toute la rangée de bidons pour cacher l'emplacement vide ?

— Non. Je pense que je me foutrais que l'on sache d'où vient le bidon. Qu'est-ce que tu en conclus ?

Il attend avant de répondre. Se frotte les yeux, passe les mains dans ses cheveux et souffle longuement.

— Rien. Mais c'est bizarre.

— Peut-être qu'il ne voulait pas impliquer le concierge. C'est de sa faute s'il a eu ce bidon.

— Tu as peut-être raison.

— Il me faudrait une photo des clés de la salle de sport. Pour comparer.

— Je ne sais pas où elles sont rangées. On va demander au secrétariat du lycée.

Personne à l'administration. Les bureaux du proviseur et de Mme Labrousse sont fermés. Ils redescendent d'un étage et suivent les flèches indiquant la Vie Scolaire. Ils manquent de se faire percuter par un homme les bras chargés de dossiers qui avance sans pouvoir regarder devant lui tellement la pile est haute.

— Excusez-moi, nous cherchons le proviseur.

— Pas là, en vacances.

— Mme Labrousse ?

— Pareil.

— Il y a un responsable ?

L'homme leur répond juste avant d'entrer dans un petit local.

— Oui, moi. J'arrive.

Dix secondes plus tard, il ressort en se frottant les mains. Les manches de sa chemise bleu ciel sont remontées jusqu'aux coudes.

— Excusez-moi. M. Laurent, CPE.

Il leur serre la main.

— Pendant les périodes scolaires, il n'y a qu'un responsable dans l'établissement. Aujourd'hui et demain, c'est moi qui suis de garde, si on peut dire. En quoi puis-je vous être utile ?

— Capitaine Fuillard, je suis le responsable de l'enquête sur le suicide de votre lycéen.

Le sourire du CPE disparaît. Hautemer voit la chair de poule apparaître sur ses avant-bras.

— Je peux peut-être vous aider. Vous avez besoin de quoi ?

— Nous aimerions voir le boîtier à clés de la salle de sport. Là où a eu lieu l'incendie.

— Pas de problème, je vous y amène. C'est dans le bureau des profs d'EPS qui a été épargné par les flammes. On va passer par l'arrière.

Ils contournent le bâtiment. Passent sous la rubalise blanc et rouge qui entoure les restes de la salle de sport. Ouvrent une porte extérieure, suivent un petit couloir où l'odeur de plastique brûlé est encore très forte. La vitre de la porte du bureau a explosé mais le reste de la pièce a effectivement été épargné par le feu.

— Voilà, je crois qu'ils rangeaient toutes leurs clés dans ce boîtier.

Il ouvre le double battant de métal gris foncé. Une trentaine de clés accrochées à de petits clous. Écrit au marqueur noir, le lieu qu'elles ouvrent.

— Merde !

Hautemer connaît bien cette façon que son collègue a de prononcer cette grossièreté. Quelque chose qu'il n'avait pas prévu et qui va à l'encontre de sa théorie.

— Qu'est-ce qu'il y a ?

— Elle est là.

Sous l'étiquette « local chaufferie », la clé est à sa place. Un modèle effectivement plus complexe et épais que pour un simple placard à balais.

— Ils en avaient peut-être plusieurs dans la boîte.

Fuillard est sûr de lui.

— Non, impossible.

— Pourquoi ?

— Le clou est trop petit pour accrocher deux clés.

Hautemer regarde.

— Bien vu.

— Attends… Est-ce que tu vois un gars enfermer son copain pour qu'il se suicide et après venir tranquillement ranger la clé ici alors que l'incendie se propage ?

— Non.

Le CPE leur sourit.

— Je peux peut-être vous aider à y voir clair. Suivez-moi.

Cinq minutes plus tard, ils entrent dans le bureau de M. Laurent. Celui-ci ouvre une grande armoire grise et en sort une petite boîte en carton. Il retourne le contenu sur le plateau de son bureau. Quatre clés presque identiques.

— C'est celles que j'ai confisquées, juste pour cette année. Et encore, je pensais en avoir plus que ça. Et c'est pareil pour la salle 503, les élèves se la refilent, d'anciens à nouveaux. C'est un peu une tradition.

— Le serrurier m'a pourtant assuré qu'il fallait un code secret pour pouvoir les faire refaire.

— Le code aussi ils se le passent de génération en génération.

— Bon, on n'est pas plus avancés. Je peux en garder une ?

— Bien sûr. Si c'est pour faire taire tous les mensonges qu'ils inventent sur Ali, pas de problème.

— Merci.

# 45

Il ne peut pas se permettre de passer des nuits aussi perturbées à dix jours de son trail. Impossible. Il est levé depuis une demi-heure et n'a toujours pas regardé le programme d'entraînement du jour. Il est planté depuis vingt minutes devant son tableau blanc, torse nu, un bol de thé vert à la main.

Il ne comprend pas.

— Pourquoi le barbu voudrait pourrir la réputation du gamin alors qu'elle est déjà bien pourrie ?

Après trente secondes :

— Merde, je commence à parler tout seul.

Il allume l'ordinateur. Il craint le pire, le coach virtuel ne va pas comprendre son sprint dans la côte du cimetière hier soir. Et effectivement le pire arrive : repos complet.

— Non, pas aujourd'hui !

Il repasse dans sa cuisine. Sur le tableau blanc, après son coup de téléphone à Kasimir, il n'y a plus que « 1 ou 2 barbus ». Il regarde sa montre, 8 heures. Il lui disait qu'il se levait toujours aux aurores. Ce n'est pas la retraite qui a dû le changer aussi vite.

Les longues minutes avant que son ancien supérieur ne décroche le font douter.

— Oui, Jonathan.

— Bonjour, capitaine…

— Ex-capitaine.

— D'accord, mais je peux quand même te poser quelques questions sur l'affaire du lycéen qui s'est suicidé ?

L'ex-capitaine Sorge le coupe.

— Écoute !

— Qu'est-ce que c'est ? Tu prends un bain ?

— Non, c'est l'Atlantique.

— Tu es où ?

— Gran Canaria. Mon cadeau de départ en retraite. Je rentre dimanche.

— Je t'appelle juste pour être sûr que le barbu que j'ai vu au centre équestre est bien celui qui était derrière le juge Leprince quand ils t'ont viré.

— Un mètre quatre-vingts au minimum. Châtain foncé. La mèche sur le côté droit. La barbe plus claire, taillée impeccable. Mince et musclé. Les yeux clairs. Très bronzé, certainement des UV. Voilà, qu'est-ce que tu en penses ?

— Pas de doute, c'est le même.

— Qu'est-ce qu'il fait dans l'affaire ?

— On le retrouve partout. Avec Fuillard, on pense qu'il essaie de pourrir la réputation du gamin pour des raisons politiques.

— Pourquoi, qu'est-ce qu'il a inventé ?

— Il a essayé de le faire passer pour un dealer qui se droguait et qui avait des contrats sur la tête.

— N'importe quoi ! On parle bien d'Ali Abishin, le meilleur élève de sa classe, le gamin adorable ?

— Oui, je sais. Ça paraît gros. Ta fille le défend.

— Mais ça n'a rien à voir. Il était honnête, ce garçon.

— Pas forcément, même sans les conneries du barbu, on a trouvé des trucs sur lui.

— C'est n'importe quoi ! Vous vous plantez. Je pensais que le nouveau était plus malin que ça. Et qu'est-ce que vous avez trouvé ?

— Il se droguait, il aurait même agressé une vieille à Bordeaux. Un témoin l'a formellement reconnu et il a laissé ses traces ADN sur les lieux de l'agression. Et sa petite amie se souvient même du jour où ça s'est passé.

En plus, elle a essayé de se débarrasser d'un sac plein de petites coupures qu'elle gardait pour lui.

Sorge n'en peut plus. Il s'énerve.

— C'est tout ? Quoi encore ? Meurtre, viol ? N'importe quoi !

— Écoute, je sais que ta fille est personnellement impliquée, mais je te jure qu'on a des preuves qui convaincraient n'importe quel juge d'instruction et pas seulement Leprince.

— Impossible. Recommence tout. Vous vous plantez. Je rentre dimanche. Je passerai au commissariat.

— Impossible, dimanche je suis à mille cinq cents mètres d'altitude. Je pars samedi à Font-Romeu pour m'acclimater.

— Je verrai avec le nouveau.

— Oui, en plus, il est comme toi, il pense qu'il y a un truc pas clair.

— Je l'avais dit, il n'a pas l'air trop con.

— Merci pour moi.

— Toi, tu es jeune, c'est pas pareil.

— Bon, allez, je te laisse. Bon bain.

— Ah non ! Pas d'effort. Ma chaise longue m'attend. Salut.

— Salut.

Il barre le « 2 ».

Il s'assoit sur le bord de son banc de musculation. Réfléchit.

Dix minutes plus tard, la sonnerie de son téléphone le fait sursauter. C'est Sorge.

— Et en plus, si c'était vraiment un délinquant, pourquoi il se serait suicidé ?

— C'est ce qui me pose problème aussi.

— Recommence tout, n'oublie pas le b.a.-ba de l'enquêteur.

— Qui est ?

— À qui profite le crime.

— Oui mais là, ce n'est pas un meurtre.

— Ça ne change rien. À qui profite le suicide ?

— OK, j'y penserai. Ça te dérange pas que je réinterroge ta fille ?

— Tu vas avoir du mal, elle m'a rejoint juste après l'enterrement. Elle en avait bien besoin.

— Bon, je me débrouillerai sans vous.

Il appelait son ancien chef pour avoir des réponses, le voilà avec des questions en plus. Et il sait que du fond de son transat, Sorge a parfaitement raison. Plus le portrait d'Abishin s'éloigne du citoyen modèle, moins la thèse du suicide tient.

Il résiste à l'envie de faire une petite séance de muscu, se douche et à 9 heures pénètre dans son bureau où l'attend déjà sa collègue.

— Bonjour Jo, tu sais si notre nouveau patron va passer au bureau aujourd'hui ?

— Vers 10 heures, on reçoit une fille et sa mère. La petite amie du suicidé de mercredi dernier. Pourquoi ? Il y a des nouveaux dossiers ?

— Oui. J'ai deux affaires en attente. Il faudrait que vous vous déplaciez.

— Dis toujours, on n'a rien de prévu pour cet après-midi.

Elle allait lui faire un topo mais on frappe à la porte.

— Oui.

Xavier, de l'équipe de nuit.

— Salut Camille. Jo, je voulais te voir au sujet du gars qu'on a arrêté ivre après ton coup de fil dimanche soir.

— Oui. Il y a un problème ?

— Non aucun, mais il passe devant le juge demain après-midi. Si tu pouvais me faire un petit rapport sur sa conduite rue Combe des dames, ça appuierait notre dossier.

Thorez hésite, bafouille un vague oui.

— Qu'est-ce qui se passe ? Ça te pose un problème ?

— Je vais te parler franchement. Je connais le gars.

— Ah, merde. Tu as peur de te fâcher avec lui. Mais tu lui as peut-être sauvé la vie ou évité qu'il cause des dégâts.

— Non, c'est pas ça...

— C'est quoi alors ?

— Ben… je n'étais pas en très bons termes avec lui.

Xavier ne dit plus rien. Il réfléchit. Il comprend.

— Merde, Jonathan ça ne se fait pas. T'aurais dû au moins nous prévenir.

— …

— Fais-nous au moins une dénonciation anonyme. Ça pourra suffire.

Il referme la porte sans attendre de réponse.

Thorez n'ose pas regarder sa collègue. Elle reprend comme si rien ne s'était passé.

— Le premier dossier, c'est les deux tentatives de vol dans le quartier Vésone.

— Quoi ? Qu'est-ce que tu dis ?

— Les deux affaires en attente, la première c'est deux tentatives de vol avec effraction dans le quartier du musée.

— Ah !

Le téléphone du bureau sonne. Camille prend l'appel.

— Oui, bonjour madame. Non, il n'est pas encore arrivé, il y a le brigadier Thorez. Bien, je vous le passe.

Elle met la main sur le combiné.

— La mère de Mathilde Delmas.

— Oui, madame Delmas. Il y a un problème ?

— Bonjour brigadier. Ma fille ne pourra pas venir au commissariat aujourd'hui.

Il est plus agressif qu'il ne le voulait en lui répondant.

— Et pourquoi ça ?

— Elle n'en a pas la force. Elle est souffrante.

— Il me faudra un certificat médical.

— Bien sûr. Votre intervention l'a traumatisée.

— Mon intervention ?

— Elle a très mal vécu vos accusations.

— Mes accusations ! Mais madame Delmas, il est strictement interdit en France de détruire de l'argent.

— Vous l'avez vue mettre personnellement l'argent dans la poubelle ?

— Oui.

— Elle m'a pourtant affirmé que vous aviez dû fouiller les autres containers pour retrouver le sac. Mais elle s'est peut-être trompée.

— Non, effectivement. Madame Delmas, vous avez parlé à un avocat ?

— Oui, j'allais y venir. Si vous désirez entendre ma fille sur le suicide d'Ali Abishin ou sur tout autre sujet, j'aimerais à présent que vous vous adressiez à Me Delmas, notre avocat.

— Bien. J'informe immédiatement mon supérieur hiérarchique, le capitaine Fuillard, de vos nouvelles dispositions. Bonne journée, madame.

Il ne repose pas le combiné, compose le numéro qu'il connaît déjà par cœur.

Au bout de dix sonneries :

— Oui j'arrive, je suis à Périgueux.

— Non, ce n'est plus la peine. La mère vient d'appeler. Sa fille est souffrante, elle ne se présentera pas. Elle nous fournira un certificat.

— Tu m'étonnes, elle est médecin !

— Ah oui, c'est vrai. En plus, si on veut lui parler de nouveau, il faut passer par un avocat, Me Delmas.

— Elle a expliqué pourquoi ?

— Non. Elle était même assez froide.

— Donc on n'a plus rien à faire ce matin.

— Non, mais il y a les affaires courantes.

— Tu t'en charges. Je n'aurai pas le temps aujourd'hui. Et j'ai encore deux jours de congés à récupérer.

— Bon, on ne se voit plus avant dix jours alors. Samedi je pars en altitude pour préparer ma course.

— OK, ça marche. Sauf s'il y a du nouveau.
— OK, on se tient au courant.
Il raccroche avec la très forte impression que son supérieur a autre chose à penser que la résolution de leur affaire.
— C'est quoi ces deux tentatives de cambriolage ?

# 46

— Je vais pouvoir rester avec toi chez le serrurier, la mère de la gamine vient de nous faire faux bond.

— Elle a donné quoi comme excuse ?

— Sa fille est souffrante et elle, elle est médecin.

— Je vois.

— Qu'est-ce que tu espères du serrurier ?

— Il m'a affirmé que ce genre de clés ne pouvait pas être dupliqué facilement. Ça serait bien de retrouver l'artisan qui aurait très récemment fait une copie pour un jeune lycéen.

— C'est peut-être une vieille copie.

— Peut-être. Mais je commence à m'ennuyer un peu. Ça me démange de reprendre du service.

C'est le même homme qui est derrière le tour. Il relève ses lunettes de protection sur le front et leur fait un grand sourire.

— Je plaide coupable.

— Pardon.

— Si vous revenez me voir, c'est que vous avez dû trouver des doubles au lycée. Et j'avoue, il m'est arrivé deux fois d'en faire discrètement. Ça me plaisait de continuer la tradition. Déjà quand j'étais lycéen on monnayait les doubles pour dix francs de l'heure. Ça m'amusait, mon fils me dit que c'est maintenant dix euros. Je ne pensais pas que ça servirait pour ça. Je suis désolé.

— Vous avez fait le double pour Ali Abishin ?
— NON ! Pas du tout ! La dernière que j'ai faite remonte à deux ans. Mon fils est en fac maintenant. Mais c'est peut-être une de celles-là qu'il a utilisée.
— Peu de chances. Il y en avait encore quatre dans le bureau des surveillants.
— Il y a un autre artisan dans le coup, alors.
Hautemer lui tend la clé.
— Oui, c'est ce modèle. Il faut du matériel professionnel pour les refaire mais c'est pas très compliqué.
— Merci.

— Bon, tu veux que l'on fasse le tour des serruriers de la ville ou tu as d'autres pistes ?
Hautemer le regarde en souriant.
— Tu veux que je te dépose au centre équestre ?
— Oui, je crois que c'est la seule piste intéressante pour moi dans cette affaire.
— Pas de problème.
Il laisse la 106 à son collègue sur le parking.
— Je rentre à pied.
— On part à midi, ne sois pas en retard.

Elle est sur le même cheval que la dernière fois. Un géant gris clair. Elle enchaîne deux obstacles que Fuillard estime à plus d'un mètre de hauteur. Le cheval est luisant de sueur. Elle doit reprendre son souffle pour lui parler.
— Tu viens partager mon sandwich ou m'inviter à déjeuner ?
— Ni l'un ni l'autre. Juste te saluer.
— C'est gentil.
— Tu as l'air bien essoufflé, je croyais que le cheval faisait tout.
— Tu n'es jamais monté à cheval ?
— Une fois.
— Et tu n'as pas aimé ?

— C'est le cheval qui n'a pas aimé. Tu as un peu de temps à m'accorder ?

— Non, pas une minute.

— Ah, dommage.

Elle est contente de son effet.

— Non, parce que j'enchaîne tous les chevaux que je dois monter aujourd'hui pour me libérer plus tôt ce soir.

— Tu as un rendez-vous ?

— Oui, enfin, si tu acceptes de passer la soirée avec moi.

— Volontiers. Tu as fixé un programme ?

— On va rester classique. Un verre en ville, un cinéma et si ça te dit, un petit plateau repas à la maison.

— Mais ça me dit parfaitement.

Il fait une pause, elle comprend.

— Mon fils est reparti. Il m'a dit qu'il t'avait croisé.

— Oui, hier. À quelle heure ce soir ?

— 18 heures.

— Parfait.

— Je le marche cinq minutes et après je passe à notre petite merveille.

— Une merveille ?

— Le cheval du fils du médecin.

— Pourquoi ? Il ne le monte pas tout seul ?

— Rarement en dehors des compétitions.

— Tu veux dire qu'il pose ses fesses dessus juste pour les compétitions et c'est toi qui fais tout le travail ?

— Oui. C'est souvent comme ça. Ça fait partie de mon métier. Mais avec lui, c'est un vrai plaisir. Si tu as le temps, reste pour voir.

Elle descend avec légèreté. Elle paraît toute petite à côté de l'animal. Elle le ramène à l'écurie. Le cheval est encore plus impressionnant dans la pénombre de son box.

— Tu n'as jamais peur ?

— Si. Mais pas des chevaux ?

— De quoi alors ?

Elle pose la selle sur la porte du box. Et le regarde dans les yeux.

— De mes sentiments.

Il l'attire à lui et l'embrasse.

— Tu as raison.

Le box à côté est vide. Le contraste entre la blancheur de la peau de Maria et le jaune doré de la paille le trouble. Il arrive avec vingt minutes de retard au gîte.

# 47

Ils se répartissent dans les deux voitures. Fuillard, Hautemer et Marionville dans la 106, sa sœur et son beau-frère dans la Renault Espace avec Isabelle. Elle les a laissés tous les trois ensemble. Elle sait à quel point leur dernière affaire les a rapprochés. Et elle se doute aussi qu'ils seront incapables de ne pas parler travail. Le restaurant a été repris par une franchise. Il y a un peu moins de personnel mais le cadre est toujours incroyable. La petite terrasse juste devant la rivière. La roue du moulin qui tourne lentement. Le vieux pont en pierre d'où les touristes prennent le restaurant en photo. La passerelle en bois couverte de fleurs. De l'autre côté de la rivière, le parc avec ses sept petites chapelles tout autour. Le paradis sur terre.

Betty a insisté pour avoir le seul menu avec les prix affichés. Elle a refusé tout net quand Hautemer a proposé de payer les vins. Elle est rayonnante. Elle a même tenté une touche de maquillage.

— À mon dernier repas !

— À toi !

— À nous !

Le talent de Betty pour faire parler tout le monde fait merveille. Elle se régale aussi à raconter l'arrivée de Fuillard, petit provincial, au 36 Quai des Orfèvres il y a plus de vingt-cinq ans. Son changement quand il a connu sa femme. Elle n'évoque pas la prise en main du bureau par

Beaulieu. Tout le monde donne son avis sur le premier tour des élections de dimanche pour faire plaisir au beau-frère. Isabelle promet de revenir avec Dimitri et elle parle de mariage à la grande surprise de Hautemer. Trois heures en dehors du temps. Ils passent directement par la petite passerelle en bois pour une promenade digestive. Un père compte à haute voix pendant que son petit garçon fait le tour du parc en passant devant chaque chapelle. Fuillard se remémore en souriant.

— Deux minutes et trente-cinq secondes.

Hautemer lui demande de quoi il parle.

— Le record de Nathan.

— À quel âge ?

— Le jour de ses cinq ans.

Ils se retournent tous les deux. Sa sœur est en larmes. Elle le regarde.

— C'est la première fois que tu reparles de lui.

Il lui sourit.

— Ce ne sera pas la dernière.

La sonnerie du téléphone de Marionville sauve tout le monde.

— Oui… Bonjour Pierre… Un peu mais ce n'est pas grave, qu'est-ce qui se passe ? Non, personne ne m'a appelée de Toulouse. C'est pas grave, donne toujours. Tu es sûr ? Le médecin, tu lui fais confiance ? OK, je transmets à mes collègues. Merci.

Elle s'adresse à Fuillard.

— Dis donc, ton lycéen, pour finir c'est un méchant ou un gentil ?

— On ne sait plus bien. Il a des choses à se reprocher, ça c'est sûr. Mais ça n'a plus beaucoup d'importance.

— Si.

— Pourquoi ?

— Parce que c'est sûrement un meurtre.

Fuillard et Hautemer réfléchissent et presque en même temps :

— Impossible !

— Je ne connais pas le scientifique de Toulouse qui a fait les analyses mais pour lui, à plus de quatre-vingts pour cent, le gamin était déjà mort.

— Impossible. C'est quoi tes analyses ?

— J'ai demandé à comparer les parties fracturées de l'axis. La fracture est antérieure à la combustion.

— Sois plus claire.

— La deuxième vertèbre cervicale, l'axis, se trouve juste à l'arrière du crâne. Elle possède une apophyse sur sa face supérieure, un genre de pointe qui s'articule avec la première vertèbre, l'atlas. Sur le cadavre, cette apophyse était fracturée. Et grâce à des analyses assez précises, mon collègue estime que l'os était déjà fracturé avant l'incendie.

— Et ?

— Et cette fracture est mortelle dans cent pour cent des cas. C'est ce que vous appelez le coup du lapin.

— Pourquoi l'autre médecin ne l'a pas vue ?

— Il a fait cette analyse pour les plus grosses fractures osseuses, celle du bras et de l'épaule et celles-là sont bien postérieures à l'incendie. Elles ont été occasionnées par la lance à incendie quand le corps a été projeté contre le mur du fond. Il n'a pas pensé à cette petite fracture à l'arrière du crâne. Je lui avais déjà fait la remarque, mais là il n'est pas prêt de refaire la même erreur.

— Impossible.

— Écoute, quand je dis quatre-vingts pour cent, ce n'est pas cent pour cent. Je ne connais pas le collègue, les manipulations sont extrêmement délicates.

— Mais merde, cinq minutes avant, il parlait à sa copine au téléphone !

— On a pu le tuer juste après. La réaction sanguine au niveau de l'os est immédiate. Ou alors, la fille t'a menti, ou bien, il avait déjà l'os fracturé et il était toujours vivant, je ne sais pas. Il se peut aussi que l'analyse soit fausse et que l'os se soit fracturé contre le mur à cause de la force de l'eau. Je ne sais vraiment pas quoi te dire de plus.

— Oui. Excuse-moi de m'énerver. On verra ça plus tard. Il me reste encore un peu de mon alcool de pomme. Ça vous dit ?

— Parfait.

— Je passe juste un coup de fil à Thorez, qu'il réfléchisse à tout ça avant de partir à la montagne.

# 48

— Ça change tout.

— T'emballe pas non plus. Pour moi, ça ne change pas grand-chose.

— Il a dit combien ? Quatre-vingts pour cent ?

— Oui, mais Betty est plus circonspecte. C'est une analyse très difficile à réaliser. Il a pu se planter.

— Et elle ne peut pas la refaire ?

— Impossible. Ça coûte trop cher et je te rappelle que l'enquête officielle est terminée.

— Oui, c'est vrai. Tu passes au bureau aujourd'hui ?

— Non, je ne crois pas. On est encore à Brantôme. Il y a une heure de route et après je suis pris. On verra ça demain.

— OK.

Il se dirige vers le quartier Vésone. Il a rendez-vous avec le couple de retraités dont la maison a été fracturée il y a deux jours.

— C'est pas possible !

Il fait demi-tour. Dix minutes plus tard, il monte les marches de son appartement, se déshabille, enfile le bas de survêtement et se plante devant le tableau blanc. Et mentalement se résume l'affaire.

Il laisse une lettre d'adieu, il appelle sa copine, il vole le bidon, il achète l'essence, son ADN est authentifié par le labo de Bordeaux. Il doit être expulsé dans deux mois.

La porte est fermée à clé. Mais on ne l'a toujours pas retrouvée à l'intérieur. C'est le seul point qui irait dans le sens d'un meurtre.

— Ça fait léger.

Il trépigne sur place. Il sait bien qu'il doit se mettre totalement au repos. La prochaine course sérieuse est prévue dimanche matin à Font-Romeu. Mais il faut qu'il bouge. Il s'assoit sur son vélo d'appartement et commence à pédaler en regardant le tableau. Au bout de vingt minutes, il accélère le rythme. Malgré les dix-huit degrés que la climatisation maintient dans la pièce, il commence à transpirer. Il s'arrête net. Se rapproche du tableau. Détache la première feuille, la dépose sur le bar et sur la suivante, écrit : Trouver témoin qui aurait vu quelqu'un sortir de la salle.

17 h 05 précisément. Cinq minutes après la sonnerie qui met fin à l'entraînement. Il repose le feutre et recommence à pédaler. Il augmente la résistance de la roue. Dix minutes plus tard, il ajoute : Voir les différentes sorties possibles de l'enceinte du lycée, grille principale, porte salle de sport, internat Saint-Joseph, lycée Saint-Joseph.

Il essuie la sueur sur son visage avec un drap de bain qu'il étend sur le banc de musculation, s'allonge et commence à soulever la barre à vide. Il augmente le poids en entrecoupant avec des séries d'abdominaux.

Il écrit : Comment et quand le meurtrier s'est procuré la clé ?

Dix minutes encore.

Où était le meurtrier avant le meurtre ? Témoins qui l'auraient vu. Et encore : Comment il l'aurait attiré dans le local ? Pourquoi ? Mobile ?

Au bout de deux heures, il est épuisé. Certainement plus de réfléchir que de soulever de la fonte. Il ouvre son container à eau froide. Y jette des plaquettes de glaçons. Ôte son pantalon et se plonge nu dans le bac. Il laisse dépasser sa tête pour regarder le tableau. La porte de sa chambre est entrouverte, il voit son écran d'ordinateur. Il ne pense pas une seconde à entrer la séance de musculation du jour dans son programme d'entraînement. Non, il pense à toutes les caméras de la ville. Celles de la police municipale, mais aussi celles des banques qui filment devant leur trottoir, celles de la préfecture, celles du musée. Il ne croit absolument pas à la thèse du meurtre, mais s'il y a vraiment un assassin, il a dû quitter la salle entre 17 h 05 et 17 h 10. Il serait incroyable qu'il n'apparaisse sur aucun enregistrement. Il n'a aucune idée du mobile, aucune idée de comment il a attiré Ali Abishin dans ce local, comment il l'a obligé à appeler sa copine. Mais il sait qu'il a dû sortir du lycée après le meurtre. Par contre, s'il était garé juste à proximité, ce qui n'est pas facile à cette heure-là un jour de semaine, il n'apparaîtra sur aucun enregistrement. Il sait de mémoire qu'il n'y a pas de caméra à côté de l'établissement scolaire. Mais dans tous les autres cas, il passera devant au moins une des caméras de la ville.

Il doit se procurer un plan du centre-ville, y visualiser les zones couvertes par la vidéo-surveillance et juxtaposer tous les itinéraires possibles d'un individu qui quitterait le lycée à 17 h 05 précises et qui rejoindrait soit la gare, soit un des grands parkings de la ville ou même qui se dirigerait vers le quartier de l'ancienne gare routière où se déroulent les petits trafics de la ville. Il n'oublie pas que le mobile le plus probable serait une histoire de drogue.

Il sait quoi faire de sa soirée.

Il sort du bac, s'essuie rapidement, compose le numéro d'un de ses collègues. Il met l'appareil sur haut-parleur pour pouvoir continuer à se sécher tout en lui parlant.

— Salut Rémi, c'est Jonathan Thorez du troisième bureau.

— Ah bonsoir, tu as besoin de quelque chose ?

— Oui. Je voulais savoir si vous avez toujours le plan de la ville où vous aviez hachuré les zones couvertes par les différentes caméras de surveillance.

— Celui qui était affiché au mur ?
— Oui, c'est ça, le grand.
— Je pense que Michel a dû le ranger dans notre armoire tout en bas.
— Je peux vous l'emprunter ?
— Oui bien sûr, mais je ne te garantis pas qu'il soit à jour.
— Il y a au moins les vingt-deux caméras que le maire a fait installer depuis deux ans ?
— Oui. Mais je sais qu'il a autorisé deux ou trois commerces cette année à s'équiper. Je ne suis pas sûr que Michel les ait rajoutés.
— Je l'appellerai pour savoir. Vous fermez vos bureaux ?
— Non, jamais. La clé de l'armoire est dans le pot à agrafes sur l'étagère juste à côté.
— OK. Merci.
— N'oublie pas de la remettre à sa place, tu connais Michel.
— Ne t'inquiète pas. Bonne soirée.

Il passe juste un pantalon de survêtement, un tee-shirt et enfile ses baskets de course sans chaussettes. Le commissariat est pratiquement désert. Le bureau se trouve au rez-de-chaussée. L'armoire métallique n'est même pas verrouillée. Il l'ouvre et trouve le plan. Sur la pile à côté, des plans identiques en format A3, mais sans les zones de surveillance. Il en emprunte cinq ou six. Il allait ressortir, mais avant de refermer la porte, il se rend compte que le bureau juste à sa gauche est celui de Xavier. Sur le plateau une petite pile de feuilles blanches pour les rapports d'incidents. Il hésite.
— Pas le temps !
Il referme la porte.
Il monte son escalier quatre à quatre. Laisse ses chaussures au milieu du palier, enfile ses tongs japonaises et franchit sa porte. Il réfléchit au meilleur endroit pour accrocher le plan. Aucun mur suffisamment dégagé pour

les deux mètres de long. Il pousse le tabouret du bar, la petite commode et la table basse. Voilà un espace suffisant au sol. Il peut même tourner autour. Il repère les vingt-deux ronds des caméras de la mairie. Et en plus petit, de forme ovale, les caméras des banques et autres commerces sensibles. Il localise le lycée.

Première chose à faire, noter tous les itinéraires possibles partant du point central. Les chronométrer. Puis les faire coïncider avec les zones de surveillance.

Il saisit un calepin. Il cible en premier les trajets qui mènent à la gare. Écrit même sur son tableau blanc : Horaire du premier train pour Bordeaux après 17 h 00. Puis : Caméras des parkings souterrains.

L'un des itinéraires passe devant la maison d'arrêt. Deux grands ronds hachurés couvrent le parking jusqu'au feu de la rue Clos Chassaing. Il sourit. Sourire qu'il perd quand il voit se multiplier de façon exponentielle le nombre de trajets possibles. Fois deux ou fois trois à chaque intersection. Il va y passer la moitié de la nuit. Autre problème, aucune caméra sur la partie nord du plan. Si l'improbable assassin est parti vers la campagne en passant par la côte de la Grenadière, impossible de le repérer.

22 heures. Il a sélectionné dix-huit itinéraires. Soit ils aboutissent à la gare, soit sur les deux ou trois parkings de la ville, soit ils s'éloignent du centre-ville par les principaux axes routiers. Aucune caméra à plus de trois kilomètres.

Son programme est simple. Il a préparé plusieurs plans de la ville avec les zones couvertes par une caméra délimitées par un cercle bleu. Il part du lycée et met le chronomètre de sa montre sur zéro. Et à chaque fois qu'il entre et sort d'une zone filmée, il note le temps. Il ne lui restera plus qu'à les superposer sur le plan au sol pour avoir tous les créneaux horaires par caméra susceptible d'avoir vu passer l'assassin. Demain matin, il demande tous les enregistrements correspondants et recherche un homme qui se retrouverait sur plusieurs zones du même trajet.

Il met ses chaussures de marche et sort du commissariat, son carnet à la main et sa montre au poignet.

Il rejoint le lycée à pied.

Ils ont enfin enlevé la porte déformée. La circulation commence à se faire plus rare. Il faudra qu'il tienne compte de ce facteur. À 17 heures un jour de semaine, il aurait mis plus de temps pour traverser chaque rue. Surtout les grands boulevards des allées Tourny. Il appuie sur le chronomètre et part vers la gare par le chemin le plus court. Il marche rapidement mais attend toujours deux ou trois secondes avant de traverser les chaussées. Dix-sept minutes plus tard, il entre dans le vaste hall. De tous les itinéraires possibles à partir de la place Plumancy, il n'a gardé que deux possibilités. Les autres ont la même durée et ne passent pas devant une caméra intermédiaire. Le retour vers le lycée ne lui sert à rien. Une demi-heure plus tard, il arrive de nouveau sur les quais. 23 h 15, il n'a fait que deux parcours. Retour au lycée. Il enchaîne avec le centre-ville, des parcours plus courts avec plus de possibilités mais aussi plus de caméras. Il a ciblé les deux parkings principaux. Celui des allées Tourny et celui des quais de l'Isle, plus les deux parkings souterrains où il compte récupérer les vidéos de surveillance demain.

Chaque retour est une perte de temps. Il arrive cinq fois à la cathédrale et trois fois route de Paris, deux fois sur le pont des Barris, direction Brive avec le grand parking des quais en contrebas et son unique caméra à l'entrée. Il passe souvent devant le tribunal, devant le musée et deux fois devant chez lui, le commissariat. Seul événement notable, à la sortie du cinéma, il tombe nez à nez avec Fuillard. Il est accompagné de la monitrice d'équitation. Ils sortent du cinéma vers minuit. Il arrête le chronomètre de sa montre et lui explique rapidement ce qu'il est en train de faire.

— Pas bête. Mais ça va te prendre des heures.

— Oui, je suis en train de m'en rendre compte.
— Bon courage. On se voit demain matin vers 9 heures. Si tu es rentré.
— Ah, ah, très drôle. Si tu arrives à te réveiller, je serai au bureau.

Son chef allait rejoindre la monitrice qui l'attendait quelques mètres plus loin quand il se retourne et ajoute, plus sérieux :
— Tu as pensé aux passages Daumesnil et Taillefer ?
— Ah merde ! Non.
— Les grilles sont fermées à cette heure. On verra ça demain.
— OK. Merci.
Ce sont deux passages entre les pâtés de maisons du centre-ville. Le passage Taillefer n'est qu'un grand escalier qui peut servir de raccourci vers la place Francheville. En principe, il ne doit pas lui rajouter d'itinéraires mais le passage Daumesnil a au moins quatre ou cinq accès différents. Dont une porte juste devant la cathédrale.
— Eh, merde !

Il enclenche de nouveau le chronomètre et reprend sa marche.
Il lui faudra encore plus de trois heures pour terminer ses relevés. Il rentre chez lui, ôte juste ses chaussures. Il reporte avec précision sur le plan au sol tous les créneaux horaires qui correspondent à chaque caméra. L'entrée dans la zone filmée et la sortie souvent une minute plus tard. Après plus d'une heure, il a pour chaque zone deux ou trois créneaux à demander. Il les note sur une feuille qui finit entièrement remplie recto verso. Les demandes de réquisition concernent une quinzaine de caméras en tout, huit de la ville, trois de banques ou de commerces, deux des parkings souterrains et celles des quais de la gare.
5 h 20 : il se rechausse, descend au commissariat, salue le planton de garde qui est surpris de le voir repasser, se

dirige vers son bureau, ouvre l'armoire et prend plusieurs formulaires de demande de réquisition. Il faut absolument qu'il les dépose avant 8 heures pour avoir une chance de récupérer les images pour midi. Il doit prendre les clés de sa location à Font-Romeu à 14 heures samedi. Il lui faut absolument les DVD le plus tôt possible demain.

À 6 heures du matin, tout est fini. Il dépose les formulaires à son collègue de l'accueil qui s'engage à les remettre en personne aux différents services en ville à la fin de sa journée de travail.

— Vraiment je te remercie.

— Pas de quoi. Va te coucher, tu as une tête à faire peur.

— Bon courage !

Effectivement, il n'en peut plus. Il ferme sa porte et se déshabille en se dirigeant vers son lit. Il s'écroule. Juste avant de sombrer dans le sommeil, il a la nette impression qu'il vient de faire tout ça pour rien.

# VENDREDI 19 AVRIL 2002

## 49

Il se demande d'où peut venir cette musique. Elle n'a rien à voir avec la mélodie de son portable. Rien à voir avec le vieux carillon de la porte extérieure de son appartement, celle juste en bas de l'escalier qui donne sur la rue. Il ne se souvient pas avoir déjà entendu cette sonnerie. Il regarde l'heure. 9 h 20.

— Merde.

Hier soir, il a oublié de programmer son portable pour le réveiller. Il avait rendez-vous avec Fuillard à 9 heures dans leur bureau. Ça lui revient, la sonnerie est celle de sa porte d'entrée en haut de l'escalier. Il a dû monter directement par l'intérieur du commissariat.

Quand il ouvre, il en a la confirmation. En plus, il n'est pas seul, il y a son collègue de Paris, Hautemer.

— On peut entrer ?

Il regarde leurs chaussures. Et eux regardent les deux paires lui appartenant qui traînent sur le palier.

— Tu veux que l'on se déchausse ?

— Oui, je préférerais.

Ils passent par le petit hall où les vêtements recouvrent une partie du sol. Les meubles poussés tout autour du plan de la ville donnent une impression de désordre.

— Je t'aurais imaginé plus maniaque.

Thorez regarde l'état de son appartement. En une semaine, l'évolution est incroyable.

— Oui, moi aussi. Désolé, j'ai fini très tard cette nuit.

— Mais tu vis dans un frigo !

— C'est beaucoup plus sain.

— Bon, j'ai réfléchi à tes recherches, ce n'est pas bête mais ça a dû te prendre un temps fou.

— J'ai fini à 6 heures. Le brigadier de garde a déposé toutes les demandes de réquisition à la mairie et dans cinq ou six commerces ce matin. Je pense que je peux réunir toutes les vidéos pour 14 heures.

Hautemer se rend compte aussi du boulot que ça représente.

— Donc, dès que tu as les images, tu veux relever tous les individus présents sur les bandes, faire des recoupements avec les parcours possibles pour voir si un suspect a pu s'enfuir du lycée juste après le meurtre ?

— Oui. On a l'heure précise du crime à la minute près grâce au coup de fil à la copine. 17 h 05. À partir de là, on peut être précis aussi sur les parcours. En plus, il ne s'agit pas de relever toutes les personnes qui sont sur les bandes mais seulement celles qui auraient le profil adéquat.

— Qui est ?

— Un homme. La présumée victime était sportive et musclée.

Fuillard est d'accord.

— Oui, moi aussi, je vois un homme, un jeune parce que pour l'instant comme mobile on ne peut avoir qu'une histoire de trafic de drogue. Pour moi, entre seize et trente ans.

— On a quoi comme enregistrements ?

— Les trajets passent devant huit des vingt-deux caméras de la ville. Les images sont stockées à la mairie pour six d'entre elles. Ils sont rapides, je suis sûr que vers 11 heures j'aurai déjà le DVD.

— Et pour les deux autres ?

Fuillard a insisté un peu trop en posant sa question. Thorez se met sur la défensive.

— Il y a un arrangement provisoire avec le maire. On lui prête un petit local ici pour les caméras du quartier. Ça revenait trop cher de tout ramener à la Police municipale.

— Ah.

Il se rapproche de la fenêtre de toit.

— Belle vue.

— Oui.

— Je peux ouvrir.

— D'habitude, j'aère toujours avant 6 heures du matin.

Trop tard, il se penche déjà au-dessus de la balustrade.

— Tu sais ce qui m'embête ?

— Non.

— C'est que même en me penchant dangereusement, je ne vois pas l'angle du boulevard Claveille et encore moins la façade de chez Mathilde Delmas. Juste un petit bout du parc Gamenson et encore.

— Qu'est-ce que tu insinues ?

— Je n'insinue rien. Je veux juste savoir comment ça s'est passé mercredi soir.

— Comme je te l'ai dit.

— Tu cours sans chaussettes, avec ton maillot de course à l'envers et en plus sans ta  montre GPR.

Hautemer le reprend.

— GPS, la montre.

— Oui, c'est pareil. Alors Jonathan ?

Il hésite.

— Bon, OK... J'ai dérivé les trois caméras de la ville qui arrivent au commissariat. J'ai vu sortir la fille sur l'une d'entre d'elles.

Il ne sait pas comment son supérieur va réagir.

— Tu peux nous faire voir ?

— Bien sûr.

Ils entrent dans la chambre. Jonathan allume les écrans. Il sélectionne la caméra, le jour et l'heure précise où Mathilde est sortie par sa fenêtre.

— Donc quand j'ai vu ça, je me suis rhabillé en vitesse et moins de deux minutes plus tard, je l'ai interceptée quand elle revenait vers chez elle.

— Donc tu ne l'a pas vue jeter le sachet dans le container ?

— Non.

— Tu as fait une demande de réquisition pour ces images ?

— Non, pourquoi ?

— Parce que si on peut récupérer ces images de façon légale, ça pourrait remotiver Mme Delmas à nous laisser réentendre sa fille.

— OK, je fais ça aujourd'hui. Les images sont conservées trois jours.

— Comment tu vas faire pour avoir celle de mercredi dernier ?

— Quand il y a un événement important les enregistrements sont conservés beaucoup plus longtemps. La mort du jeune a bloqué les vidéos.

Il leur montre sur le plan au sol les différents trajets. Ceux qui lui paraissent logiques pour une fuite. Fuillard connaît parfaitement Périgueux.

— Et tu n'as fait aucun itinéraire vers la campagne, vers le nord ?

— Pas la peine. Zéro caméra de ce côté. S'il a récupéré Champcevinel, impossible de le repérer.

Le téléphone de Thorez sonne sur le bar dans l'autre pièce. Il se dépêche d'attraper son appareil et de prendre la communication.

Les deux capitaines l'entendent jurer de la chambre.

— Eh merde !

Ils le rejoignent.

— Qu'est-ce qui se passe ?

— C'était le chef des pompiers, celui qui est intervenu sur l'incendie de la salle de sport. Ils ont retrouvé la clé.

— Comment ça ?

— La clé n'est pas allée jusqu'au filtre. Leur pompe déconnait depuis une semaine. Alors le gars de l'entretien mécanique a démonté tout le système hier après-midi. Et c'est notre clé qui bloquait les pistons. Une clé rectangulaire très épaisse avec deux billes plus foncées sur la longueur. Donc le gamin s'est bien enfermé tout seul avant de se faire cramer, par conséquent fin de la théorie du meurtre. J'ai passé une nuit blanche à moins de dix jours de mon trail pour rien du tout.

Il s'écroule sur la chaise la plus proche. Les deux capitaines sourient. Fuillard sort son double de sa poche.

— Est-ce que la description que le chef des pompiers t'a faite de la clé qu'il a retrouvée ressemble à ça ?

— Vous avez un double !

— Oui et il y en a encore trois dans le bureau du CPE du lycée et peut-être bien plus dans les poches des élèves de terminale.

Thorez réfléchit et avec un petit sourire s'adresse à son supérieur.

— Je croyais que l'on devait partager ses informations avec l'équipe.

— J'allais t'en parler. Donc ta théorie peut encore fonctionner. Même si je te l'avoue, je n'y crois pas une minute.

— Je peux te l'avouer aussi, je n'y crois pas beaucoup non plus.

Hautemer surprend ses deux collègues.

— Et bien moi, je serais moins catégorique que vous. Si ça ne te dérange pas Jonathan, je veux bien passer l'après-midi à faire les recoupements avec toi quand tu auras récupéré toutes les bandes.

— Pas de problème.

Il regarde de nouveau son portable.

— Attendez, Camille a essayé de me contacter ce matin. Elle m'a laissé un message.

Il l'écoute, l'air effaré.

— Vous n'allez pas me croire.

— Quoi ?

— Le médecin légiste a appelé ce matin. Il sait qui est le barbu.

Après un petit moment de silence.

— Alors, merde, c'est qui ?

— Il ne l'a pas dit. Il faut passer à son cabinet.

— Quel con ! On y va. Jonathan, tu te débrouilles pour avoir toutes les vidéos le plus tôt possible. Tu nous appelles quand c'est fait, on bossera à trois ici.

— D'accord.

# 50

Fuillard fonce le premier dans l'escalier.

— Oh ! Je sais que tu as repris la forme mais je suis encore convalescent, moi. Et descendre des escaliers me fait encore très mal.

— Excuse-moi. Son cabinet privé est à moins d'un kilomètre d'ici mais si tu préfères, on prend la voiture.

— Oui je préférerais, surtout si je dois remonter chez Thorez cet après-midi. Je me pose une question à son sujet.

— Vas-y.

— Comment il a fait pour mettre le container dans son appartement ? Il est plus large que la porte ou les fenêtres de toit.

— Et tu crois vraiment que ce genre de questions va nous aider à y voir plus clair dans notre affaire ? Vraiment ?

— Non. Mais je lui demanderai.

Il se gare à cheval sur le trottoir juste devant l'immeuble ancien où habite le docteur Hubert.

— Il habite au troisième, mais son cabinet est au rez-de-chaussée. Tu vas voir, il a un très bel escalier sans vis d'époque.

— Tu es sérieux, là ?

— Pas du tout. On y va.

La secrétaire les voit tout de suite arriver. Elle décroche son téléphone et avertit le médecin. Il arrive rapidement dans sa salle d'attente. Il avait peur que le policier entre directement dans son cabinet d'auscultation sans attendre. Mais il le trouve plus détendu que la dernière fois. Il lui tend même la main.

— Bonjour, je vous présente le capitaine Hautemer de Paris. Il nous aide à y voir plus clair dans toute cette affaire.

— Oui et vous n'avez pas encore vu ce que j'ai trouvé.

— Le barbu a essayé de vous recontacter ?

— Non, pas du tout. Je suis tombé dessus par hasard.

— À Périgueux ?

— Non, dans *Télérama*.

— Pardon ?

— Dans *Télérama*, le magazine télé. Attendez-moi trente secondes, je vais voir si ma patiente a fini de se rhabiller.

À ce moment-là, une vieille dame ouvre la porte derrière eux.

— Au revoir, madame Ficheux. Je vous appelle quand on aura les résultats de votre scanner. Vous pouvez me suivre.

Ils entrent dans son bureau. Le médecin passe derrière la table et leur tend effectivement le *Télérama* de la semaine dernière. Fuillard attrape l'hebdomadaire.

— Quelle page ?

— J'ai mis un repère, page trente-huit, je crois. Élisabeth m'a dit que ce barbu vous intriguait, alors j'ai pensé à vous dès que j'ai vu ça.

— Merde, juste là.

Il montre la photo à Hautemer.

— Je ne l'ai jamais vu, moi.

— Ah oui, c'est vrai. Mais tu peux me croire, c'est bien lui.

Il lit le titre.

— Festival du film de Berlin.

Sur trois photos, juste derrière la vedette américaine qui vient défendre le film *Vanilla Sky*, le barbu sans aucun doute possible. Fuillard se souvient.

— Sorge, la première fois qu'il l'a vu, a pensé à un acteur.

Le médecin se mêle à la conversation.

— Je vais très souvent au cinéma depuis quelque temps et je ne l'ai jamais vu dans un film. J'ai déjà vu celui-là et il ne fait pas partie de la distribution.

Fuillard retourne le magazine et montre l'acteur qui semble être l'objet principal de la photo.

— Et lui, là ? Je l'ai déjà vu dans un film il y a longtemps. Il est connu, il me semble…

Le médecin sourit et répond.

— Vous par contre, vous n'y allez pas souvent. C'est l'un des acteurs les plus connus au monde. C'est Tom Cruise.

Hautemer sourit aussi.

— Il n'y avait pas des avions dans le dernier film que tu as vu avec lui ?

Fuillard a moins envie de rire.

— Qu'est-ce que ce connard faisait à Périgueux ?

— Si c'est vraiment le même barbu qui se trouve partout dans notre affaire, il est très fort. Il est capable d'être ami avec le préfet, avec des éleveurs de chevaux et il ne craint pas de descendre dans une cave de la pire zone de Bordeaux.

Il regarde sa montre. Presque midi.

— On mange avec les femmes, ce midi ?

— Juste Betty. Ta sœur profite de son dernier jour de congé pour montrer Sarlat à Isabelle.

— Parfait, elle pourra nous dire ce qu'elle en pense. Monsieur Hubert, merci de nous avoir appelés et si jamais vous avez des nouvelles, n'hésitez pas.

— J'ai beaucoup de patients aujourd'hui. Je montre la photo à tous, on ne sait jamais. Vous pouvez en prendre une.

Il déchire la page et la tend au capitaine.

— Merci.

— Et… Je suis désolé pour l'erreur pendant mon autopsie. Je suis passé à côté.

— Pas de problème, Betty m'a expliqué que ce n'était pas évident à voir.

— Vous la saluerez de ma part et vous lui direz merci pour la leçon.

Ils roulent directement vers Champcevinel.

## 51

Ils arrivent au gîte. Betty est endormie dans un transat à l'ombre du cerisier. Ils n'osent pas la réveiller. Fuillard leur sert deux grands verres de vin blanc frais et ils s'installent à la table de la terrasse à quelques mètres d'elle.

— Vous repartez quand avec Isabelle ?

— Samedi dans l'après-midi, on enchaîne directement par les Alpes, chez ses parents.

— Son fils ne vit pas avec elle ?

— Non. Il habite chez ses grands-parents en pleine montagne. Il est adorable.

— Vous allez vous installer où ?

— Oh là, grande question ! Il faudrait que je demande ma mutation pour Grenoble ou Lyon. Le petit village de Saint-Égrève cherche désespérément une infirmière libérale. On hésite.

— N'hésite pas trop longtemps. Elle est vraiment super.

— Merci. Pour revenir à notre affaire, on aurait pu passer montrer la photo à Jonathan.

— Pas la peine, je suis sûr de moi. Et on le voit juste après le repas.

— Il est un peu spécial comme gars...

— Oui, je trouve aussi. Il passe toutes ses nuits à courir, faut être con pour faire ça, non ?

La voix de Marionville à peine réveillée les surprend.

— Ce n'est pas plus con que de rouler à deux cents kilomètres heure sur des autoroutes désertes pendant des heures.

— Ah, ah, très amusant. Depuis quand tu nous espionnes ?

— À l'instant. C'est quoi cette photo ?

— Hubert a trouvé une photo de notre barbu dans un magazine. Il se tenait juste derrière une vedette américaine au festival du film de Berlin.

— T'es sûr de toi ?

— Cent pour cent.

— Il a mis un nom ?

— Non.

— T'as pas un copain journaliste ?

— Je n'y ai pas pensé.

Après avoir fouillé ses poches pendant trente secondes, il court vers le gîte.

— J'arrive.

Il redescend, son portable à la main.

— Le Tulier, c'est Fuillard.

— Si tu m'appelles, c'est que tu as besoin de moi.

— Exact, mais c'est compliqué.

— Est-ce qu'il t'arrive d'avoir des affaires simples ?

— Pas en ce moment effectivement. Bon, je suis toujours sur l'enquête du gamin qui s'est immolé dans le sous-sol de la salle de sport d'un lycée de Périgueux.

— Oui, le jeune qui n'est pas si blanc que ça ?

— Voilà, tu as mis le doigt sur le problème. Il y a un type que ça a l'air d'arranger de noircir le tableau. Et ce type, je crois que je l'ai reconnu sur une photo.

— Et tu penses que je peux le connaître ?

— C'est une photo de magazine. *Télérama*.

— C'est un gars connu alors ?

— Pas tant que ça. Il est juste derrière un acteur américain très connu. Ça se passe au festival de Berlin.

— Le *Télérama* de cette semaine ?

— Non, celui de la semaine dernière.

— Décris-le-moi rapidement.

— C'est un barbu. Il est sur trois photos. Juste derrière Tom Cruise. Pages trente-six, trente-sept et trente-neuf.
— Bon, écoute. Je fais la recherche. Je vois avec notre spécialiste ciné, elle est juste dans le bureau d'à côté. Je te rappelle dans dix minutes.
— OK. Merci.

— Il se renseigne et il nous rappelle. Vous avez faim ?
Marionville s'excuse, elle n'est pas très en forme. Elle monte se coucher.
— On se fait les restes de foie gras ?
— Soyons fous.
— Reste assis.
Hautemer le voit revenir avec, sur un plateau, des toasts, une terrine et une bouteille de vin blanc.
— Laisse-moi deviner, pacherenc ?
— Perdu, monbazillac. Le pacherenc, c'est pour les grandes occasions.
Ils mangent en silence pendant dix minutes. Et Fuillard craque.
— À ton avis, il lui reste combien de temps à vivre ?
— Elle en a parlé avec Isabelle. Le mois dernier, elle a fait quinze jours d'hôpital non-stop. Elle ne pensait pas en ressortir. Elle est dans un rebond de forme. Les médecins appellent ça l'effet ping-pong. Les malades alternent des séjours à l'hôpital avec des sorties pour des périodes de plus en plus courtes. Chaque nouvelle hospitalisation peut être la dernière.
— Et moi qui la fais chier avec mon enquête…
— Je te l'ai déjà dit. C'est un super cadeau que tu lui as fait.
— Peut-être.
— Et tu peux lui en faire un autre.
— … ?
— Maria.
— On verra.

Le téléphone sonne sur la table. C'est Le Tulier. Il arrive à mettre l'appareil sur haut-parleur.

— Alors tu as trouvé quelque chose ?

— Oui. Tu es dans la merde. Et pas qu'un peu.

— Quoi ? C'est la mafia ?

— Pire. L'Église de Mythologie.

— Qu'est-ce que c'est que ces conneries. Un curé ?

— Non, ça n'a rien à voir. C'est l'une des sectes les plus puissantes du monde. Et ton barbu est le numéro 3 pour l'Europe. Barthélémy Lavogier. Un franco-américain de trente-huit ans. Et la blonde qui est à côté de lui sur les clichés est Ellen Smith, la nounou mythologue de ton acteur américain.

— Qu'est-ce que cette secte fout dans mon enquête ?

— On en a parlé avec le service politico-judiciaire du journal. C'est pour ça que je te rappelle seulement maintenant. Pour les collègues, ça ne peut avoir un rapport qu'avec les élections présidentielles de dimanche. Ils rendent service à quelqu'un de haut placé.

— C'est possible ça ?

— Ça leur ressemblerait même. Je vais te filer le numéro d'un juge à Lyon qui a pas mal travaillé sur eux.

— Attends, je vais chercher de quoi noter.

Hautemer lui tend un stylo et il attrape une serviette en papier qui traîne sur la table.

— Vas-y !

— C'est le juge Renard à Lyon.

# 52

Ils attendent d'avoir fini le repas pour appeler le magistrat. Ils se présentent à son secrétariat, expliquent dans quel cadre ils se permettent d'appeler. La secrétaire prend leurs coordonnées et précise que le juge les rappellera rapidement. Dix minutes plus tard, quand il amène deux cafés, le téléphone sonne. C'est un numéro inconnu.

— Capitaine Fuillard ?

— Oui.

— Georges Renard. Vous vouliez me parler de l'Église de Mythologie ?

— Oui, peut-être. Je mène une enquête sur un jeune sans-papiers qui s'est suicidé pour échapper à l'expulsion. C'était un gamin sérieux, premier de classe, aucune ombre au tableau. Et plus l'enquête avance, plus la réputation du gamin est noircie. Drogue, trafic, agressions et autour de la découverte de tous ces délits, on retrouve Barthélémy Lavogier. Et…

Le juge le coupe, sûr de lui.

— Opération noire.

— Comment ?

— Opération noire. Vous m'avez tout l'air d'être au cœur d'une opération de manipulation d'opinion publique. Ce qu'ils nomment dans leur jargon mythologue, une opération noire.

Les deux capitaines restent sans voix. Le juge reprend.

— Oui, je sais, ça paraît incroyable. Comme dans un film d'espionnage. Mais pour eux, c'est quasiment une opération de routine. Ils ont un service affecté uniquement à ça : l'OSA, Office of Special Affairs. C'est du sérieux.

— Dans quel but ?

— Se placer à des postes influents. Des postes de pouvoir. Aux États-Unis, ils sont considérés comme une nouvelle Église. En Europe, les pouvoirs publics sont plus méfiants. Elle fait partie du rapport parlementaire sur les mouvements sectaires. Le Tulier m'a parlé du festival du film de Berlin. Ils en ont profité pour rencontrer l'ambassadeur américain en Allemagne pour qu'il essaie d'influencer les pouvoirs publics allemands. Qui refuserait un repas avec un des acteurs les plus populaires au monde ?

— Dans mon enquête, on est presque certains que Lavogier a essayé d'influencer un témoin pour qu'il parle à la presse. On est presque sûrs aussi qu'il a fait un cadeau à un de nos médecins légistes. On a même une analyse d'un légiste de Toulouse qui vient avec une semaine de retard contredire totalement la thèse du suicide pour orienter l'enquête vers un crime crapuleux. Ils seraient capables de faire tout ça ?

— Sans problème. Je n'ai pas le droit légalement de vous dire que c'est eux. Même si je vous appelle avec une ligne sécurisée. Mais il me semble que ça ressemble énormément à leurs méthodes.

— Ça fait peur.

— À juste titre. C'est pour ça que je me bats contre eux.

— Vous croyez que je peux entendre Lavogier comme témoin ?

— Oh, là ! À une seule condition, que vous soyez sûr à mille pour cent que vous avez agi tout au long de votre enquête dans un cadre strictement légal.

— On doit être plus près du un pour cent que du mille. Notre enquête est même officiellement classée par le juge Leprince depuis trois jours.

— Donc, laissez tomber. Ils vont vous massacrer devant les tribunaux. C'est leur deuxième force. Ils sont ultraprocéduriers. J'en suis personnellement à dix-huit procès contre eux.

— Vous les avez amenés dix-huit fois devant la justice ?

— Non. Vous ne comprenez pas. Ils m'ont amené dix-huit fois devant la justice. Ils ont perdu à chaque fois, mais ça m'a coûté une fortune en frais de procédure. C'est une méthode classique de tous les grands groupes. Ils affaiblissent leurs adversaires en les faisant crouler sous les frais. Leurs moyens à eux sont, en ce moment, quasiment illimités.

— Donc pour vous, il vaut mieux que je laisse tomber.

— Ça me paraît mal embarqué. En plus, il me semble que la victime n'a plus de famille.

— Oui, c'est exact.

— Donc si vous les affrontiez, ça ne changerait pas grand-chose pour la mémoire du jeune homme.

— Non, effectivement.

— Vous faites ce que vous voulez, mais vous risquez personnellement beaucoup pour presque rien à l'arrivée. Surtout que devant les tribunaux, vous risquez de perdre.

— Bon, je crois que je vais écouter vos conseils. Merci encore d'avoir rappelé.

— De rien, bon courage.

Il raccroche.

— Putain ! Qu'est-ce que tu en penses ?

— Comme toi. Ça fait peur.

## 53

Il a pris une demi-heure pour ranger son appartement après le départ des deux capitaines. Il enrage d'avoir été percé à jour par Fuillard aussi facilement. Il le revoit encore se pencher par sa fenêtre.

— Quel con !

Il a rempli un nouveau formulaire de demande de réquisition pour les images de Mathilde Delmas en train de sortir par sa fenêtre.

À 11 h 30, il descend dans son bureau. Camille lui annonce qu'elle a reçu confirmation que toutes les images demandées étaient prêtes. Elle lui conseille de passer d'abord par les banques parce qu'elles ferment entre midi et deux. Elle lui annonce aussi que son collègue Xavier est passé pour le voir.

— Je ferai ça cet après-midi. Je fonce pour les vidéos.

— Désolé pour ce matin, je n'ai pas eu le temps de te prévenir pour le chef.

— Pas de problème. Il sait que j'ai bossé toute la nuit.

— Tu sais s'il repasse par ici aujourd'hui ?

— Je ne crois pas. Lesieur lui a redonné ses trois jours de congé lundi soir. Pourquoi, tu veux le voir ?

— Le garage a appelé, sa voiture est prête.

— Je dois le voir à 14 heures, je lui dirai.

— Tu peux aussi passer voir les deux retraités de Vésone. Ils ont encore appelé. La mamie a l'air traumatisée, en plus tu dois récupérer les bandes vidéo du musée. C'est à deux rues.

— OK. Je m'en occupe.

La chaleur dans les rues du centre-ville est retombée de quelques degrés aujourd'hui. La période caniculaire de ce début de printemps semble passée. Il serait presque tenté de faire le ramassage de ses vidéos à pied. Mais il n'aura jamais le temps. Il commence effectivement par les banques. Les directeurs ont parfaitement joué le jeu. Il récupère quatre DVD avec les plages horaires parfaitement délimitées à la seconde près. Idem pour le responsable de la sécurité du musée, cinq créneaux précis. Il doit signer six formulaires différents pour avoir les enregistrements du secteur de la maison d'arrêt. Il sait qu'un double sera envoyé au commissaire Lesieur. Il ne sait pas comment il va justifier cette demande. Ses recherches sur les trafics de drogue au lycée peut-être, mais le bâtiment est à plus d'un kilomètre de l'établissement scolaire. De toute façon, il ne revient que lundi au commissariat. Lui, il sera à la montagne. Les collègues de la Police municipale essayent de le retenir pour l'apéro. Il leur promet de repasser.

13 h 20. Il rentre chez lui avec douze DVD.

— Merde, les deux petits vieux de Vésone !

Il demandera à Fuillard de s'en occuper. Son appartement est mieux rangé. Il avait posé son après-midi pour le nettoyer impeccablement avant sa semaine à Font-Romeu. Mais trop tard, il est impatient de commencer ses recherches. Hautemer a promis d'être chez lui à 14 heures, mais c'est son capitaine qui doit l'amener. Avec lui, on ne sait jamais. Il prend vingt minutes pour manger et décide de préparer sa valise pour le lendemain.

14 h 30. La sonnette de la rue retentit. Il ouvre avec l'interphone et attend en haut des marches. Il voit Hautemer peiner pour les gravir.

— Elle date de quand ton opération ?

— Bientôt trois mois.
— Tu as perdu beaucoup de masse musculaire ?
— Ma cuisse droite a fondu de moitié. La gauche a compensé.
— Tu as un programme de muscu spécifique ?
— Non. Mais tes escaliers sont pas mal pour ça.
— Entre. Je te parle sérieusement, je pourrais te donner des conseils. J'ai même un appareil d'électrostimulation en trop, si ça te dit.
— Pourquoi pas.
— Fuillard ne vient pas ?
— Non. Je m'assoie et je t'explique.
Ils s'installent directement devant l'écran d'ordinateur. Thorez a tout préparé. Le lecteur DVD relié à un écran qu'il a amené de sa chambre dans la pièce principale. Il a accroché une nouvelle feuille blanche à son tableau. Préparé des marqueurs de différentes couleurs. Le plan est toujours au sol. Il a ajouté dessus la nouvelle zone filmée du musée Vesunna.
— Donc, il n'est pas venu parce que nous avons réussi à identifier le barbu…
— Oui, j'attendais votre coup de fil.
— On vient juste d'avoir la confirmation par son copain journaliste et par un juge de Lyon.
— De Lyon ?
— Oui, le juge Renard. Il nous a confirmé que toute l'affaire était certainement orchestrée par une secte. La Mythologie.
— Qu'est-ce que c'est que ces conneries ?
— Le gamin est certainement clean. Le barbu, qui s'appelle Barthélémy Lavogier, est un haut responsable de la secte. Il serait en train d'organiser un plan pour manipuler l'opinion publique.
— C'est du délire !
— Le juge a l'air sûr de lui. Il n'a pas eu l'air surpris.
— Mais dans quel but il ferait ça ?

— Pour rendre service à des hommes politiques. Dans deux jours, on vote pour le premier tour des présidentielles. Le beau-frère de Fuillard nous a affirmé que politiquement ça arrangerait certains partis politiques si notre suicidé n'était pas trop sympathique.

— Et Fuillard croit à cette version ?

— Oui.

— Et toi ?

— Sincèrement, oui. Je t'assure que si tu écoutes le juge et même Le Tulier, le journaliste de *La Nièvre*, ça paraît vraiment plausible. Et c'est la seule version qui expliquerait toutes les incohérences du dossier.

Jonathan réfléchit et au bout de dix secondes se résout à le questionner sur ses intentions.

— Qu'est-ce que tu fais là, alors ? Si tu crois au suicide, on va perdre notre temps.

— C'est ta méthode qui m'intéresse. Il y a de plus en plus de caméras de vidéosurveillance. À Paris, c'est la folie. Je veux voir comment on peut retracer un itinéraire à l'aide de quelques zones enregistrées.

— Tu penses qu'on ne fait qu'un exercice d'entraînement ?

— Il y a de fortes chances.

Hautemer voit bien la déception de son jeune collègue. Il se sent obligé de rajouter :

— Et on ne sait jamais. L'argent que la gamine a jeté à la poubelle, ce n'est pas le barbu qui le lui a donné.

Thorez sourit.

— On commence par les trajets de la gare.

— C'est parti.

## 54

Ils se rendent vite compte de l'ampleur du travail. Ce mercredi 10 avril après-midi, la météo était estivale. Tous les établissements scolaires de la ville étaient fermés. À 17 heures, les bureaux et les entreprises commençaient à se vider. Les gens partaient faire des courses pour la soirée. Pour chaque créneau horaire de cinq minutes, entre vingt et trente personnes passent devant les caméras. Pire, pour celles du centre historique, on monte à cinquante. Le record est pour la rue Limogeanne, plus de soixante-dix personnes s'engouffrent dans la ruelle en cinq minutes. Mais ils finissent par se mettre au diapason, prenant rapidement les mêmes informations sur les individus correspondant au profil recherché. Le policier parisien commence vraiment à visualiser le plan de la ville. Pendant près de deux heures ils n'arrêtent pas. Ils ont fait plus de la moitié de la liste des trajets. Hautemer sent le jeune brigadier s'agiter.

— Tu as un rendez-vous ?

— Non. Pourquoi ?

— Tu regardes de plus en plus souvent ta montre. Si tu veux que l'on fasse une pause, pas de problème.

— Non, je te dis, je n'ai pas de rendez-vous… Et si ! J'ai un putain de rendez-vous !

Il se lève d'un bond, enlève son tee-shirt, entre dans sa chambre et en sort à peine trois minutes plus tard. Un pantalon gris, une chemise blanche et une veste grise légère. Il enfile des chaussures de cuir à talons.

— Je reviens dans une heure max. Continue sans moi.

— Je vais commencer à faire la synthèse.

— OK.

Il fonce dans les escaliers. Pas besoin de voiture. En cinq minutes à pied, il arrive devant les marches du tribunal. Il n'hésite pas une seconde, gravit les deux escaliers pour arriver dans le couloir des comparutions immédiates. Le gros Manu, assis à côté de son avocat, dans son costume trop juste pour lui, tombe des nues.

Xavier lui sourit.

— Merci.

— Merci à toi.

— C'est quoi, ces conneries ?

— Mon collègue vient témoigner de votre conduite et de votre consommation d'alcool lors de la soirée où les faits se sont déroulés.

— Putain, c'est toi qui m'as dénoncé ?

— Comme tout bon citoyen, j'ai vu quelqu'un enfreindre la loi et représenter un danger pour lui ou pour les autres. J'ai donc prévenu la police.

Il se retourne vers son avocat.

— C'est pas légal, ça ?

— Si, bien sûr. Vous le connaissez ?

— Oui, je suis allé au lycée avec lui.

— Je suis désolé, ça ne change rien à sa déclaration.

— Oui, mais il se venge.

— Pardon ?

— J'ai eu des histoires avec lui.

— Des histoires ? Si vous voulez que je puisse m'en servir pour votre défense, il va falloir être plus précis.

— Des histoires de gamins.

— Rien de grave, alors ?

Il hésite. Thorez s'adresse directement à l'avocat.

— Maître, je vous conseille d'informer votre client sur les délais de prescription de certains actes de violence commis en réunion.

L'avocat s'éloigne dans le couloir avec son client.

Il ne sait pas comment va évoluer cette histoire mais il se sent mille fois plus léger quand il remonte et rejoint son appartement une heure plus tard. Si par bonheur, ils trouvaient réellement un coupable avec Hautemer, ce serait vraiment une très bonne journée.

— Alors, tu as trouvé un suspect ?

— Non, huit !

— Quoi, huit ?

— J'ai regroupé tous ceux qu'on a notés depuis quatorze heures et j'arrive à huit individus de vingt à cinquante ans qui ont parcouru un des onze itinéraires possibles.

— C'est énorme.

— Pas tant que ça. Il y en a déjà six qui passent devant la prison et qui se retrouvent à la gare pile dans l'un des deux créneaux que tu as isolés.

Thorez réfléchit trente secondes.

— Juste au-dessus du lycée, il y a l'hôpital, la maison de retraite, et deux ou trois entreprises. Si un salarié part de ces établissements et prend le train pour rentrer chez lui, il passe obligatoirement devant le lycée.

— Ce doit être la même chose si quelqu'un qui bosse là-bas veut faire des courses en centre-ville. Il doit aussi passer devant.

— Oui, bien vu. Tu commences à bien connaître Périgueux. Il nous reste combien de trajets à voir ?

— J'en ai fait trois en ton absence.

— Si sur les quatre ou cinq qui nous restent, on en trouve encore autant, on va se retrouver avec une grosse douzaine de suspects.

— Oui, en gros.

— Ça va nous servir à quoi ?

— C'est ça le problème. À pas grand-chose. Si on avait un ou deux gars, on aurait pu essayer de les identifier. Mais là, on part vraiment de loin.

— On continue quand même ?

Hautemer sourit.

— Pour la dernière affaire que j'ai résolue, il nous a fallu relire des centaines et des centaines de pages pour retrouver une adresse. Et c'est Georges qui dans la dernière pile de dossiers qu'il nous restait à voir, l'a trouvée. C'est grâce à ça que l'on a résolu toute l'enquête. On finit ce que l'on a commencé.

— Ça me va. Georges, c'était le stagiaire de Fuillard qui est mort en service ?

Hautemer monte le ton.

— C'était mon stagiaire. J'étais responsable de lui.

— OK, OK, pas de problème. On continue ?

— On continue.

## 55

Ils ont commencé par les trajets de la gare, puis sont remontés en sens inverse des aiguilles d'une montre. 19 heures, il ne leur reste plus qu'un seul trajet. Certainement le plus improbable. Le meurtrier aurait traversé le grand boulevard devant le lycée pour prendre la rue Bacharetie puis remonté la rue du Parc, enchaîné par la rue Musset et pour finir, serait redescendu par la rue Paul-Louis Courier pour retrouver les allées Tourny et le parking du même nom. Il y a beaucoup plus court et moins compliqué.

— Tu as vu *I comme Icare*, le film avec Yves Montand ?

— Avec qui ?

— Yves Montand, un vieil acteur. Un film de la fin des années soixante-dix.

— Mais je n'étais même pas né à cette époque.

— Très drôle. Enfin, ça raconte d'une façon détournée l'attentat de Kennedy à Dallas. Dans le scénario, l'inspecteur fait un arrêt sur image sur la vidéo qu'il a récupérée auprès de la chaîne de télé qui filmait l'événement. Une vue de la foule qui hurle quand elle réalise qu'on a tiré sur le président.

— Oui et alors ?

— Tous les spectateurs regardent vers la voiture décapotable où il a reçu plusieurs balles.

— Normal.

— Tous sauf une dizaine de personnes qui regardent totalement à l'opposé. Comme s'il y avait quelque chose à voir derrière une palissade. Il essaie de retrouver ces dix témoins mais se rend compte, en enquêtant, qu'ils sont tous décédés dans des circonstances étranges. Il en conclut qu'elles avaient vu d'où les tirs étaient réellement partis. Elles contredisaient la thèse officielle d'un seul tireur isolé.

— Ça devait être un très bon film mais qu'est-ce que ça a à voir avec notre suicidé ?

— Regarde.

Il lui montre du doigt l'image qu'il était en train d'analyser.

— À quelle heure l'explosion de la cuve de fuel ?

— Douze minutes après le coup de fil.

— Exact.

Il repart en arrière sur la vidéo.

— Là ! Pile à l'heure de l'explosion.

— D'accord, tout le monde regarde vers le ciel. Ils sont à vol d'oiseau à un kilomètre maximum du lycée. Ils doivent voir nettement la colonne de fumée s'élever dans le ciel.

— Je suis d'accord avec toi mais regarde mieux. Derrière les deux dames avec leur cabas.

— Oui, le gars avec sa capuche sur la tête ?

— Oui. C'est le seul à ne pas tourner la tête. Il regarde le sol et continue à avancer tête baissée.

Thorez regarde l'heure en haut à droite de l'écran. Et sûr de lui :

— Impossible. Il lui aurait fallu au moins six minutes de plus pour être là. Ce n'est pas dans un des créneaux que j'ai isolés.

— Non, je suis d'accord avec toi. Mais s'il descend directement aux allées Tourny et tout au fond, tourne à gauche à la préfecture, il pourrait être largement dans les temps.

— Oui, mais dans le mauvais sens.

— Explique.

— Tu ne te rends pas compte à cause de l'angle de la caméra. S'il est descendu pour ensuite remonter, ce qui est déjà un peu illogique en soit mais dans ce cas, il devrait se déplacer dans l'autre sens. Il devrait être en train de remonter la rue et non pas de la descendre.

Il lui montre sur le plan.

— S'il passe par le bas, il est effectivement dans le bon créneau, c'est pour ça que nous avons ces images mais pas dans le bon sens. Et s'il passe par le haut, il est dans le bon sens mais impossible, à moins de s'appeler Carl Lewis, d'être devant la caméra de la préfecture au moment de l'explosion de la cuve.

— Comment tu expliques qu'il ne lève pas la tête?

— Je ne sais pas, un casque audio, il écoute la musique à fond. Ou il est perdu dans ses pensées. De toute façon, il ne peut pas être là.

— OK. C'était le dernier des parcours que tu avais préparés. On a fait du bon boulot.

— Je suis d'accord. On est à onze hommes assez jeunes qui sont passés devant le lycée au moment des faits et qui ont emprunté un des itinéraires qui menaient soit à la gare soit aux principaux parkings de la ville.

— Sur les onze, six ont pris le train. Dont deux certainement le 17 h 35 pour Bordeaux. On les voit nettement sur la vidéo du quai numéro 3. Vu l'heure d'arrivée devant la gare et l'heure d'arrivée sur le quai, un seul a pris le temps d'acheter un billet, l'autre a soit un abonnement soit il a pris le train sans billet.

— Sur les cinq restants, un a récupéré sa voiture au parking souterrain cours Montaigne. On pourrait récupérer son numéro de plaque et l'identifier. Un disparaît après le pont des Barris sans descendre sur le parking des quais. On perd les trois derniers en centre-ville, un derrière la cathédrale, un sur la route de Paris et un du côté du théâtre.

— C'est bien résumé. Le problème, c'est comment exploiter ces infos ? Toi qui dois avoir l'habitude des recherches de suspect, comment tu t'y prendrais ?

Hautemer ne peut pas avouer qu'il n'a suivi que deux enquêtes criminelles dans toute sa carrière. Il ne dira pas que sa principale affectation était pendant plus de quinze ans au service de la circulation de Lille. Ni qu'il a fini les deux enquêtes à l'hôpital.

— Si vraiment tous les éléments convergeaient vers un crime, j'essayerais d'identifier tous les suspects. Onze, ce n'est pas tant que ça. Surtout qu'il y en a dix qui n'auraient strictement rien à se reprocher. Il suffirait d'attendre devant le lycée mercredi prochain ou devant la gare à la même heure et je suis sûr que l'on en retrouverait les trois quarts.

— Oui, mais la semaine prochaine, je suis à Font-Romeu.

— Et moi dans les Alpes.

— Et je ne crois pas que Fuillard veuille s'occuper de ça.

— Tu commences à bien le connaître. Pour lui, l'affaire s'est terminée avec l'appel du juge de Lyon. Le dossier n'a plus de zone d'ombre. Tout s'explique avec Lavogier. En plus, il a d'autres choses à penser en ce moment.

Ils sourient tous les deux.

— Je dépose tout ça demain avant de partir sur le bureau de Lesieur, on verra ce qu'il décide. Il revient lundi.

— C'est couru d'avance, quels que soient les résultats du premier tour.

— Tu ne votes pas ?

— J'ai donné procuration à mon père, je suis toujours sur les listes de Lille. Et Isabelle vote dimanche dans son village natal.

— Dans les Alpes ?

— Oui, Saint-Égrève.

— Vous partez quand ?

— Comme toi, demain. Mais en fin d'après-midi. J'ai encore dix jours de convalescence avant de reprendre mon poste.

— Au 36 Quai des Orfèvres ?

— Oui.

— C'est comment ?

— Impressionnant. J'y suis depuis cinq mois seulement. Ça te plairait, je crois.

— J'y pense. Enfin, ça m'a plu de bosser avec toi.

— Moi aussi, ça m'a rappelé des souvenirs... Avec Georges, pour l'affaire Beaulieu, on s'est tapé des heures de recherche, enfermés dans notre petit bureau du 36. On a couvert un mur entier avec nos hypothèses. J'aime bien ce genre de travail de recherche. Bon, faut que j'y aille, Isabelle m'a invité au restaurant ce soir. Elle a quelque chose d'important à me dire.

Il le raccompagne à la porte.

— Je peux te poser une question ?

— Bien sûr.

— Comment tu as fait pour faire entrer le container dans ton appartement ?

— Avant de le louer, ils ont fait des travaux. Ils ont refait tout le mur de l'entrée. Le container leur servait pour leurs gravats. Je leur ai demandé de le laisser à l'intérieur. Je l'ai nettoyé et voilà.

— Ça marche vraiment l'eau froide ?

— Il n'y a pas mieux. Aucune tendinite depuis le début de ma préparation et je peux te dire que j'en ai fait des kilomètres en courant. Tu devrais y penser pour ta rééducation.

— J'y penserai.

— Ils ont garé la 305 de Fuillard sur le parking devant le commissariat et les clés sont au guichet dans le hall.

— Ça marche. On se reverra peut-être au 36 ?

— Peut-être.

# 56

Acheter un livre sur les chevaux à une cavalière, il trouve ça complètement con. Mais après plus d'une heure à se balader en ville, il n'a rien trouvé de mieux. La vendeuse de chez Marbot, la grande librairie de Périgueux, lui assure que c'est certainement le plus beau livre jamais écrit. Fuillard ne connaît même pas l'auteur. Kessel.

— *Les Cavaliers* ?

— Faites-moi confiance. Le seul risque c'est qu'elle l'ait déjà lu. C'est une grande lectrice ?

— Je ne sais pas.

Elle doit partir tout le week-end en compétition dans le Berry. Ils déplaceront les chevaux ce soir pour éviter la chaleur. Ils ne peuvent donc se voir qu'en fin d'après-midi. Il était impensable pour lui de perdre tout ce temps avec Thorez et Hautemer à regarder des enregistrements vidéo. Même s'il sait que son collègue de Paris a raison. Ils seront de plus en plus confrontés à ce genre de travail. Les caméras de surveillance se multiplient dans toutes les villes. Mais pas aujourd'hui.

— C'est bon, je le prends. Vous pouvez me faire un emballage cadeau ?

— Bien sûr. Vous avez une carte de fidélité ?

Il se fige. Ils venaient souvent en vacances à Périgueux. Sa femme avait fait une carte il y a plus de dix ans. Elle avait donné son nom de jeune fille. Elle insistait toujours pour acheter les fournitures scolaires de Nathan dans cette librairie.

— Monsieur ? Monsieur ? Vous avez une carte de fidélité ?

— Non.

À peine sur le trottoir, il manque de se faire bousculer par Thorez qui marche rapidement vers le tribunal. Il ne l'a même pas vu.

— Jonathan !

Trop tard. Celui-ci monte déjà le grand escalier, passe sous les colonnes et entre dans le bâtiment. Il sourit. Fait demi-tour et entre de nouveau dans la librairie. Il se dirige vers la même vendeuse.

— Il vous faut autre chose ?

— Oui. Mais je ne sais pas si vous avez ce que je veux.

— De quoi s'agit-il ?

— Je cherche un livre sur l'Église de Mythologie.

— Au niveau moins un, au rayon ésotérisme. Et il doit aussi y avoir une enquête d'un journaliste du *Monde* qui est sortie en livre, au rayon actualité. Au rez-de-chaussée.

— Merci.

Il trouve l'essai du journaliste qui confirme dès le titre les dires du juge de Lyon : « Opération noire ».

Il sait où il va s'installer pour lire. La place Saint-Louis. Le centre historique de la ville. Un endroit calme, entièrement piétonnier. Il s'assoit en terrasse juste devant la fontaine. Une sculpture dont tout le monde ignore le nom, mais que tous appellent « La Pisseuse ». Il commande un tango panaché. Il se croit obligé de rappeler la composition du cocktail au serveur.

— Non, ce n'est pas la peine. J'ai vu mon père en servir quand j'étais petit.

— Merci.

Pendant plus d'une demi-heure, il ne décolle pas les yeux du livre. Il note énormément de parallèles avec ce qui se passe autour du suicide d'Ali Abishin.

Il referme l'ouvrage avec un sentiment de soulagement. Il va pouvoir passer une soirée tranquille sans penser une seconde à son travail. La présence de cette secte explique toutes les incohérences de son enquête. Il commande un autre verre. Le serveur lui annonce qu'il vient de doubler les ventes de cette boisson pour l'année entière. Il sourit. De nouveau seul, il se sent observé. Il regarde autour de lui. Rien. Il réalise enfin que l'armure de chevalier qui attire les clients depuis des décennies devant un magasin de souvenirs à l'angle de la place Saint-Louis est tournée exactement dans sa direction. Des années qu'il n'y faisait plus attention. Des générations entières de touristes qui se prennent en photo devant. Enfant, après un pari perdu avec son meilleur copain, il avait dû lui coller de la laine noire sous les bras pour lui faire du poil sous les aisselles. Le propriétaire avait mis trois jours à s'en rendre compte.

La place est entourée d'un tout petit muret de vieilles pierres de trente centimètres de haut sur lequel les enfants courent en équilibre. Immanquablement, ils demandent aux parents de les faire décoller entre les différents tronçons. Les pères se lèvent en râlant. Lui aussi l'avait fait.

Il doit la rejoindre directement chez elle, vers 18 h 30. S'il part maintenant, même en traînant dans les ruelles ombragées, il aura presque une heure d'avance. Tant pis ! À cinquante ans passés, ils n'ont plus de temps à perdre. Il a envie de la voir. Il passe directement au centre équestre. Il n'y a plus beaucoup de place sur le petit parking. Il reconnaît le 4x4 du médecin. Il l'aperçoit devant la carrière en train de se battre pour faire entrer un cheval dans son van.

— Un coup de main ?

— Oui, volontiers, c'est un nerveux.

— C'est le nouveau cheval de votre fils ?

— Exact. Vous êtes venu encore me demander pourquoi je l'ai payé si peu cher ?

— Absolument pas. L'affaire est classée.

— Alors, vous l'avez identifié, votre barbu ?

— Oui.
— Je peux savoir ?
— Je ne préfère pas.
— Comme vous voulez. Attention, ne passez pas derrière. Enfin, j'ai une de mes patientes qui m'a appris que cet acteur était souvent entouré de responsables d'une secte assez connue. C'est peut-être ça ?
Il lui sourit.
— Betty a raison. Vous êtes plutôt perspicace.
— Venant d'elle, je prends volontiers le compliment. Passez devant et tirez sur la longe.
— La longe ?
— Oui, le bout de corde attaché au licol.
Il fait la grimace. Maria le sauve.
— Laisse, je vais le faire.
— Oui, je ne suis pas très doué avec ces bestioles.
— À part pour faire les box, il me semble...
Le cheval lui obéit instantanément. Le médecin prend la route.
— Tu finis à quelle heure ?
— Encore une petite demi-heure.
— Je peux aider à quelque chose ?
— Non, ça va aller. Tu peux m'attendre chez moi si tu veux. J'ai mis tout ce qu'il faut dans le frigo. La clé est au même endroit que la fois dernière. Je me dépêche.
— À tout de suite.
Il repart vers sa voiture, elle le rappelle.
— Eh, capitaine Fuillard !
— Oui ?
— Moi aussi, j'avais très envie de te voir.

# 57

Thorez referme la porte. Regarde le plan au sol puis le tableau blanc avec les onze descriptions de suspects. Certains ont même des surnoms. « Charlot » parce qu'il porte une moustache comme Charlie Chaplin. « Marcel » pour un jeune homme avec un maillot sans manches.

— Dommage.

Il replie le plan, débranche la télé, le lecteur DVD et commence à ranger. Il part à 7 h 30 demain matin par le premier train pour Toulouse via Brive. Il est impensable qu'il laisse son appartement dans cet état. Et il n'a toujours pas fait sa valise. Heureusement, ses affaires de course sont prêtes depuis une bonne semaine. Il se rend compte qu'il n'a pas consulté son coach électronique depuis deux jours. Il entre dans sa chambre et sélectionne le site. Le rond jaune apparaît au milieu de l'écran avec un grand sourire. En dessous, écrit en rouge : « Continue comme ça, tu seras prêt pour la course de l'année prochaine ». La machine se fout de sa gueule. Il tape sur Enter. Une sortie est prévue ce soir. Quinze kilomètres tranquilles.

— Pourquoi pas ?

Il fera ses bagages plus tard. Il a encore des courbatures de la séance de musculation d'hier. Ça lui fera le plus grand bien. À peine dans la rue, il se rend compte que la température est idéale. Il allait appuyer sur le chrono de sa montre pour connaître sa vitesse et son rythme cardiaque mais au dernier moment, il y renonce. Pas de stress.

— Juste pour le plaisir.

Une vraie soirée de printemps. La plupart des Périgourdins sont en train de manger. Les rues sont pratiquement désertes. Il prend la voie verte le long de l'Isle. Remonte sur les coteaux derrière l'université, passe à moins de cinq cents mètres de la maison de la monitrice d'équitation. Il sourit. Remonte directement par les bois en haut de la côte de la Grenadière. Il regarde l'heure. 22 heures. Ça fait plus d'une heure qu'il court sans ressentir la moindre fatigue. Il pense au rond jaune de son ordinateur qui doute de sa préparation. Il rallonge son parcours. Au lieu de redescendre directement vers la ville, il s'engage dans une impasse qui, par une toute petite sente, rejoint le chemin de Jacquou. Arrivé à la pharmacie, il remonte vers la route de Paris. Il ralentit un peu l'allure en passant devant le petit pavillon des parents de Stéphanie, la seule fille qui lui ait prêté un peu d'attention au lycée et au collège. Il ne sait pas si elle habite toujours là. Au cimetière, il prend à droite et se retrouve devant le lycée.

Il s'arrête, reprend son souffle cinq minutes, dos à la grille. Repense au gamin qui ne lève pas la tête lors de l'explosion devant la préfecture. De l'autre côté du boulevard, la rue Bacharetie. Il se demande si en courant, il ne pourrait pas être devant la préfecture en moins de douze minutes. Il enclenche son chrono. Traverse et court à vitesse réduite dans la petite rue. Au bout de celle-ci, il devrait tourner à gauche dans la rue du Parc. Mais il s'arrête net.

— C'est pas vrai !

À sa droite, la grille de la crèche Mercier. Une crèche communale adossée au parc Gamenson. C'est la seule entrée du parc qui est fermée la nuit. À 17 heures mercredi, elle devait être grande ouverte. Il n'y avait pas pensé. Il regarde à travers les barreaux. Il aperçoit le grand portail de l'accès principal du parc de l'autre côté. Il donne directement sur la rue de la préfecture. Douze minutes suffisent largement pour être dans la zone vidéo. Il lui en faut à peine trois ce soir au sprint pour être en haut de ses escaliers. Il ne prend pas le temps de desserrer ses lacets pour enlever ses runnings. Il ressort l'écran TV de sa chambre, le branche en vitesse à son lecteur DVD et retrouve le moment exact où tout le monde lève la tête.

— Ça change tout.

# 58

Les trois Jack Russell sont au centre équestre. Le vieux berger allemand lui fait mollement la fête avant de s'écrouler dans l'herbe et de se rendormir instantanément. Il se sert un verre de vin blanc frais, revient sur la terrasse mais avant de s'asseoir dans le transat, il l'oriente vers le sentier d'où elle va arriver. Il ne sait pas si c'est un grand vin mais il sait qu'il n'a rien bu d'aussi bon depuis des années. Son verre n'est toujours pas fini quand elle le surprend en arrivant dans son dos.

Il sursaute en criant.

— Je t'ai eu !

— Pas du tout.

— Si, si, je t'ai eu.

— On ne serait pas en train de retomber en enfance ?

— Certainement. À nos âges, on a enfin compris que l'on n'aurait jamais dû en sortir.

— Tu es bien la fille de ton père !

— J'ai faim, pas toi ?

— Pas trop. Et j'ai mon régime…

— Allez, viens, dépêche-toi, on n'a que deux heures, Superman.

Elle court vers la maison.

— Deux heures ! Je vais peut-être manger quelque chose avant, pour prendre des forces.

Elle crie depuis l'intérieur de la maison.

— Dépêche-toi, Superman !

Elle est nue à côté de lui dans le lit. Il sait ce qu'elle va faire. Se retourner sur le ventre pour regarder l'heure à son radio-réveil. Il adore ce moment. Et elle sait qu'il adore ce moment.

— 20 heures, ils doivent déjà m'attendre.

— On mangera la prochaine fois.

— Promis. Je rentre dimanche soir.

Elle s'assoit sur le bord de son lit. Ses fesses disparaissent du champ de vision de Fuillard. Son sourire s'évanouit.

— Qu'est-ce que tu as ?

Elle suit son regard. Voit l'endroit du lit qu'il fixe. Elle lui sourit.

— C'est parce que je n'ai pas eu le temps de laver les draps cette semaine. C'est ça ?

— Merde ! Qu'est-ce qu'on est cons !

— Quoi ? Qu'est-ce que tu dis ?

— L'église de Mythologie n'a rien à voir là-dedans !

— Je suis d'accord avec toi. La Mythologie n'a rien fait pour m'empêcher de faire la lessive.

— Oh, merde !

Il se lève et s'habille en un rien de temps. Il a fini, elle est toujours assise, nue de l'autre côté du lit. Il se penche pour l'embrasser.

— Tu es géniale. Géniale !

Il fonce jusqu'à sa voiture

— Merci, toi aussi ! À dimanche.

La 106 démarre déjà. Direction le centre-ville.

Il n'en revient pas d'être passé à côté de ça. Il se gare en double file boulevard Claveille. Pousse l'énorme grille devant l'imposante maison. Monte les quelques marches du perron et frappe à la porte avant même de penser à utiliser la sonnette. Il attend trop longtemps à son goût. Il écrase le bouton de cuivre. Il se fout qu'ils soient peut-être à table. Enfin, c'est la mère qui ouvre. Il le voit tout de suite, elle est sur la défensive.

— Madame Delmas, c'est important, je dois parler à votre fille.

— Non.

— Pardon ?

— J'ai expliqué à votre jeune collègue que je ne voulais plus que l'on indispose ma fille. Elle vient de vivre une épreuve terrible. Elle a besoin de repos.

— Il me semble qu'il y a mieux pour se reposer que d'escalader votre façade pour aller se promener en pleine nuit.

— Ce qui s'est passé mercredi soir ne vous regarde absolument pas. Ma fille n'est pas sortie par la fenêtre. Elle prenait le frais car elle a beaucoup de mal à s'endormir. Et c'est compréhensible.

— Et l'argent ?

— Elle s'est expliquée à ce sujet. Mais si cela lui attire des ennuis, elle reviendra sur ce qu'elle a déclaré. Le brigadier Thorez devait aussi vous prévenir que pour nous joindre, vous devez dorénavant vous adresser à notre avocat. Mais apparemment, il n'a pas fait passer l'information.

— Si, il l'a fait.

— Alors, bonne soirée, capitaine.

Elle allait refermer, il glisse son pied en travers de la porte, la fixe dans les yeux.

— Vous savez !

— Quoi ?

— Vous êtes au courant.

— Laissez-nous tranquilles.

Il la laisse refermer. Il l'a vu dans l'éclat de ses yeux. Dans la façon qu'elle a eue de secouer la tête de gauche à droite en feignant la surprise. Elle sait quelque chose.

Il faut qu'il parle à Marionville.

La 106 hurle dans la montée de la préfecture. Il ralentit à peine au stop. Il allait prendre à droite vers Champcevinel, mais il aperçoit le lycée au bas de la route, vers le centre.

— Elle n'est peut-être pas la seule à être au courant.

Toutes les grilles du lycée et de l'internat sont fermées. Il repère l'interphone du concierge.

— C'est pour quoi ?

— Capitaine Fuillard, je dois vous parler.

— Pas le temps. Revenez demain.

Il se retient.

— C'est important, j'en ai pour cinq minutes.

Le silence est tellement long qu'il pense que Maurice a raccroché. Il l'imagine bien boire une gorgée de vin avant de reprendre. Il répond de sa voix lourde :

— Je vous l'avais dit. Quand vous commencez à faire chier quelqu'un, ça ne s'arrête jamais.

— Mais je ne viens pas pour vous.

— J'ai jamais dit ça. Si vous voulez me poser des questions, convoquez-moi demain au commissariat. Pas trop tôt, je crois que je vais avoir du mal à me lever.

Il raccroche sans attendre de réponse.

— Putain, ils commencent à me faire chier ce soir !

Il reprend sa voiture. Démarre à fond. Le chemin le plus court maintenant pour le gîte, c'est la côte de Grenadière. Il accélère mais au rond-point suivant, il doit piler pour ne pas emboutir une vieille Xantia verte qui déboule de la rue Combe des Dames. Conduite par une mamie qui ne l'a certainement même pas vu, elle le devance dans la montée.

— Merde !

Il pense qu'elle va le ralentir. Il sait qu'il est impossible de doubler avant deux ou trois kilomètres. Mais la vieille conduit comme une folle, elle lui met cinq cents mètres dans la vue. Malgré son état d'énervement, il en sourit.

# 59

Tout le monde doit entendre la 106 souffrir dans la montée du chemin en craie. Il freine un peu trop fort et dérape sur les gravillons. Sa sœur, son mari et Marionville, à table sous le chêne, se retournent. Il ne voit pas Hautemer.

— Et merde, Lucas, je l'ai oublié !

Il devait le reprendre vers 20 heures chez Thorez. Il est bientôt 21 heures. Sans couper le contact, il ouvre la portière et leur crie :

— Je repars chercher Lucas.

Sa sœur lui répond :

— Ce n'est pas la peine. Il est déjà rentré.

Il coupe le contact et se dirige vers eux.

— Comment ?

— Ils ont réussi à réparer ta poubelle. Il est revenu avec la 305.

— Il est reparti ?

— Oui, Isabelle l'a invité au restaurant. Elle avait une proposition à lui faire.

— Ah ?

— Tu as l'air énervé.

— Oui, plutôt. Betty, tu peux venir voir les dossiers avec moi ? J'ai un énorme doute.

Elle se lève, emmène son verre et monte lentement l'escalier. Elle s'assoit dans le canapé.

— Je croyais que tu avais arrêté de travailler sur cette enquête. Lucas m'a parlé du coup de fil au juge de Lyon.

Il ne lui répond pas, finit de fouiller dans les dossiers et lui tend deux feuillets.

— Regarde. C'est les analyses ADN de la chambre d'Abishin à l'internat.

— Oui, je les ai lues. Elles correspondent toutes.

— C'est le « toutes » qui me pose problème. Réponds-moi franchement. Si tes collègues avaient trouvé un autre ADN dans les draps, ils l'auraient noté ?

— Bien sûr que oui ! Pourquoi ?

— Mathilde Delmas et Abishin ont eu un rapport sexuel dans ces mêmes draps au maximum dix-sept heures avant l'incendie.

Il sait maintenant qu'il doit se taire. Laisser le cerveau de Betty faire le même travail que le sien tout à l'heure. Au bout de cinq longues minutes, elle lève la tête des feuillets.

— Je suis d'accord.

— On a été nuls, non ?

— Sur ce coup-là, oui. Faut dire, on commence à faire une drôle d'équipe. Entre un capitaine de police en repos forcé et amoureux, un autre en convalescence et futur papa et une légiste en soins palliatifs, on partait de loin.

— N'oublie pas Jonathan, le jeune joggeur impulsif.

— Je ne l'oublie pas mais ne le sous-estime pas. Il pourrait te surprendre.

— Je ne le sous-estime absolument pas.

— Tu vas faire quoi maintenant ?

— Le commissaire Lesieur rentre lundi. J'ai assez pour faire rouvrir l'enquête. Mais…

— Mais tu aimerais que tout soit clair avant ?

— Exact. Mais ça ne va pas être facile en un week-end. Thorez part demain à la montagne, moi je suis censé être encore au repos.

— Fuillard, je peux te poser une question personnelle ?

— Depuis quand tu as besoin de mon autorisation pour te mêler de ce qui ne te regarde pas ?

— Tu étais où après l'enterrement de Nathan ?

Il allait instantanément s'énerver mais s'arrête juste avant de se lever. Reste assis. À son tour de réfléchir. Marionville ne dit plus rien. Il lui répond.

— S'ils habitent loin, disons Bordeaux par exemple, ils viennent après leur semaine de travail.

— Pourquoi loin ?

— Parce que comme le corps était carbonisé, on a lancé une recherche automatique de tous les corps qui pouvaient correspondre dans les morgues, les cimetières ou les hôpitaux et on n'en a trouvé aucun qui aurait disparu dans un rayon de plus de cent kilomètres. Donc s'ils viennent de loin et à une heure où ils sont sûrs de ne pas être vus, j'ai peut-être une chance de les croiser ce soir.

— Je crois aussi.

— J'y vais.

— Tiens-moi au courant.

Juste avant de refermer la porte, il la regarde en souriant.

— Tu vas me manquer.

— Toi aussi.

Elle ne retient pas ses larmes. Il a aussi du mal à contenir les siennes. Il se demande s'il ne devrait pas la prendre dans ses bras.

— File, tu risques de les louper !

— Je te tiens au courant.

Il passe par la cuisine. Sa sœur prépare le repas.

— Tu ne manges pas avec nous ?

— Non. Je me fais juste des sandwiches et je repars. Je peux t'emprunter encore ta voiture ?

— Pas de problème.

— Merci.

Elle le regarde d'un air sérieux.

— Lucie rentre demain matin.

— Je vais lui parler. Je crois que ça va s'arranger tout seul.

— J'espère parce qu'elle t'aime bien.

— Moi aussi, ne t'inquiète pas. Et merci pour tout.

— De rien.

— Si, ça m'a fait vraiment plaisir que Betty reste avec nous cette semaine. Je vois bien que tu as posé des jours de congé supplémentaires pour t'occuper de tout le monde.

— J'ai passé une excellente semaine. On mange tous ensemble demain midi avant le départ d'Isabelle et de Lucas. Il y aura aussi votre collègue avec la Porsche.

— Langevin ?

— Oui, c'est lui qui doit ramener Betty.

— Parfait.

Il est plus calme en reprenant la route. Juste à la sortie du chemin de craie blanche, il aperçoit furtivement Thorez en train de courir. Il traverse la chaussée et s'engouffre dans le sous-bois. Lui, il se dirige vers Trélissac, un chemin plus court pour retrouver la route de Brive. La montée où Jonathan avait failli les tuer tous les deux en pourchassant l'ambulance est déserte. Au grand rond-point, il est un peu déçu. Le parking du crématorium qu'il aperçoit en contrebas est complétement vide. Il se gare à l'arrière du bâtiment. Après dix minutes de réflexion, il attaque son repas. À 22 heures, l'éclairage public s'allume. Les lampadaires du parking diffusent une faible lumière jaune, alors que des dizaines de petites lampes auréolent les arbres du jardin du souvenir d'un halo de lumière blanche. Il déplace un peu la voiture pour être entièrement dans l'ombre de l'édifice. Dix minutes plus tard, c'est la lenteur de la voiture dans la sortie de l'autoroute qui attire son attention. Un utilitaire. Il semble au ralenti. Au rond-point, il s'engage vers le crématorium. Il s'immobilise dans le coin le plus sombre du parking. Il aperçoit deux silhouettes sortir des places avant. Un couple, l'homme n'a pas l'air très grand, la femme encore plus petite. Ils se dirigent vers le jardin du souvenir. Quand ils passent sous le réverbère, il les reconnaît. Le couple qui était présent à la crémation, assis au premier rang à côté du concierge. Ils se dirigent vers l'arbre au pied duquel les cendres d'Ali Abishin ont été dispersées. Il n'est pas question pour lui de les déranger.

Il se souvient que dans ces moments-là, il était impensable qu'on vienne lui demander quoi que ce soit. Il avait même été violent avec le gardien du cimetière où repose son fils. Il voulait le faire sortir en prétextant la fermeture des grilles. Ce soir, il est même gêné de démarrer, de troubler leur moment de recueillement. Il roule le plus calmement possible. S'arrête au niveau de leur voiture et note leur plaque d'immatriculation. Avant de repartir, il regarde une dernière fois dans la direction du couple. La femme est toujours courbée devant l'arbre mais l'homme regarde dans sa direction avec insistance. Il a compris.

## 60

Le douzième homme.

Il ressort le plan où il a tracé les dix-huit itinéraires possibles. La zone filmée la plus proche après la préfecture est celle du musée, de l'autre côté des allées. Si l'individu qui ne lève pas la tête au moment de l'explosion continue dans cette direction, il y arrive soit avant le créneau du trajet 11 soit après le créneau du trajet 9. Il peut apparaître soit en tout début d'enregistrement de l'un, soit en toute fin de l'autre. Il retrouve le DVD correspondant. Regarde attentivement deux fois les deux vidéos. Rien. S'il est vraiment passé par là, il l'a fait juste entre les deux plages horaire qu'il avait isolées.

— Dommage.

Ou alors, il s'était peut-être garé juste là, aux allées Tourny. Mais il n'y croit pas. Il n'y a jamais de place libre sur ce parking. Si quelqu'un veut être tranquille pour stationner, il évite absolument cet endroit. Il y a toujours des voitures en train de chercher une place et quelqu'un qui attend que l'on sorte de son emplacement pour le prendre. Pas assez discret.

Si son suspect continue vers le centre, deux caméras possibles. Celle de l'entrée rue Limogeanne, la rue la plus commerçante de la ville. Mais il y avait un chemin plus court pour y être et il ne croit pas que l'assassin ait eu envie de faire des détours. Il vérifie quand même. Rien.

Tout droit après le musée, la zone de la cathédrale. Il visionne le premier créneau, se concentre sur la fin de l'enregistrement. Rien. Il sélectionne l'enregistrement suivant où il devrait apparaître au tout début. Il y a énormément de monde devant la cathédrale, il doit faire pause plusieurs fois. Rien dans les deux premières minutes.

— C'est mort.

Il se redresse et laisse filer la bande. Et tout d'un coup, il crie comme si quelqu'un était avec lui.

— Là !

Il se précipite sur la télécommande. Se trompe de bouton. L'image disparaît. Il doit tout resélectionner.

— Merde, merde, et merde !

Il recale la vidéo. Passe en accéléré les deux minutes du début. Et là, juste après, en bordure d'écran, en bas à gauche, sortant d'une ruelle piétonne, l'homme au sweat. Même pantalon, mêmes chaussures. Aucun doute, c'est lui. Il ne reste même pas cinq secondes à l'image. Il arrive de la ruelle, tourne à gauche et sort du cadre. Il regarde le plan qu'il a redéposé au sol. À l'entrée de la rue Saint-Front, il a dû prendre les vieilles rues à sa gauche. Descendre l'interminable escalier rue de l'Abreuvoir, puis remonter vers la cathédrale par la minuscule rue du Port de Graule. Ça lui a fait un détour, c'est pour ça qu'il est de nouveau rentré pile dans le créneau horaire. Mais ces ruelles sont très peu fréquentées. Elles sont beaucoup plus discrètes. Ça a dû le rassurer.

L'image est parfaite. On ne voit pas son visage incliné vers le sol mais le dessin sur le devant de son sweat est net. Un drapeau. Même en noir et blanc, on reconnaît le drapeau anglais. Il note l'heure précise où il arrive sur le pont des Barris.

Dernière caméra, celle du parking des quais. Il est de nouveau rentré dans un de ses créneaux. Il devrait le voir de dos descendre vers les voitures ou sinon il l'aura perdu après le pont, sur la route de Brive. Il sélectionne la vidéo. Se concentre sur la zone couverte.

Rien. Il repasse la bande. Toujours rien.
— C'est foutu.

Sur le tableau blanc, il inscrit au feutre noir : Suspect numéro 12. Entre parenthèses : homme-drapeau itinéraire 11bis. Puis en plus petit et en rouge : Ne regarde pas la fumée devant la préfecture.

Il regarde l'heure. Minuit. Il aurait envie d'appeler Hautemer. Si Lesieur est d'accord, il se mettra peut-être à l'identification des douze suspects et il sait par lequel il commencera : l'homme-drapeau. Il est revenu à l'image arrêtée où il sort de la ruelle devant la cathédrale. Il fait pause. Commence à ranger son appartement avec cette image figée au milieu de son salon. Il prépare sa valise pour demain. Deux heures plus tard, tout est rangé, nettoyé, aseptisé. Il part pour une semaine, il veut que tout soit impeccable. Il regarde une dernière fois l'écran de télé. Il soupire :

— Dommage.

Il espérait une révélation soudaine. Mais rien.

Il range son matériel vidéo dans sa chambre. Il ne s'est toujours pas douché après sa course. Il sait, dans son état d'énervement, qu'il aura du mal à s'endormir. Mais il lui reste moins de quatre heures de sommeil. Une seule solution. Le bac à glaçons. Il déverse tout ce qui lui reste de poches glacées dans le container. Il passe rapidement se savonner sous une douche assez chaude et sans s'essuyer, entre jusqu'au cou dans l'eau gelée. Ses muscles, après une contraction réflexe, se détendent progressivement. Il ferme les yeux. Il revoit l'image de l'homme-drapeau. Il ferme plus fort les paupières et comme dans un flash, l'image noir et blanc se colorise. Le drapeau devient rouge et bleu. Il rajoute la couleur sur le vêtement. Il se redresse, se met debout dans le bac. De l'eau jusqu'au ventre. L'impression subtile qui l'a perturbé toute la soirée vient de se transformer en certitude. Il a déjà vu ce vêtement.

— Où ?

Il n'ose pas bouger de peur d'interrompre les déductions qui se font inconsciemment dans son cerveau. Le mot sort presque seul de sa bouche.

— Labrousse !

Encore trente secondes.

— La photo de classe !

Il veut sortir d'un bond, mais son pied glisse sur le fond. Il se retrouve entièrement sous l'eau glacée. Il inonde son parquet. Il se ressaisit, attrape le bord et enjambe le bac. Ressort pour la troisième fois l'écran. S'essuie rapidement les mains pour refaire les branchements. Fixe l'image.

— Presque sûr.

Il entre dans sa chambre, allume son ordinateur et tape « drapeau anglais » sur Google. Ce n'est pas exactement ça. Il fait défiler la page. Voilà, le drapeau du Royaume-Uni. Il fixe longuement les couleurs, repasse dans le salon. Colorise mentalement le sweat sur l'image arrêtée. Aucun doute.

— C'est le même !

Il sautille en serrant les points comme après un combat victorieux. Il se reprend, arrache la feuille du tableau. Repart sur une nouvelle page blanche. Attrape un marqueur. Il allait commencer à écrire et réalise qu'il est entièrement nu et encore mouillé. Il sourit. Pose le marqueur, attrape sa serviette et s'essuie tout en réfléchissant. Enfin, il enfile son bas de survêtement et se rapproche du tableau. Tout en haut, il note :

VICTIME : Ali Abishin

Suspect numéro un : camarade de classe : l'homme-drapeau.

Arme du crime : objet contondant.

Lieu du crime : local entretien salle de sport.

Heure du crime : 17 h 05 le mercredi 10 Avril 2002.

MOBILE :

Il hésite et trace un point d'interrogation.

Il marche de long en large dans son appartement. Il est bloqué. Il se souvient que la proviseure-adjointe lui avait dit qu'ils étaient très proches l'un de l'autre. Elle a même dû dire : inséparables. Elle a aussi parlé d'exclusion définitive, de conseil de discipline et de trafic de cannabis. Il en a assez de faire les cent pas, il ressort son stepper. Un appareil de musculation qui reproduit la course en côte. Il commence la séance en regardant alternativement le tableau blanc et l'image arrêtée sur la télé. Il augmente la résistance de l'appareil. Il veut trouver le mobile. L'effet du bain glacé se dissipe. Vingt minutes plus tard, il ruisselle de sueur. Mais sa réflexion n'a pas avancé d'un pouce. Il sait qu'il doit avoir affaire à un petit truand. Un petit dealer certainement. Il descend de l'appareil, déplie la dernière feuille qu'il avait retirée du tableau blanc. Et la relit. Relit à haute voix l'une des questions qu'il avait notées.

— Comment l'attirer dans le local ?

C'est un de ses amis, de ses meilleurs amis. Il peut tout lui demander. Le rejoindre en sous-sol dans leur ancien lycée. Il a besoin de lui pour quelque chose. Mais quoi ? Comment justifier le bidon d'essence, la lettre d'adieu avant de le rejoindre ? Il sent qu'il se rapproche de la solution, mais s'il monte encore sur un appareil de musculation, il risque sérieusement de se blesser. Il reprend les cent pas.

— Allez, réfléchis. Réfléchis.

Il ne peut pas lui demander de venir, de faire en sorte que tout le monde pense au suicide et le tuer. Ça n'a aucun sens.

Il se suspend à la barre de traction et s'élève dix fois de suite. Il ressent encore les courbatures de la séance de la veille. Il s'étire. S'assoit juste devant l'écran après quelques secondes, glisse ses pieds sous le petit meuble où est posé l'appareil et entame une série de cinquante abdominaux. Il a le ventre en feu. Il reste allongé au sol. Il n'en peut plus. Son ventre s'élève et se creuse au rythme lent de sa respiration. Il essaye de visualiser la photo de classe.

Impossible de revoir le visage du copain. Le sweat sans aucun problème, mais dès qu'il veut se concentrer sur le haut du corps, rien. Ou plus exactement, c'est le visage d'Abishin qu'il voit. Il alterne encore trois fois tractions et abdominaux. Il allait enchaîner une quatrième rotation quand il se dirige presque mécaniquement vers le bar où reposent les différentes feuilles qu'il a remplies. Il relit celle qu'il a complétée après avoir appelé Kasimir avec le téléphone du petit guetteur. Il avait noté quelques phrases pour ne pas les oublier. Son regard tombe directement sur celle qu'il recherche. Ils l'ont pourchassé pour une histoire de drogue et le Gaulois a dit qu'il ne récupérerait plus la marchandise parce qu'il s'était fait cramer.

Il laisse la feuille lui échapper des mains. Elle se pose sur le sol au milieu du plan de la ville. Il se retourne lentement vers le tableau. Tout s'explique. Tout devient parfaitement clair. Il le sait, il vient de résoudre complètement l'affaire. Il doit prendre appui sur le bar. Toutes les zones d'ombres s'éclairent. Il se sent vidé. Il ressent la fatigue de la nuit précédente où il n'a dormi que deux ou trois heures. Il a juste la force de prendre une dernière fois le marqueur rouge. Tout en se tenant au tableau, il inscrit en face de « mobile » : disparaître. Il veut déposer le feutre dans la rainure mais il glisse et finit aussi sur le sol. Il regarde l'heure à l'écran de son micro-ondes : 3 h 25. Il traverse la pièce au ralenti, attrape son portable et se laisse tomber à plat ventre sur son lit. Redresse la tête pour programmer son alarme de portable. Il ne la règle pas une heure avant le départ de son train mais une heure avant l'ouverture du lycée. Il s'endort presque instantanément.

# SAMEDI 20 AVRIL 2002

## 61

Il n'a pas bougé d'un centimètre. La sonnerie de son portable résonne juste à côté de son oreille. L'appareil est encore dans sa main. Il est toujours allongé sur le ventre au-dessus de ses draps. Quand il tente de se redresser, tous les muscles de son corps lui rappellent qu'il a fait strictement n'importe quoi depuis deux jours. Il a mal partout. Il roule sur le côté pour se lever en douceur. Première fois qu'il se couche sans être passé sous la douche. Il n'ose pas imaginer la réaction de son programme d'entraînement s'il saisit la séance de musculation de cette nuit. Il se demande si on peut se faire exclure de ce genre de protocole. Mais une chose lui donne le sourire. La réaction de Fuillard. Il imagine la tête de son supérieur quand il va lui donner toutes les solutions.

La douche brûlante dénoue un peu ses muscles. Il s'étire sous l'eau chaude. Il trouve son mélange de céréales et de lait caillé bien fade. Il a envie d'un café. Le lycée ouvre dans quinze minutes, il n'a pas le temps. Il prend ses clés et descend les escaliers rapidement même si ses mollets lui rappellent ses excès de la veille.

Personne devant le bâtiment principal. Toutes les grilles sont fermées. Idem pour les entrées de l'internat et de la salle de sport. 9 heures, toujours personne. Il sonne de nouveau à la porte du lycée, rien. Et enfin, il réalise que c'est encore les vacances.

Il regarde l'internat. Pas question de demander à Maurice. Il pose les mains sur le haut de la grille qui fait à peine deux mètres. En une traction, se met en appui sur les bras, fait passer ses jambes de l'autre côté et saute.

— Merde !

Il sent une douleur dans son mollet droit à la réception. Une pointe en profondeur. Il se dirige en boitant légèrement vers la cour intérieure du bâtiment. Il sait que la double porte sous le préau est très ancienne. Il la pousse, les deux battants s'écartent et le pêne sort de la serrure. Il monte les escaliers jusqu'à l'étage de l'administration. Le bureau de Labrousse est fermé à clé et la porte a l'air assez récente. Celle du bureau voisin n'est pas verrouillée. Il referme derrière lui. Il est dans le bureau où il y a trois jours, il contrôlait les emplois du temps d'Abishin. Il se demande comment forcer la petite porte de séparation. À son grand étonnement, celle-ci n'est pas condamnée. Il est dans le bureau de la proviseure-adjointe. Il ouvre l'armoire métallique. La partie supérieure est remplie de dossiers de différentes couleurs accrochés verticalement. Sur la tranche, les classes correspondantes. Deux terminales S. Le premier dossier qu'il sort est le bon, la TS1. Il voit bien Ali Abishin au dernier rang. Un petit numéro blanc juste au-dessus, 27. Il regarde au dos du cliché, la liste des élèves correspondant avec les mêmes numéros. S'il trouve la photo de l'année dernière, il aura le nom.

Les trois étagères du bas sont remplies de dossiers de même couleur qu'au-dessus, mais juste posés en piles de différentes épaisseurs. Les classes de l'année dernière. Il retrouve celui de la 1S1. L'ouvre rapidement. Rien.

— C'est pas vrai !

Il regarde de nouveau dans la pile. Pas de 1S2. Il réfléchit. Elle a dû le sortir pour prendre la photo qu'elle leur a montrée le mercredi de l'incendie. Il regarde toutes les piles. Et effectivement en haut de l'une d'entre elles : 1S2.

Le cliché est là. Il n'en revient pas. Presque des jumeaux. Même stature, même cheveux noirs. Et ce qui le trouble le plus, le même sourire. Ali porte le numéro 6. L'homme-drapeau, le 7.

Il retourne le document. La liste est là. Il est parcouru de frissons.

— Paul Evrard.

Il pose le dossier sur le bureau. Après la photo, la liste des professeurs de la classe, l'emploi du temps et d'autres documents administratifs, la liste des élèves avec leurs coordonnées téléphoniques et leur adresse. Il note sur une feuille : 12, rue Mange, Bergerac.

Il remet tout en place. Referme derrière lui. Il espère ne pas s'être blessé trop grièvement tout à l'heure. Il descendra plus prudemment.

Il pose encore une fois les mains sur la grille extérieure, tire sur ses bras et se retrouve en appui. À ce moment précis, la porte se met à vibrer. Il entend le bourdonnement caractéristique de l'ouverture à distance de l'interphone. La porte commence à s'ouvrir, lui accroché tout en haut. Il sent bien le ridicule de la situation. Il saute. Se réceptionne en prenant appui au maximum sur la jambe gauche et se retourne vers le lycée. Maurice qui le fixe. Pas le temps pour des explications. Il sort rapidement et récupère sa voiture.

— Quel con !

La circulation est toujours pénible les jours de marché. Il a presque envie de sortir le gyrophare et de doubler tout le monde. Mais il n'y a pas vraiment d'urgence, le règlement est assez strict sur ce point. Il a suffisamment critiqué les collègues qui s'en servent pour ne pas rater l'heure de l'apéro. Enfin, il arrive au commissariat. Il traverse le hall en coup de vent. N'entend même pas le planton de garde lui demander ce qu'il fait là. Il n'a qu'une idée en tête. Consulter le STIC. Le fichier interne de la police où tous les antécédents judiciaires sont stockés. Il veut savoir à qui il a affaire. Après, il ira directement réveiller Fuillard. Il espère que Hautemer sera encore là. Il repense à ce qu'il lui avait dit hier après-midi juste avant de partir, que le 36 Quai des Orfèvres lui plairait. Pourquoi pas ? Il ouvre son bureau, deux hommes penchés sur son ordinateur. Ils se retournent, Fuillard et Hautemer. Il regarde Camille, elle lève les épaules.

Il se remet de sa surprise. Hautemer le salue.

— Tu ne devrais pas être dans le train vers les Pyrénées ?

— Tu avais raison hier pour le gars de la préfecture.

— Quoi ?

Il sourit, se redresse inconsciemment. Et annonce :

— Je sais qui a tué Ali Abishin.

Fuillard arrache la dernière feuille qui sort de l'imprimante, se retourne vers le jeune brigadier et lui répond avec un sourire encore plus grand que le sien.

— Ça tombe bien, on va chez lui.

Il passe devant et s'engouffre dans le couloir suivi par Hautemer.

— Mais c'est impossible, tu n'as jamais vu la photo.

— Il habite où, ton assassin ?

— Bergerac.

— 12, rue Mange ?

— Oui.

— Alors, dépêche-toi ! On y va.

Le temps qu'il se ressaisisse, ils sont déjà dans le hall. Il les rattrape sur les marches du commissariat.

— Comment vous avez fait ?

— On t'expliquera dans la voiture.

Fuillard sort ses clés et ouvre sa 305.

— Quoi ? On va faire la route là-dedans !

— Tu peux rester là si tu veux.

Il se retrouve assis à l'arrière. La propreté est plus qu'approximative.

Hautemer ne connaît pas la région.

— Combien de temps pour Bergerac ?

— Une grosse demi-heure.

Thorez rectifie.

— Quarante-cinq minutes.
— Alors, comment tu es arrivé à…
Il regarde les feuilles d'imprimante qu'il a dans les mains, pendant que Fuillard démarre.
— À Paul Evrard ?
— Tu te souviens du jeune qui ne levait pas la tête devant la préfecture au moment de l'explosion ?
— Oui, le jeune avec une capuche.
— Exact. J'ai trouvé un itinéraire qui peut l'amener à cet endroit précis, pile à ce moment précis. Donc après, j'ai recherché un nouvel itinéraire en partant à 17 h 17 de la préfecture et en descendant vers Tourny.
— OK. Et il apparaît sur d'autres caméras ?
— Une seule, celle de la cathédrale. Juste cinq secondes, mais bien de face.
— Tu as vu son visage ?
— Non, juste son sweat et je me suis souvenu que je l'avais déjà vu sur la photo de classe d'Ali Abishin de l'année dernière. Celle que nous a montrée la proviseure-adjointe du lycée le jour de la mort d'Abishin. Elle nous a aussi dit que ce gamin était un vrai petit voyou, qu'il avait été exclu pour trafic de drogue. Sorge était sûr qu'elle faisait déjà ça pour salir la réputation d'Ali. Elle est très impliquée dans le mouvement politique de Jacques Chirac.
— Le RPR ?
— Oui, c'est ça. Donc je me suis dit qu'il n'y avait qu'un bon copain qui pouvait attirer la victime dans le sous-sol. Après, je me suis demandé pourquoi il avait tout organisé pour que l'on croie à un suicide. Et c'est le Gaulois qui m'a donné la solution.
Fuillard n'a jamais entendu parler de ce gars dans l'enquête.
— Le Gaulois ?
— Oui, un des gars que j'ai envoyé à l'hôpital de Bordeaux.
— Tu lui as reparlé ?

— Non, mais quand j'ai rappelé Kasimir, il m'a dit que le Gaulois était arrivé dans leur cave jeudi ou vendredi avec la photo du journal et qu'il lui avait dit, texto : « On récupérera jamais notre matos, l'autre connard s'est fait cramer... » C'était la photo d'Ali Abishin, alors que c'était certainement Paul Evrard qui leur avait volé leur drogue. Ils se ressemblent comme deux gouttes d'eau.

Il fait une pause pour assurer son effet.

— Et je suis sûr qu'Evrard a tué Abishin pour que les truands de Bordeaux et certainement d'autres encore croient que lui est mort. C'est pour ça que je voulais voir sa fiche STIC. Vous avez eu le temps de la lire ?

C'est Hautemer qu'il l'a sur les genoux et qui lui répond.

— Oui, rapidement. Et ça correspond avec l'image que tu as du gars. Il traîne un nombre incroyable de casseroles pour un gars de vingt ans à peine. C'est possible que la seule solution pour lui était de disparaître.

Thorez s'emballe un peu.

— Écoutez bien. Je pense que ça s'est passé comme ça. En février, Abishin reçoit son jugement d'expulsion définitif. Il panique. Il veut disparaître mais il lui faut de nouveaux papiers. Logiquement, il reprend contact avec son meilleur copain Evrard. Il sait qu'il traîne avec toutes sortes de trafiquants. Il va le voir à Bordeaux un mercredi où il n'a pas cours. L'autre l'implique dans l'agression de la vieille. Il le fait attendre sur le trottoir. L'appelle pour qu'il l'aide. Ali se blesse et on retrouve son sang sur la vieille. Il est coincé. C'est exactement ce qu'il dit à Mathilde Delmas. Il veut s'enfuir, elle le calme et il reprend sa vie normale. Mais son copain ne l'oublie pas. Il l'appelle en début de semaine avec un plan.

Fuillard le trouve un peu long.

— Allez, accouche !

— Voilà, il appelle Abishin et lui dit qu'il peut organiser sa disparition. Il lui dit qu'il a récupéré un corps.

Hautemer se retourne, surpris.

— Un corps ?

— Oui, un jeune drogué mort dans une cave dont personne ne se soucie, je ne sais pas, il invente, parce qu'en vérité il n'en a pas besoin. Il demande à Abishin d'organiser son suicide. De tout faire pour orienter les constatations dans ce sens : écrire une lettre, acheter l'essence en faisant un peu de grabuge pour que le pompiste se souvienne bien de lui. Il lui dit qu'il s'arrangera pour amener le cadavre dans le sous-sol de la salle de sport, la nuit ou le mercredi après-midi. Ils le crameront ensemble et il pourra avoir une nouvelle vie. Mais quand le gamin arrive au sous-sol, c'est lui qu'Evrard fait cramer.

Hautemer est impressionné. Fuillard plus circonspect.

— Et le coup de fil à sa copine ?

— Il lui demande de l'appeler dans le couloir juste avant de rentrer dans le local. Je ne sais pas, il lui dit qu'après, il ne sera peut-être plus capable de le faire. Que le cadavre sent la charogne, enfin j'en sais rien, il invente. Il le laisse passer devant et l'assomme. Il l'assoit en tailleur au centre de la pièce, l'asperge d'essence et met le feu. Il sort, ferme la porte avec une des clés qu'Ali a pu dérober dans le bureau du CPE.

Thorez vient juste de penser à ce détail.

— Oui, il est comme chez lui dans ce lycée. Il a très bien pu voler deux clés dans la boîte. Voilà, Evrard ressort rapidement, passe devant la préfecture et après la cathédrale, prend le pont des Barris, point de départ de la route de Brive mais aussi celle de Bergerac. Voilà, crime parfait parce que la victime est complice de l'arnaque. Qu'est-ce que vous en pensez ?

— Et l'église de Mythologie ?

— C'est eux qui ont tout fait foirer. Sans eux, l'enquête aurait été close le soir-même et Paul Evrard s'apprêterait à passer une soirée tranquille alors qu'il a trois policiers qui vont lui rendre visite. Et vous alors, comment vous êtes arrivés à lui ?

Les deux capitaines se regardent, amusés.

— Plus simplement.

Il repense à Maria, nue sur le lit, devant les draps qui n'ont pas été changés de la semaine.

— Enfin, tu as fait un sacré bon boulot. Bravo. Tu ne devrais pas être dans le train en ce moment ?

— Je partirai demain. De toute façon, je crois que je me suis blessé au mollet en escaladant la grille du lycée.

— Tu veux gravir une montagne en courant et tu te blesses en passant par-dessus une petite grille !

— Plusieurs montagnes. La course fait quatre-vingt-dix kilomètres et six mille mètres de dénivelé positif.

Hautemer se retourne, effaré. Sa dernière tentative de jogging avait avorté au bout de huit cents mètres dans les rues de Lille, il y a plus d'un an de cela.

— Six kilomètres de dénivelé !

— Oui.

— Tu es fou !

— Peut-être un peu. Mais j'ai peur que ce soit pour l'année prochaine maintenant. Tu n'as pas la clim dans ton carrosse ?

— Il n'a même plus de chauffage.

Ils se moquent tous les deux de lui.

— Marrez-vous ! Marrez-vous ! N'empêche que je sais, moi, pourquoi on a retrouvé d'importants résidus de drogue dans le sang du mort.

Il regarde son jeune collègue dans le rétroviseur.

— Explique-toi.

— Je parle d'abord aux parents et après, je te réponds.

— Facile.

— Tu vas être surpris.

Le reste de la route se fait dans le silence. Avec Fuillard au volant, le temps du trajet s'est rapproché de la demi-heure comme il l'avait annoncé.

## 62

Le quartier où ils arrivent se trouve juste derrière la gare. Des maisons individuelles mais de taille modeste. Les jardins tout autour sont entretenus avec goût. Le numéro 12 n'échappe pas à la règle. Le jardinet juste devant est impeccable. Des jonquilles et des tulipes jaunes, des perce-neige blanches tout autour. Ils passent une première fois sans s'arrêter. Les fenêtres à l'étage sont ouvertes. Accroché au-dessus de la porte d'entrée, un panneau « À VENDRE ». Ils font le tour du pâté de maison. À l'arrière, sur toute la longueur de la rue, un petit passage derrière les haies et les abris à bois relie tous les jardins entre eux.

— Arrête.

Il stoppe la voiture et se retourne vers Thorez.

— Tu veux descendre ?

— Oui. S'il vous voit venir, il va se sauver par l'arrière. Je l'attends et je vous le ramène. Sinon, vous m'appelez sur le portable et je vous rejoins.

— OK. Ça marche.

Il descend de la voiture et entre dans le passage. Il s'arrête à deux jardins du numéro 12. Si Evrard prend à gauche, il arrivera dans sa direction, s'il prend à droite, il s'éloignera. Vu l'état de son mollet, il préférerait largement qu'il vienne dans sa direction. Il se cache contre un petit portail entre deux haies et attend.

— Impressionnant, ton stagiaire !

— Il n'est plus stagiaire. Il est brigadier et oui, je le trouve impressionnant.

— Ça tient debout son histoire.

— Oui, pour un peu, il me faisait douter.

— De toute façon, on va être fixés.

Il allait frapper à la porte.

— Non, sonne.

Ils attendent. Un peu trop longtemps par rapport aux bruits qu'ils entendent à l'intérieur. Ils se regardent. Ils sont d'accord.

— Jonathan va avoir de la visite.

— Oui, je crois.

La porte s'entrouvre. Il reconnaît l'homme du parking.

— Bonsoir monsieur, capitaine Fuillard. Je peux entrer ?

L'homme le reconnaît peut-être aussi.

— Oui.

Petit et frêle, certainement plus jeune que son apparence ne le laisse croire.

— Capitaine Hautemer. Bonsoir monsieur, bonsoir madame.

Elle se tient devant la porte à l'opposé de la pièce. Fuillard connaît les stigmates du deuil. Les cernes, les épaules qui s'affaissent et cet air que plus rien ne peut vous atteindre.

— Bonsoir, madame. Je suis le capitaine Fuillard et je pense qu'il faudrait que nous parlions.

— Mon mari va vous recevoir. Excusez-moi.

Elle ouvre la porte derrière elle.

— Attendez !

Il se dirige vers elle. Finit d'ouvrir la porte. Une salle de bains. La fenêtre sur le jardin est grande ouverte. Elle ne baisse pas les yeux.

L'odeur le déstabilise. De la crème contre les brûlures. Son père s'en recouvrait le dos d'une couche épaisse après ses séances de rayon. Il trouve le tube et des compresses encore imbibées.

— De la Biafine. C'est ce qu'il y a de mieux.

Elle est d'accord.

— Vous pouvez venir avec nous dans le salon ?

Elle fait bien plus vieille que son âge. Même si elle a eu son fils vers quarante ans, elle aurait au maximum soixante, soixante-deux ans. Mais son apparence la rapproche plus des soixante-dix. Ou alors, c'est un enfant adopté. Mais il ne croit pas.

Le père propose aux deux policiers de s'asseoir. Hautemer accepte. Rester sur place à piétiner est ce qui lui fait le plus mal aux genoux. Il prend place dans le petit canapé. Fuillard reste debout.

— Notre collègue ne devrait pas tarder.

La dame déplace une chaise de la table à manger et s'y assoit.

Au bout de cinq minutes pesantes, c'est le père qui rompt le silence.

— Il va nous le ramener ?

— Oui, il y a de fortes chances.

— J'aimerais l'attendre pour parler.

— Bien sûr.

## 63

Les voix chuchotent à quinze mètres de lui.

— Dépêche-toi.

— Merci, merci d'avoir essayé.

— File, mon grand.

Il se redresse. Étire un peu son mollet droit en prévision de la course qu'il va devoir peut-être engager. Il entend grincer la porte de jardin des Evrard. Les pas semblent se rapprocher. Il arrive. Il glisse la main sous le pan de sa chemise, ôte la sécurité de son étui à pistolet. Et sort son arme de service. Il compte sur l'effet de surprise. Les pas sont très proches. Il avance rapidement, se plante au milieu du passage. Tend le bras armé droit devant lui.

— Arrête ! Police ! Ne bouge plus.

Le jeune est à moins de trois mètres. Il ne s'arrête pas.

— Stop ! Arrête-toi !

C'est lui qui panique. Le gamin ne ralentit absolument pas. Il voit la détermination incroyable dans ses yeux.

— Merde.

Le passage est trop étroit pour deux. Il va le bousculer pour passer. Il a déjà dépassé l'arme au bout du bras tendu du policier. Thorez ne comprend pas comment c'est possible. Mais pendant qu'il essaie de réaliser, son corps réagit de façon réflexe. Son bras gauche se plie complétement. Main à l'épaule, poing serré. Sa position de garde en boxe. Quand son adversaire n'est plus qu'à vingt centimètres, il lance de toutes ses forces son coude vers le haut. Il percute le jeune à la pointe du menton. Le corps se soulève sous l'impact. Il entend nettement les dents s'entrechoquer. L'autre retombe directement sur le dos, KO. Thorez reprend lentement une respiration normale. Son corps est immobile mais son cerveau pense à mille choses en même temps. Que le gamin doit être fou pour ne pas s'être arrêté, qu'il ne sortira plus jamais son arme sans être sûr qu'il est capable de s'en servir, que son entraîneur de boxe a raison, il frappe plus fort quand il souffle à l'impact, qu'il a déjà senti cette odeur de crème. Le parc Gamenson ! Et surtout, qu'il aurait pu le tuer. Il n'était pas loin d'appuyer sur la détente. Il se met à trembler. Il se penche et attrape le gamin par le col de sa veste. Il lui parle même s'il est inconscient.

— Putain ! J'aurais pu te tuer.

Il le relâche. Sa bouche est en sang. Deux dents ont explosé sous la force du coup.

Il range son arme. Sort les menottes, retourne le corps sur le ventre et attache les deux poignets.

— Allez, lève-toi !

L'autre gémit.

— Lève-toi, on va parler à tes parents.

Il se remet difficilement sur les jambes. Le policier doit le supporter. Il entre dans le jardin du numéro 12 et frappe à la porte en haut des trois marches de la petite terrasse. C'est son capitaine qui lui ouvre. Il passe devant, traverse la petite cuisine et dépose le jeune homme dans le fauteuil en face du canapé. La mère se précipite.

— Oh, mon Dieu !

Elle court dans la salle de bains et revient avec une serviette et des compresses.

— Mon Dieu, ses dents. Ça va aller, A…

Fuillard la regarde dans les yeux.

— Vous pouvez finir votre phrase, madame ?

Il se retourne vers le jeune, ensanglanté.

— Ça va aller, Ali ? C'est ça que vous vouliez dire, madame Evrard ?

Thorez le regarde incrédule. Hautemer sourit. Le père s'adresse aux policiers.

— Il n'a rien fait. C'est moi.

— Monsieur Evrard, nous parlons d'un jeune homme de vingt ans, de plus d'un mètre quatre-vingts. Excusez-moi, mais je ne vous crois pas. Je ne crois pas que vous ayez tué votre fils.

— Non, c'est moi.

Ils se retournent tous vers la mère.

— J'ai tué mon enfant.

Elle doit peser moins de cinquante kilos. Elle a l'air faible et usée par la vie, mais aucun des hommes présents dans la pièce ne doute une minute qu'elle ne dise pas la vérité. Fuillard est le seul à pouvoir lui demander.

— Racontez-nous.

— Il cassait tout à la maison. Il avait peur. C'était la première fois que je le voyais comme ça. Je l'ai vu dans beaucoup d'états mais c'est la première fois où je l'ai vu apeuré. Des gens voulaient le tuer. Il regardait toute la journée par la fenêtre. Il était certain qu'ils viendraient. Mardi, il n'avait plus de drogue. Il en prenait tous les jours, de plus en plus, mais mardi, il n'avait plus rien. Il avait besoin d'argent pour sa drogue et pour les gens de Bordeaux. On n'a plus rien. Il nous a menacés, il a obligé son père à aller au distributeur. La carte est restée bloquée. Nous n'avons plus d'argent. Il l'a frappé, monsieur. Il a frappé son père en pleine rue.

Elle regarde son mari en larmes.

— Excuse-moi, Yvon, il faut qu'ils sachent. Il a frappé son père qui est invalide à quatre-vingts pour cent à cause de l'amiante. Il l'a frappé dans la rue. En rentrant, il nous a dit qu'il savait où trouver beaucoup d'argent. Son copain de Périgueux. Il savait qu'il avait caché de l'argent de son père. Il le voulait. Il voulait prendre la voiture mais il tremblait. Il tremblait tellement, il manquait de drogue. Alors on l'a conduit. Tard dans la nuit. On l'a conduit. On n'aurait jamais dû.

Son mari se lève et lui tend un mouchoir en tissu et se rassoit. Elle continue.

— On s'est garés devant le lycée à 2 heures du matin. Il savait entrer sans se faire voir du concierge. Il a sorti une clé de la grille de l'internat. Mon mari l'a suivi. J'avais peur qu'il fasse une bêtise. J'ai attendu dans la voiture une demi-heure. Et tout à coup, j'ai su qu'il se passait quelque chose de grave. Je l'ai senti. Là, dans mon ventre. Alors, je les ai rejoints. J'ai pris l'escalier de secours, il avait mis une poubelle pour laisser la porte ouverte. À peine entrée dans le couloir, j'ai entendu son rire. Un rire de fou. Il criait, il riait. J'ai compris. Il allait se passer quelque chose de terrible. J'ai suivi les cris.

Son visage se crispe, elle revit la scène.

— La porte de la chambre était entrouverte. J'ai regardé. Ali était tombé par terre entre le mur et son lit. Paul l'avait frappé. Il était fou. Son père était recroquevillé au sol au milieu de la pièce. Il l'avait encore frappé. Il hurlait. Il criait. « Ça ! Mon père ? Ça ! Un handicapé ! Une loque ! ». Il riait. Il a crié : « Je lui pisse dessus. » Et il a commencé à ouvrir son pantalon. Il était, monsieur, complétement fou. Alors je suis entrée, j'ai rien dit. Il y avait un bâton, je l'ai ramassé et je l'ai frappé à la tête. J'ai frappé de toutes mes forces. Son cou s'est cassé. Il s'est retourné et m'a regardée en tombant, il m'a regardée… Il a dit : « Maman. »

Même Fuillard n'ose pas interrompre le silence. Elle reprend seule.

— Ça faisait des années qu'il ne m'avait plus appelée maman. Et même dans ses yeux, je l'ai revu. J'ai revu mon bébé. Mon petit garçon. Après, je ne sais plus ce qui s'est passé. Je ne me souviens de rien, mais Ali n'a rien fait, c'est moi.

Elle se lève et monte l'escalier.

— Je dois m'allonger.

— Monsieur, vous pouvez nous raconter la suite ?

— C'est moi qui ai eu l'idée. Ali a été le seul ami de Paul. Il est venu souvent à la maison. Les gens les prenaient pour deux frères. Paul nous faisait vivre l'enfer depuis des années. Alors des fois, je rêvais qu'Ali était notre fils. Il n'avait plus de famille et Paul détruisait la sienne. C'était injuste. Alors quand j'ai vu Paul allongé, mort au milieu de la chambre, j'ai été soulagé. Je n'ai pas honte de le dire, monsieur Fuillard. J'ai pensé : mieux vaut lui que… Ali. Oui, j'ai pensé ça. Et quand…

Ali réagit pour la première fois en se retournant vers M. Evrard et en le fixant dans les yeux. Le vieux soutient son regard un instant.

— Non, Ali. Je ne mens plus. Tu vois bien qu'ils vont comprendre.

Il se retourne vers les policiers et reprend.

— Et quand le concierge est arrivé, je lui ai parlé de mon idée. Repartir avec Ali et brûler le corps de Paul pour faire croire que c'était Ali. On a tout organisé. Ali a juste fait ce qu'on lui disait de faire.

Il fait une pause. Thorez a envie de dire qu'il se doutait que Maurice lui cachait quelque chose, mais il se souvient qu'il a déjà fait échouer l'interrogatoire de Mathilde Delmas. Il se tait. Le vieux reprend.

— Mais ce n'est pas pour nous qu'on a fait tout ça, monsieur Fuillard. Nous avons tué notre propre enfant. Ce n'est pas pour avoir une nouvelle chance avec Ali qu'on a fait ça. C'est juste pour lui. Juste pour lui. Ils ont amené le corps dans le sous-sol. On a nettoyé la chambre, caché la batte de baseball, c'est moi qui ai pensé à l'ADN. Je regarde beaucoup d'émissions à la télé sur les enquêtes. Alors on a pris des draps propres, on y a mis des traces de Paul. Pareil avec une brosse à dents neuve que le concierge a donnée. On a aussi mis des cheveux un peu partout. Ali a dormi dans une autre chambre, enfin je ne pense pas qu'il ait beaucoup dormi. Ma femme m'a attendu dans la voiture. Je lui ai dit qu'on reviendrait chercher Ali demain à 17 heures. Il devait nous rejoindre sur un petit parking devant un restaurant chinois où on avait déjà mangé tous ensemble. Je lui ai dit de mettre le sweat de Paul pour que personne ne le reconnaisse dans la rue. Ce n'est pas facile ce qu'il a dû faire. Dire à sa fiancée qu'il allait se suicider. C'est un garçon courageux, vous savez. Qu'est-ce qui peut lui arriver maintenant ? Il n'a rien fait. Je veux bien aller en prison mais lui, il a toute la vie devant lui. C'est un bon garçon. Qu'est-ce qui va lui arriver ?

## 64

Première fois que Fuillard s'adresse à Abishin.

— Écoute-moi bien, Ali. Je suis certain que M. et Mme Evrard nous ont dit l'exacte vérité sur ce qui s'est passé mercredi 10 avril. D'accord ?

La bouche en sang, il ne peut pas répondre. Il ferme les yeux et baisse la tête en guise d'acquiescement.

— Tu as commis des délits cette nuit-là mais tu es loin d'être un assassin.

Il se retourne vers Thorez.

— Jonathan, enlève-lui les menottes.

Il hésite.

— C'est un ordre.

Il s'exécute.

— Voilà ce que l'on va faire. On va partir du principe que tu n'as strictement rien à gagner à t'enfuir. Tu te condamnerais à une vie de cavale pour laquelle tu n'es certainement pas fait. On est d'accord ?

Il baisse une nouvelle fois la tête.

— Donc on va se laisser le week-end pour réfléchir à ce que l'on va faire. Monsieur Evrard, je peux vous assurer que vivre avec ce genre de secret est extrêmement compliqué. Je vous parle en connaissance de cause.

— Il y a bien des années que notre vie est extrêmement compliquée, monsieur Fuillard.

— Oui, j'imagine. Lundi matin, notre supérieur revient au commissariat. Je ne sais pas personnellement ce que j'ai envie de lui dire de nos conclusions. Je vous appellerai dimanche soir si nous décidons de dire toute la vérité à notre chef.

Hautemer se permet d'intervenir.

— Je peux vous donner ma décision personnelle tout de suite. Ali Abishin s'est suicidé le mercredi 10 avril dans le sous-sol de la salle de sport pour éviter d'être renvoyé dans son pays d'origine.

Ali le regarde. Evrard le remercie. Thorez ne s'attendait pas à devoir prendre une telle décision. Il s'adresse à Fuillard nerveusement.

— Je dois réfléchir. Ça peut nous retomber dessus.

— Appelle-moi dimanche dans la soirée. Moi aussi, je dois y réfléchir et j'aimerais en parler avec Betty. Elle aussi est au courant. Monsieur Evrard, est-ce que notre arrangement vous convient ?

— Oui. Et je crois que je n'ai pas beaucoup le choix.

— Vous avez raison. Et toi, Ali. Qu'est-ce que tu en dis ?

Il ôte les compresses rouges de sang de sa bouche. Sa lèvre supérieure a déjà doublé de volume. Il arrive difficilement à articuler un « oui ».

Hautemer se lève. Thorez ouvre la porte. Fuillard s'adresse une dernière fois à Ali Abishin.

— Si tu retrouves tes dents, mets-les dans du lait et trouve un dentiste de garde. Il pourra les remettre en place. On a fait ça pour mon fils, ça marche très bien.

C'est M. Evrard qui lui répond.

— Merci, merci pour Ali, merci pour moi et surtout merci pour ma femme.

— Vous lui souhaiterez bon courage.

— Comptez sur moi.

Dix minutes plus tard, sur la route vallonnée qui les ramène à Périgueux, Fuillard roule totalement détendu à plus de vingt kilomètres heure au-dessus de la limitation de vitesse. Ils n'ont pas échangé le moindre mot.

— Arrête avec ton pied !

Sur le siège arrière, le jeune brigadier ne tient pas en place.

— Quoi ?

— Tu n'arrêtes pas de taper avec ton pied dans l'arrière de mon siège.

— Excuse-moi.

— Écoute, Jonathan, ne te stresse pas. Tu prends la décision que tu veux. Si un de nous trois décide de tout dire à Lesieur, les autres s'alignent, ça te va ?

— C'est encore pire, tout dépend de moi.

— Non. Je n'ai pas encore pris ma décision.

— Tu es sûr ?

Fuillard ne répond pas. Thorez a une autre question à poser à son supérieur.

— Comment tu as fait pour comprendre ?

Il pourrait lui mentir. Mais il préfère être honnête.

— Je n'avais strictement aucune idée de ce qu'ils allaient nous raconter ce soir. Tout ce que j'avais compris, c'est que le mort n'était peut-être pas Abishin. J'ai vu les Evrard se recueillir au jardin du souvenir. Je les avais déjà remarqués à la cérémonie. Quand j'ai appris qu'ils avaient un fils à peu près du même âge, je me suis dit pourquoi pas. Je ne savais pas comment ça avait pu se passer, mais c'était peut-être leur fils dans le local. Voilà, je voulais juste leur poser des questions.

— Et comment tu as su que ce n'était pas le cadavre d'Abishin ?

— Le labo de Bordeaux n'a trouvé qu'un seul ADN dans les draps, alors qu'après la nuit du mardi, ils auraient dû trouver aussi celui de Mathilde Delmas. Donc je me suis dit que ce n'était peut-être pas ses draps, donc peut-être pas lui dans le local. Voilà.

— Bien vu. Marionville a raison, tu vas certainement pouvoir m'apprendre quelques trucs.

— Betty a toujours raison.

— Si j'ai bien compris, l'ADN a toujours été celui d'Evrard ?

— Oui.

— Même chez la vieille de Bordeaux ?

— Tu as raison, on a aussi résolu l'affaire de l'agression de la gare. C'est bien Evrard le coupable. Abishin devait juste l'attendre devant. Il n'a certainement rien fait.

Hautemer tient à mettre les choses au clair.

— On devra garder ça pour nous si on décide de laisser une chance à Ali.

— Bien sûr.

Thorez est moins à l'aise avec ça.

— Oui, ça fait un mensonge de plus.

— Ne t'inquiète pas.

— Facile à dire. Tu peux me déposer à mon appart', je vais essayer d'attraper un train en début d'après-midi.

— Non, tu es invité à déjeuner.

— Ah oui ! Et par qui ?

— Par moi. Betty t'apprécie vraiment et c'est sans doute son dernier repas avec nous. Alors, tu viens ?

Après un instant de réflexion :

— D'accord. De toute façon, il y a peu de chances que je puisse courir dans une semaine.

Hautemer se retourne vers le jeune brigadier.

— Tu aimes le rhum ?

— Pourquoi tu demandes ça ?

— Tu verras, son beau-frère est vraiment sympa.

Sans les prévenir, Fuillard se gare sur une petite aire de stationnement.

— J'ai un coup de fil à passer.

Il sort. Deux minutes plus tard, il rentre un grand sourire aux lèvres.

— J'ai faim.

— Moi aussi.

— Si je ne cours pas samedi prochain, je vais dévorer.

Ils sourient tous les trois.

# 65

La Porsche Cayenne de Langevin est garée juste à côté de la 106 de sa sœur. Il range sa voiture au bas de l'escalier qui monte au gîte.

Juste avant de descendre, ils se mettent d'accord.

— On en parle plus avant demain 20 heures.

— Ça me va.

— D'accord.

Tout le monde les attend à l'ombre sous le grand chêne. Sa sœur a rajouté des rallonges à la table de jardin. Même les enfants sont rentrés. Lucie est en grande discussion avec Isabelle. Son beau-frère rapporte encore des chaises, aidé par Langevin. Théo, en bout de table, écoute avec attention un homme que Fuillard ne connaît pas. Assise dans le transat, un peu à l'écart, Betty le regarde arriver. Langevin place les deux chaises qu'il portait avec facilité et vient l'accueillir.

— Il ne manquait plus que vous.

Fuillard est content de le revoir. D'habitude, son collègue lui écrase la main dans une poignée de main franche. Aujourd'hui, il lui donne l'accolade.

— Content de te revoir. Tu as l'air en forme.

— Oui, plutôt, je suis content de te voir aussi. Tu es revenu chercher Betty ?

— Je passais par là. Dis donc, ils font peur tes gardes du corps.

Il montre Hautemer et Thorez qui ont du mal à suivre en boitant.

— C'est dangereux de travailler sous mes ordres.

Hautemer lui tombe aussi dans les bras.

— On va finir par se croire au bureau.

— Ça va, Lucas ?

— De mieux en mieux.

Il tend la main à Jonathan.

— Si je serre encore un homme dans mes bras, je risque d'avoir une crise de jalousie.

Ils le regardent, intrigués.

— Venez, je vous présente.

— Voilà, je vous présente Bixente. Et Bixente, je te présente mes collègues Fuillard, Lucas et …

— Jonathan.

— Enchanté.

— Allez, allez ! Asseyez-vous. J'ai préparé un cocktail.

Fuillard s'assoie à côté de Marionville.

— Ça va, Betty ?

— Oui, très bien.

— Tu as osé le maquillage.

— C'est ta nièce qui a insisté. Je lui ai un peu parlé.

— Ça ne m'étonne pas de toi. Moi aussi, je dois te parler d'une affaire assez importante.

— Pas de problème, je ne bouge pas. Ils m'interdisent tous de faire quoi que ce soit.

— Ils ont raison, profite.

Et ils profitent tous de ce moment hors du temps. Le cocktail est même très bon, sa sœur a dû obliger son mari à rectifier les proportions. Les plats défilent sur la table, de grandes salades et de la viande grillée. L'ami de Langevin note le nom de presque tous les vins que son beau-frère leur fait goûter. Isabelle et Lucie se moquent de son évolution vestimentaire. Elles lui demandent s'il part en safari. Thorez s'est levé pour faire des démonstrations de boxe à Théo. Betty s'est endormie à une ou deux reprises mais à chaque réveil, son visage était paisible. Elle est heureuse d'être là. Elle parle d'une voix faible mais tout le monde se tait pour l'écouter.

— Alors Lucas, c'est quoi cette proposition qu'Isabelle t'a faite hier au restaurant ?

— Ah ! Je peux leur dire ?

— Si tu es sûr de toi.

— Voilà. Il y a un poste d'infirmière qui se libère à la clinique Francheville. Ils cherchent un responsable de service. Isabelle a envie de postuler. Et moi, je nous vois bien élever notre petit Marius ici. Avec Dimitri, bien sûr.

Tout le monde applaudit.

— Ne me dis pas que tu vas demander le commissariat de Périgueux !

— Non, je ne suis pas en préretraite, moi ! Plutôt Bordeaux. Une heure de route, ça va.

— Moi, je veux bien faire un échange de poste avec toi.

Il regarde Jonathan en souriant.

— Tu en a déjà marre de bosser sous mes ordres ?

— Attends, en à peine dix jours, je me suis blessé, mon appartement ne ressemble plus à rien, j'ai enfreint la loi au moins une dizaine de fois. J'ai menti au commissaire Lesieur. J'ai fait des faux en ton nom, je me suis planté en beauté dans les conclusions de ma première enquête. J'ai explosé ma préparation physique et je suis en train de payer une location dans les Pyrénées pour rien, ma course n'est plus qu'un lointain souvenir. Alors, oui, une affectation au 36 Quai des Orfèvres peut ressembler à des vacances !

Il allait répondre quand un 4x4 gris métallisé se gare derrière la Porsche. Thorez reconnaît la voiture du médecin légiste.

Fuillard se rapproche de Marionville.

— C'est l'affaire importante dont je voulais te parler.

Maria descend de la voiture. Elle est en tenue de cavalière. Pantalon noir moulant et polo blanc. Il va à sa rencontre.

— Merci d'être venue.

— Merci de me l'avoir demandé.
— C'est à qui cette voiture ?
— Au docteur Hubert. Il m'aide. Il s'occupe des chevaux en mon absence.
— Tant qu'il ne t'aide pas pour les box…
— Ah, c'est par jalousie que tu m'as demandé de revenir, c'est ça ?
— Viens. Je te présente.
Ils se dirigent vers la table où tout le monde fait silence.

— Maria, je te présente Betty, Betty je te présente Maria.
Sa sœur, malgré les remontrances de son mari n'arrive pas à retenir ses larmes. Pour finir, il a exactement les mots pour relancer l'ambiance.
— Champagne pour tout le monde !

Langevin a prétexté un rendez-vous ce soir à Paris pour repartir assez tôt. Betty était trop fatiguée. Elle a attendu qu'ils soient dans la voiture pour lui demander de la déposer directement à la clinique. Elle a appelé ce matin pour être admise dans le service qu'elle a quitté il y a à peine un mois.

Elle a dit au revoir à tout le monde. Et adieu à Fuillard. Ils n'allaient pas commencé à se mentir aujourd'hui.

Maria est partie juste après. Elle ne voulait pas abuser du docteur Hubert et effectivement, il a ressenti une petite pointe de jalousie. Elle a déposé Isabelle et Lucas à la gare en passant. Et fait aussi un détour pour ramener Jonathan chez lui.

Sa sœur n'a pas voulu de son aide pour débarrasser. En regardant sa petite nièce empiler les assiettes, il se demande s'il ne va pas bientôt lui confier un grand secret.
Son beau-frère ronfle dans le transat.
— Je vais m'allonger un peu aussi.

Il monte son escalier de fer. La fraîcheur dans son salon est agréable. Il ouvre le meuble à alcools. La bouteille de pomme est presque vide. Il verse les dernières gouttes dans un verre ballon. Fait tourner le liquide doucement, apprécie l'odeur. Boit une gorgée et lève son verre.

— Prépare-toi, Georges, elle arrive.

# DIMANCHE 21 AVRIL 2002

# Épilogue

19 h 55, son téléphone n'a pas sonné de la journée. Thorez a pris la même décision que lui. Ils laissent une chance à Ali Abishin. Il attrape son portable pour appeler la famille Evrard. Il veut leur annoncer la nouvelle. L'appareil se met à sonner juste avant qu'il ne l'attrape.

— Merde.

Il prend la communication. Ce n'est pas Thorez, mais le service psychiatrique de l'hôpital Saint-Anne où sa femme est internée depuis 10 ans. Il écoute attentivement.

— J'arrive.

Le portable tombe au sol. Il a froid. Il ouvre la porte qui relie son appartement au reste de la maison. Il entend crier son beau-frère en bas.

— Voilà ! Voilà ! Fallait que ça arrive ! Plus personne n'a de conscience politique. Tout le monde s'en fout !

Fuillard descend l'escalier. Ils sont tous les quatre dans le salon à regarder la télé. Roger est tellement furieux qu'il ne se rend pas compte de son état.

— Ah ben, tu tombes bien, toi. Voilà, à se foutre de tout, voilà le résultat.

Il lui montre la télé. En gros plan. Les deux visages côte à côte de Chirac et de Le Pen. Jospin n'est pas au deuxième tour. Il ne voit rien. Sa sœur se retourne vers lui et sent qu'il se passe quelque chose.

Elle voit ses lèvres bouger mais ne comprend pas ce qu'il dit.

— Baisse le son, Théo.

Il répète :

— Jeanne est morte. Ils sont allés la chercher pour le repas du soir et elle était morte.

Lucie éteint la télé. Sa sœur le prend dans ses bras.

— Il faut que j'y aille.

Son beau-frère est catégorique.

— Tu ne peux pas conduire, je t'amène.

# Remerciements

Merci à l'adjudant-chef Éric Caudrelier pour avoir partagé ses connaissances professionnelles avec moi, en particulier quant au rôle et au domaine d'intervention des différents fonctionnaires d'État lors de l'ouverture d'une enquête criminelle.

Merci à Emmanuel Brauns pour son travail bénévole de traduction en espagnol.

Merci à Serge Jendrowiak pour sa relecture critique de mon manuscrit.

Composition :
Studio Ben – 27 rue du Temple 95100 Argenteuil

Achevé d'imprimer par GGP Media GmbH, Pößneck
en août 2017

N° d'éditeur : 00060
Dépôt légal : septembre 2017

Imprimé en Allemagne